BOALONGA

Novela

P E T E R   K R U M B E I N

authorHOUSE®

AuthorHouse™
1663 Liberty Drive
Bloomington, IN 47403
www.authorhouse.com
Teléfono: 833-262-8899

Publicada por AuthorHouse 11/19/2021

ISBN: 978-1-6655-4554-9 (tapa blanda)
ISBN: 978-1-6655-4552-5 (tapa dura)
ISBN: 978-1-6655-4553-2 (libro electrónico)

Artist: Beatriz Mejia-Krumbein

I

Boalonga no era exactamente un paraíso. Aunque la exhuberancia de su flora y la exótica fauna que adornaba su paisaje podría convertirla en la meca de un turismo que vive entre el concreto de la gran ciudad, Boalonga presentaba el aspecto de un pueblo que podría citarse como ejemplo de la acción entrópica. Sus casas revelaban la incontenible acción de la erosión, con sus fachadas casi descoloridas, con sus puertas remendadas, y sus ventanas que revelaban un interior derrotado por la historia. Parecían construcciones que sobrevivieron los eventos de los últimos cincuenta años, víctima de la violencia que hacían de la región, un lugar controlado por fuerzas misteriosas, ajenas a la idiosincrasia de sus habitantes. Sin embargo, Boalonga no había sido abandonado por sus gentes que en general se dedicaban a cultivar la tierra y a sostener unas cuantas cabezas de ganado, algunos cerdos y abundancia de aves. El principal cultivo era el café, una droga milenaria que ha sido distribuida por el mundo entero, y que en todas las oficinas de las grandes ciudades está considerada como el combustible que mantiene a la gente en condiciones de trabajo. También en Boalonga se tomaba el café, generalmente con abundancia de leche, pero en el Café de Zoila los hombres lo tomaban tan concentrado, que su sabor recordaba con amargura los acontecimientos de una violencia que no parecía tener fin. El pueblo de Boalonga era un típico reflejo de una arquitectura y un diseño que recordaba la época colonial. Tenía una plaza central, de un poco más de diez mil metros cuadrados, alrededor de la cual se encontraba la iglesia, considerado el edificio más importante desde su fundación. En esa iglesia, que todavía lucía algunos de los materiales originales de construcción, el cura del pueblo, el padre

Santos, conducía la misa los domingos y los días de fiesta que la iglesia demandaba guardar. En esa reliquia arquitectónica del pasado, el padre Santos prestaba los servicios de confesión y comunión a los centenares de habitantes del pueblo y de las veredas aledañas, desde donde la gente bajaba en peregrinación a practicar los ritos de un sincretismo religioso tan erosionado como sus mismas viviendas. La misa de los domingos parecía ser el único entretenimiento para el pueblo, ya que la gente se apiñaba en la iglesia como si fueran a presenciar un espectáculo, que los sacaría de las creativas maniobras de la semana, para subsistir. Este lugar de la devoción de sus habitantes, estaba lleno de estatuas que representaban innumerables santos canonizados y mejor alimentados que los campesinos de la zona; de vírgenes adornadas como reinas vestidas de un lujo, que las modestas mujeres del pueblo aceptaban desconcertadas por las exigencias de la divinidad. Sus miradas revelaban sus fascinaciones por el pelo rubio y los ojos azules, que estas estatuas proyectaban, y que contemplaban como a los pocos turistas que no tenían el menor parecido con ellas. Los cristos crucificados, cuyos cuerpos colgados y sangrantes, pretendían consolar a una población que veía en la cotidiana violencia, un episodio natural de sus vidas. La población inerte reclamaba el espacio en el interior de la iglesia y que ya no daba cabida a las multitudes que no alcanzaban a llegar temprano para ocupar un lugar en una banca al frente del ansiado espectáculo del padre Santos. El padre Santos era un hombre de cuarenta y cinco años que siempre llevaba debajo de la sotana una pistola con la cual ya había despachado a unos cuantos nuevos miembros, al más allá. El padre Santos era una conexión entre el cielo y el infierno. Tenía sus contactos con la insurgencia y el gobierno, con la mafia de las drogas, los grupos paramilitares y con todos los criminales comunes y personas que tenían la suerte de tener trabajo y llamarse gentes de bien. Durante la misa, podía presenciar la amplia gama del espectro humano que se atestaba en la iglesia, y discernir así, la frecuencia en la cual cada uno de ellos tenía sintonizada su vida. Sin lugar a dudas, el padre Santos era la persona más informada de Boalonga, ya que tenía en la confesión el mejor recurso para infiltrase en las vidas privadas de la gente, ampliando en esa forma su campo de acción. Conocía los secretos más recónditos de la sociedad de Boalonga. Sabía quién abusaba de sus propias hijas y quién les ponía los cuernos a sus maridos para vengarse de sus aventuras extramaritales. Era también uno de los hombres más afluentes de la comunidad, pero tenía que disimular su fortuna, para no alterar los ánimos de la guerrilla que rondaba por todos los rincones de Boalonga, y de otras personas del pueblo que no hubieran visto con buenos ojos los excesos del padre Santos. Cuando salía de la parroquia en su auto milagroso, las gentes se maravillaban de la astucia del cura y celebraban con chistes su audacia. Un día decidió hacer una rifa con el propósito de recoger los fondos necesarios para terminar la casa parroquial. Tuvo la brillante idea de rifar un Chevrolet último modelo, de esos que pudieran confundir a cualquiera, con ser miembro de una mafia venerada por la gente. Vendió muchos boletos en Boalonga y en sus veredas aledañas. Cuando fue interrogado acerca del automóvil, el cura respondió con la candidez del truhán que, una persona piadosa había comprado un boleto que depositó en manos de la virgen antes de salir de misa ese domingo, y como la virgen se ganó la rifa, y ella no tenía licencia para manejar, él lo consideró una señal del cielo para convertirse en el chofer de la misma. Para unos, fue una broma de la divinidad, para otros, era la ironía de la explotación a la cual estaba condenada Boalonga, de la cual el padre Santos, hacía a la divinidad cómplice de sus fechorías. En algunas ocasiones inclusive se le veía transportando una estatua de la virgen que sacaba a pasear en el automóvil por alguna vereda vecina adonde iba a decir misa. Todo esto se consideraba una virtud, en aquel pueblo, donde las abuelas pasaban tardes enteras oyendo las radionovelas y tejiendo las vestiduras que, la virgen iba a llevar para la fiesta de la inmaculada. Aquel lunes temprano la gente de Boalonga estaba especialmente excitada. Se había anunciado la llegada del nuevo médico que habría de servir su año rural en el pueblo. Este requisito de la ley, para otorgar nuevas licencias a los médicos recién graduados, fue la solución que el gobierno encontró para proveer servicios de salud a las veredas y pueblos alejados de las grandes ciudades de Boalonga. El médico anterior había salido de emergencia hacía un mes atrás, y la gente ya estaba desesperada por la ausencia del nuevo. Muchos casos estarían esperando frente a la clínica rural, que consistía de una sala de espera pequeña, un cuarto que le servía al médico de consultorio y una sala para partos y autopsias. El gabinete con las medicinas que se proveían a la región cada mes, estaba en el consultorio directamente al alcance de la mano del médico. La enfermera, María, una comadrona de sesenta y dos años, no solamente tenía que registrar a los pacientes, ayudar al médico en operaciones menores y asistir en los partos que eran muy numerosos en la región, sino también hacer limpieza y asegurarse de que la basura fuera eliminada diariamente y en forma apropiada. Para ese lunes todo estaba listo y preparado para recibir al nuevo médico. La clínica era sencilla pero funcional, y la enfermera había puesto las flores en el florero junto al nicho de la Virgen que, si no fuera por el lujo de su vestimenta, no habría atraído las miradas de nadie. Pegados a la pared de la sala de espera había estampas que representaban temas religiosos, recortes de figuras de almanaques, algunos artistas de las novelas de la televisión y de la radio, fotos de algunos políticos y expresidentes de la nación, una lámina de San Judas Tadeo y otra de San Martín de Porres, y entre las láminas de Maritza la astróloga y Marilyn Monroe estaba la del Sagrado Corazón de Jesús que no podía faltar, representado en ese tapete mural que parecía una obra de arte de retazos que no tenían relación unos con otros, pero que demostraba cómo el tiempo había parido el híbrido causante de la confusión y de la desorientación social. El ruido de los motores del avión de la aerolínea nacional, en el cual el presunto médico llegaría, había captado la atención del cura y del delegado de la alcaldía que se aprestaron a viajar al aeropuerto local para recoger al practicante. Media hora de viaje en el Chevrolet del párroco y habrían llegado al aeropuerto, que no era más que una pista en medio de un paraje abierto y saneado entre el tupido bosque al este del pueblo. La pista era suficiente para el DC3 que llevaba veintiocho pasajeros que tenían que soportar cabalgar sobre algunas rocas y pequeños arbustos que todavía permanecían sobre la pista sin pavimento. Para un visitante europeo, sería como volar hasta el culo del mundo como se publicaba, refiriéndose a las maniobras aéreas civiles en Boalonga. Crédito le daban a la pericia de estos pilotos, que solamente podían hacerlo aquellos que exhibían la destreza para volar sobre los más peligrosos parajes en los "burros de trabajo", como se les llamaba a estos aviones. Se bajaron veinte pasajeros, cincuenta bultos de arroz, diez marranos, una incontable cantidad de plátano, unas misteriosas cajas de madera muy bien empacadas y enzunchadas, cuyo contenido no estaba indicado, pero la gente acostumbrada a ese tipo de cajas sabía que eran materiales necesarios para los laboratorios de la coca, que operaban clandestinamente en la selva, pero tolerada por las tremendas divisas que generaba. Se podía decir que era una actividad clandeslegal, sin mucho preguntar. Para el asombro de los forasteros que llegaban a la zona, ocho individuos bajaron rápidamente por las escalerillas del avión, pero, no sin antes, camuflarse detrás de un pañuelo rojo, sosteniendo sus ametralladoras, y quienes rápidamente cargaron las misteriosas cajas en un jeep que los esperaba, para desaparecer, sin más pormenores, detrás de la frondosa vegetación, por una trocha, como cortada para el vehículo en el que viajaban. El cura párroco y el delegado de la alcaldía que habían ido a recibir al médico, empezaron a mostrar señales de frustración. No habían visto a ninguna persona entre los pasajeros que tuviera la figura típica de un médico. Pensaron que una vez más fueron relegados a segundo plano por el ministerio de salud pública, y que tendrían que esperar por lo menos otro mes para que llegara el médico que sirviera su año rural obligatorio en Boalonga.

Pero... ¿cómo? A ellos se les había asegurado que el médico estaría a bordo del avión, que llegaría sin retraso alguno a Boalonga, y ese era el avión esperado. Mientras interrogativamente el cura y el delegado de la alcaldía miraban a su alrededor, una mujer de unos cincuenta años, se acercó a ellos preguntándoles si estaban allí para recibir al nuevo médico del pueblo. Grande fue su sorpresa al equivocarse pensando que el médico era la dama que se les había acercado. El médico que venía a empezar su año rural, no era la mujer que preguntó, sino su hija. Desconcertados reclamaron una explicación, al inspeccionar de pies a cabeza a la nueva doctora, con una mirada incrédula.

"Yo soy la madre", explicó la mujer, "y ella es mi hija, la nueva doctora asignada a Boalonga". Por unos instantes los hombres se quedaron pasmados.

¿Cómo? ¡Si es solamente una niña! Exclamaron. Aquí tiene que haber una equivocación, pensaron. ¿Está usted jugándonos una broma, señora? replicó el delegado del alcalde.

¿Dónde están sus credenciales?

La doctora le tendió la mano al alcalde y con su suave y juvenil voz le dijo:

"Soy la doctora Bárbara Bisturri, pero me puede llamar, doctora BB; encantada de conocerle señor; éste es mi gatito Tiberio que siempre me acompaña a todas partes... con excepciones por su puesto".

La doctora BB cargaba un gato angora de color blanco, castrado y sin garras, que parecía más una porcelana de vitrina que un felino doméstico.

Ese gato llevaba mejor vida que cientos de miles de niños que tenían que buscar su sustento en los botes de la basura. Sin poder disimular su titubeo, el delegado del alcalde le extendió la mano y contestó:

"Bien... venida doctora Bisturí, digo... Bisturri, es... usted...es muy joven para enfrentar los problemas de esta zona del país...me temo". Sin ninguna preocupación la doctora replicó:

"Yo he venido a ver pacientes, y...los pacientes son iguales en todas partes, además... me puede llamar doctora BB; Y usted es el cura párroco de Boalonga, ¿verdad? Mucho gusto" le dijo extendiéndole la mano al padre Santos.

El delegado del alcalde y el cura párroco se miraron desconcertados y sin poder disimular su preocupación, reaccionaron y se apresuraron a conducirlas a recoger su equipaje. A la señal del cura, unos niños, que debían de haber estado mas bien en la escuela, se apresuraron a cargar cuatro maletas, una bicicleta, un colchón ortopédico nuevo, y una caja de cartón pesadísima, llena de libros. Uno de los muchachos amonestó a otro que no se apresuraba a ayudar:

"Quiubo mano, no se quede ahí parao mirando la sardina" refiriéndose a la doctora.

"Ayude aquí cabrón pa' que le sepa mejor el sancocho".

Los adolescentes en esta zona del país habrían pasado por unos pocos años de escuela, si eran afortunados. La primaria la dirigía el cura y la maestra, Isabel de La Fuente, quien era una señora de edad avanzada que había asumido la responsabilidad de enseñar por no aburrirse en casa. La pedagogía era idiosincrásica y el absentismo en las escuelas era de esperarse, considerando que los niños en Boalonga, tenían que salir a trabajar para contribuir con la insipiente economía del hogar. Además, cuando los jóvenes apenas rayaban la adolescencia, sabían que estarían en problemas relacionados con las demencias políticas antagónicas por las que pasaba Boalonga. La educación moral que recibían era contradictoria, cuando se trataba de tomar decisiones que habrían hecho la diferencia entre una vida sin alimentos y una vida al margen de la ley. El conocimiento adquirido era incompetente: no llenaba los requisitos mínimos para un empleo que exigía el dominio de las operaciones matemáticas, para atender una caja registradora. La guerrilla que operaba por la zona, reclutaba a estos jóvenes, y en ocasiones a menores de edad; esta insurgencia prometía sustituir la moral sin moral, por una visión que prometía un cambio social para toda la nación, que estaba sumida en la desesperación causada por la corrupción política y los intereses de las mafias del narcotráfico, a las cuales, irónicamente ofrecía protección a cambio de extorciones para suplirse de armas y sus necesarias municiones.

El viaje desde el aeropuerto a Boalonga transcurría en silencio. La arrogante y orgullosa postura de la madre de Bárbara Bisturri era un contraste con la aparente inocencia que reflejaba su hija, la cual parecía disfrutar del paisaje mientras acariciaba a su gato angora, Tiberio. El cura manejaba su auto disfrutando su fortuna y el delegado de la alcaldía engullía su preocupación por no haber sido un hombre, el enviado a prestar los servicios médicos a Boalonga. Al fin y al cabo, en el pueblo pasaban cosas que no se podían imaginar las gentes de afuera. El médico era una figura importante, tan importante como el mismo cura, y un recurso para todas aquellas víctimas de la violencia y el abuso corporal. No podía imaginarse a una mujer al frente de los problemas de salud de un pueblo lleno de violencia y criminalidad. El delegado pensó con resignación, que los abusos habrían de desanimar a la doctora BB y que pronto se iría del pueblo de regreso al paraíso de su hogar. La doctora BB fue conducida hasta su nueva vivienda contigua a la clínica, que le serviría de consultorio. Una casa pequeña de adobe, de dos dormitorios que se comunicaban a través de un vano de cuyo dintel colgaba una cortina abandonada y sucia. La cocina se encontraba en el pasillo del patio interior, que creaba un ambiente estimulante adornado por la hermosa vegetación tropical. El inodoro era una letrina en el patio situada a unos veinte pasos en la parte posterior de la casa y a pocos centímetros de los linderos del terreno, marcados por una cerca de alambre de púas. La naturaleza se encargaba del reciclaje de la materia orgánica, ya que el pozo séptico tenía una fuga hacia el arroyo que pasaba graciosamente entre el follaje. La ducha, se había improvisado con una guadua, que se usaba como canal por la cual corría el agua continuamente, desde una pequeña cascada del arroyo hasta una casita de tablas destinada como baño. Prácticamente, la casita lo tenía todo para pasar el año rural en esa zona de sorpresas inimaginables. En el patio los árboles frutales proporcionaban el aspecto de un paraíso todavía virgen y apenas contaminado por la civilización, pero manchado por la violencia que la doctora Bisturri no había empezado, ni a presentir.

Detrás del patio, por donde corría el arroyo, había un cafetal que recibía su sombra de altos árboles de guama que daban una fruta larga y verde en cuya vaina se encontraban semillas de color negro cubiertas de una carne blanca suave y dulce. La doctora BB contempló su nuevo hogar con satisfacción respirando un aire de libertad que su familia en la ciudad no le daba. Había terreno para su contemplado gato Tiberio, suficiente espacio para sus pertenencias, una cocina bajo techo y al aire libre, un patio con frutales, letrina y baño privados, todo en el contorno de un hermoso y salvaje ambiente tropical, que adornaba el paisaje por la parte trasera de la casa. Después de descargar sus cosas en su nueva vivienda con la ayuda del delegado del alcalde y del padre Santos, que también en esa ocasión le hizo una señal a unos jóvenes que se encontraban parados por el lugar para que ayudaran, su madre y la doctora BB se dispusieron a organizar las necesarias pertenencias que traía. La habitación ya estaba amoblada en forma frugal. Los muebles no eran de lujo, pero funcionales. Sobre su cama tendió el colchón ortopédico que trajo de la ciudad y sobre el cual dormía bien. Las cortinas fueron cortadas a la medida y entre los dos dormitorios colgó en forma de puerta, lazos ensartados en esferas de madera, que recordaban las cuentas de un rosario.

Dentro de la jerarquía típica de Boalonga se encontraban también el capitán del batallón estacionado en el pueblo. El capitán Schuster, un hombre de descendencia alemana establecido en el país desde que sus padres inmigraron a raíz de los acontecimientos de la Primera Guerra Mundial, era un hombre que nunca tocaba un arma sin la intención inmediata de usarla. El ejército lo había asignado a la zona que tenía como centro de operaciones a Boalonga, porque consideraban que un hombre como él era el único que estaba en la capacidad de controlar el avance de la guerrilla en ese lugar y reducir las operaciones criminales del narcotráfico. El capitán "chuster" como lo llamaban en el pueblo era muy amable con las damas, pero esperaba que sus órdenes se cumplieran al pie de la letra dentro de los círculos militares subordinados a él. Difícilmente aceptaba opiniones contradictorias a sus concepciones y asumía las consecuencias de los riesgos y las responsabilidades que el cumplimiento de sus órdenes traía. Debido a la buena gerencia de la zona a su cargo, su comandante no perdía tiempo investigando las quejas que de él se escuchaban con respecto a los abusos del poder que se le imputaban. En Boalonga las cosas eran muy difíciles para manejarlas con manos de seda. Era muy conocido por su típica expresión de macho militar que repetía obsesionadamente: "con manos de seda se satisfacen las necesidades de las damas, pero con mano de hierro se doblega la voluntad de los hombres".

Otra persona muy importante en este pueblo llevado del diablo, era el alcalde mismo. Un político corrupto al margen de la ley, un sinvergüenza que sin escrúpulos aprovechaba su posición para enriquecerse. Tenía un sistema de enlace casi imperceptible del cual apenas alguien hablaba, de mover en forma sutil cantidades medianas de cocaína entre el pueblo y la capital. "Don Mariano", lo llamaban en el pueblo utilizando un título de la nobleza española que quedó como un residuo jocoso, después de la colonia y utilizado por las masas para referirse a un hombre mayor por su primer nombre. Don Mariano no se preocupaba por la fama de Chuster. Al fin y al cabo, Chuster mantenía a la guerrilla a una distancia prudente como para mantener su reputación con el gobierno central, pero era poco lo que consideraba hacer para detener los privilegios que Don Mariano gozaba con los secuaces del narcotráfico, del cual Chuster también se lucraba indirecta y disimuladamente. Además, ahí estaba también la esposa de Don Mariano, Rosa María, una mujer de treinta años que mantenía a Chuster alejado de su esposo al permitirle sus avances, que se presentaban ya casi como si Chuster fuera su amante declarado. Rosa María no iba a poner en peligro su bienestar económico, aunque no tenía ninguna inclinación por su esposo, que le impidiera considerar sus ilícitas relaciones con Chuster, como una carga de conciencia moral. El pelo corto de la trigueña Rosa María, era una indicación de su desprecio por el conservatismo regional. Tenía una figura ágil y solamente era conservadora de su silueta y de su asertiva personalidad, con la cual conseguía casi todo lo que quería. Su manera de pensar era aparentemente superficial, pero lucía su astucia cuando se trataba de sacar ventaja de toda oportunidad que se le presentaba para satisfacer sus pasiones o sus deseos materiales. Don Mariano hubiese querido ver a Chuster fuera de su zona de operaciones y a Chuster no le faltaban ganas de llenar a Don Mariano de plomo. El alcalde sabía de las relaciones amorosas de su esposa con el capitán. Las aceptaba en silencio por las ventajas que le retribuían el mantener a Chuster a distancia, de lo cual su esposa se encargaba con astucia. En una ocasión cuando el alcalde los sorprendió en su propia cama en el clímax de sus relaciones amorosas, el energúmeno soldado le disparó dos balas con tan buena suerte para don Mariano que éstas solamente lograron destruir un jarrón de porcelana china que estaba a pocos centímetros del lugar donde estaba parado y que se incrustaron en la pared dejando dos huecos que permanecieron ahí como un recuerdo para don Mariano, hasta el día de su terrible muerte. Para Chuster disparar una pistola no era una proeza, pero el alcalde pasó tremendo susto el cual fue suficiente para salir de su propia casa apresuradamente dejando atrás a los jadeantes amantes que continuaron poseídos por una doble porción de pasión. A Rosa María no se le hizo mucha gracia haber perdido el jarrón, pero una vez más había quedado claro que ella estaba jugando con la vida y el porvenir de estos dos hombres.

El café de Zoila era el centro de la comunicación en Boalonga. La gente, se decía en Boalonga, no era chismosa sino comunicativa. Al pueblo llegaba la prensa de la ciudad, pero nada se publicaba que fuera importante para los pobladores de Boalonga. El café de Zoila no lo manejaba Zoila. Lo administraba su esposo, quien había quedado viudo después de que su esposa fuera asesinada por unos hombres vestidos de militares. Desde entonces se disputaba si fueron miembros de la guerrilla, o si fueron los del mismo ejército que le quitaron la vida a esta pobre mujer, que atendía en el café a toda persona sin discriminación alguna y con una simpatía casi maternal. En Boalonga muchos crímenes se quedaban impunes y los demás se resolvían al tomarse, las víctimas y los sobrevivientes, la justicia por sus propias manos. Los paramilitares eran también un grupo que estaba bajo la sospecha de haber cometido el crimen. La pobre Zoila se convirtió en víctima de los celos inescrupulosos de una lucha apasionada y violenta que había convertido al país en una jaula que no tenía una salida de escape fácil. La guerrilla no quería encontrarse con el ejército, ni éste quería enfrentamientos con la guerrilla, pero ambos exigían una lealtad incondicional del pueblo. El café de Zoila se había convertido en el lugar donde se presentaban a menudo ambos bandos vestidos de civiles. Zoila escuchaba casi obligada las conversaciones de ambos grupos y cuando algo les salía mal, acusaban a Zoila de haber pasado información al otro bando. Zoila parecía haber estado en medio de un disgusto entre la guerrilla y el ejército cuando el narcotráfico recibió un ataque de los militares que lograron dominar la situación, aunque tuvieron una baja de más de diez hombres debido a la intervención de la guerrilla. ¿Cómo supo la guerrilla que el ejército tendría un operativo contra el narcotráfico, precisamente cuando había traído a la zona mil kilogramos de cocaína en pasta? ¿Cómo supo el ejército, que la mafia del narcotráfico iba a traer semejante cantidad de coca a la zona de Boalonga? Tanto el ejército, que estaba en la búsqueda de los traficantes de la cocaína, como la guerrilla, que salía a protegerlos del ataque del mismo, sospecharon que Zoila era un doble agente, que espiaba para las fuerzas militares y para la insurgencia guerrillera. Pero este crimen nunca trajo a su verdadero autor ante las autoridades y su impunidad había afectado a todo aquel en Boalonga que conocía de cerca a Zoila, que hasta el día de hoy lamentaba la desaparición tan violenta de una mujer trabajadora, a la cual todo mundo amaba. La atmósfera del café no era como antes: el tono de la voz de los parroquianos era de una sospechosa cautela. Los hombres que frecuentaban el café jugaban al billar callados o apenas cruzando unas pocas palabras, pero de significado preciso, y después de unas dos o tres cervezas regresaban a sus casas sin hacer comentario alguno.

Por Boalonga también pasaba el tren dos veces a la semana. Traía la prensa de la ciudad con noticias atrasadas y muchas caras extrañas se bajaban y se perdían rápidamente por las veredas. La policía también era transportada por este medio, considerado más bien seguro. Los comerciantes traían sus productos para venderlos en el pueblo y se llevaban a su vez, algunos más de la zona para la ciudad. El administrador de la estación de ferrocarriles era un hombre joven de treinta años de edad que insistía en que se le llamara por sus cuatro jotas, José Julián Jaramillo Jiménez, casado con una mujer que era admirada como la mujer más hermosa del pueblo. No cabía duda que Eugenia su esposa, en sus pantalones de mezclilla y su blusa blanca bordada con hilos rojos, que formaban filigranas alrededor del cuello que bajaban hasta la altura de los hombros, parecía un híbrido entre la ciudad y el campo. Sus pechos proyectaban sus pezones que gustaba proteger detrás de la tela de seda que constituía el fondo de la blusa. Julián y Eugenia se habían casado en la capital. Julián no había encontrado trabajo en la ciudad y aprovechó la oportunidad que se le había presentado para llenar esta vacante en Boalonga que, aunque buena para las condiciones del país, no era más que un puesto de corbata que nadie quería, en este pueblo llevado del putas, como se le llamaba al diablo por aquellos lares. Pero alguien tenía que hacer este trabajo que representaba un riesgo para la vida. Eugenia no le podía perdonar a Julián el haberla traído a vivir a este pueblo miserable, lo que había contribuido al deterioro de las relaciones en el matrimonio. Julián era enfermizamente celoso y vigilaba a su esposa en forma compulsiva sin percatarse de que su actitud infligía sobre Eugenia una carga de abuso físico y mental. Su celo se reflejaba en un control obsesivo por su mujer. Al regresar de su trabajo esperaba que Eugenia estuviera en casa y lo atendiera como al hombre del hogar. Que saliera a recibirlo cuando llegara a casa y expresara su alegría de verlo con un beso protocolario; que le hiciera las preguntas acostumbradas de una esposa que se preocupaba por el bienestar de su marido y lo hiciera sentir halagado en su virilidad.

¿Te fue bien en el trabajo, mi amor?

Me hiciste tanta falta hoy.

¿Viniste con muchas ganas? Venga pues para la pieza.

Era la rutina de todos los días. Eugenia sabía que era la manera de controlar su pasión y mitigar su celo, pero sabía que tenía que hacerlo por obligación despojada de todo placer. Se encerraban en el dormitorio como si tuvieran que esconderse del resto de la humanidad para cumplir con una ceremonia secreta, que tenía su escenario en todas las recámaras del Boalonga. La rutina era casi calculada para salir de ello lo más rápido posible. Eugenia le aflojaba el pantalón, le sacaba el pene que ya presentaba los efectos de la erección y con la mano le daba tres o cuatro movimientos estimulantes. Entonces Eugenia se acostaba al borde de la cama y Julián la penetraba esperando que ella jadeara de placer que tenía que fingir para excitarlo. La eyaculación prematura de Julián contribuía a la frustración de Eugenia, que de allí se levantaba al baño a lavarse. El secreto que ella no compartía con Julián era la causa por la cual no quedaba embarazada. Julián no era un fiel seguidor de la enseñanza moral de la iglesia, pero nunca hubiera aceptado que su esposa tomara la píldora anticonceptiva. Según la iglesia cada acto sexual en el matrimonio debía tener por objeto la procreación. Para Cuatro Jotas era un engaño a su virilidad de la cual sus amigos hacían los chistes de siempre. Considerarlo impotente era algo que no podía soportar. Para la iglesia cualquier relación, inclusive con su marido que no tuviera la procreación como último fin, rebajaba a la mujer al estrato de una prostituta. No solamente eran los residuos de una fe puritana como se pensaba, sino también una forma de moralizar la política demográfica necesaria en una sociedad a la que se le hacía creer que la minoría también podía legislar sobre la conciencia de otros. Eugenia habría de desafiar ese flagelo cultural, demostrándose a sí misma y a la comunidad entera, que el impulso sexual es tan natural como el aire que se respira.

II

La gente de Boalonga ya se había acostumbrado a los actos de violencia perpetrados en contra de personas involucradas en la vida pública. La vida privada también era motivo de acoso, y a pesar de expresar su disgusto por estos acontecimientos, las autoridades no se ocupaban de estos casos ya que, no consideraban el acoso como ilegal, especialmente porque tenían mucho trabajo con los crímenes violentos que se cometían.

La violencia se manifestaba en diversas formas. Grupos de diferentes corrientes políticas se combatían sin misericordia, dándose una piadosa tregua cuando estaban en la iglesia adorando a su mismo dios, pero que parecían dioses diferentes cuando le pedían su favor para destruir a su enemigo. Esta era una costumbre que se llevaba hasta el mismo campo de fútbol en donde cada miembro del equipo se persignaba y rogaba por las mercedes del gol. Había mucha pasión política. La gente era tan apasionadamente fiel a su partido político, como lo eran a su religión, pero que de pronto la religión, se entendía, como clasificada por tendencias políticas, común a casi todos los habitantes de Boalonga. La afiliación política de una persona no era una cuestión de asegurar una agenda social en particular que se representaba con el fin de mejorar las condiciones de vida del pueblo. La afiliación política se buscaba para ejercer poder con el objeto de perpetuar un legado cultural y no se entendía, en la mayoría de los casos, como una fuerza dinámica de cambio continuo que le permitiera a las generaciones futuras determinar por sí mismas los destinos de la patria. Había una pasión política tan corrupta, que durante las elecciones presidenciales se presentaban miembros activos de los diferentes partidos políticos, acosando a los que llegaban a las urnas para votar, y que en su mayoría representaban a la población de bajos recursos económicos, que no eran pocos. En recompensa montaban fiestas en donde las comidas y el licor se distribuían liberalmente entre la población, que así se sentía presionada y comprometida a votar por el partido por el cual se inclinaba el anfitrión de la parranda. Entre los narcotraficantes, que se distinguían por su lealtad a diferentes mafias con sede en diferentes ciudades importantes de Boalonga, se bajaban mutuamente a plomo para limitar la acción del competidor en el mercado internacional. El dinero ya no era el fin sino el medio, que era el catalizador de la barbarie. Era una guerra sin cuartel. En este ambiente el asesinato se perpetraba en forma viciosa. No bastaba solamente con quitarle la vida a alguien como resultado de una sentencia pronunciada en contra de algún miembro del cartel de oposición, sino también la forma de hacerlo caracterizaba la bajeza de su humanidad. La emasculación de las víctimas, la violación sexual, el fuego y el uso de la corriente eléctrica en actos de tortura, eran algunas formas de humillar a la víctima y de expresar la vileza de una psique desquiciada. La doctora BB habría de descubrir un mundo de violencia que jamás se habría imaginado existiera, entre algunas gentes poseídas por el satánico fantasma de la barbarie, que dejaba una estela de muerte y destrucción acompañado de una hedionda fragancia de azufre infernal por doquiera que estos sicópatas dejaban a sus víctimas. Los sicarios eran jóvenes todavía en su adolescencia. Eran fieles a sus ricos amos quienes los humillaban por el dinero que les ofrecían. Los sicarios hacían todo el trabajo sucio que los millonarios de la droga les exigían. Los llamaban los "perros", porque de ellos se esperaba una fidelidad sin cuestionar la moralidad o la ética de las órdenes que recibían. Llevaban en su mano derecha un escapulario amarrado en forma de una pulsera, el cual esperaban les daría la buena suerte para no fallar el mortal disparo contra sus víctimas, y alrededor de la tibia llevaban otro, para que la divina providencia les ayudara a correr y desaparecer de la escena del crimen, sin ser reconocidos. Los asesinatos se cometían con la protección de los ídolos de su atrofiada confusión religiosa. Estos sicarios eran protegidos y animados por sus propios progenitores, que conseguían así la suficiencia de una vida en abundancia, que les permitiría, según ellos, alternar con los que tenían. Por las noches se seguían las costumbres de los rituales religiosos en la atmósfera del hogar, siempre a la defensiva. Se rezaba casi sin pensar en lo que se decía, anestesiados por la repetición del nombre "Jesús", mil veces. Los rezos no reflejaban un sentido de responsabilidad personal con el consecuente cambio de proceder. Los rezos se reducían a un ritual repetitivo que de por sí ya se consideraba una penitencia. El nombre de su crucificado salvador se invocaba como un castigo, no como una alegría que proporcionaba una revitalización de sus fuerzas para vivir una vida espiritual con la dignidad que ese salvador proyectaba. Se llamaba "los mil jesuses". Mientras los penitentes sostenían una camándula de cincuenta cuentas, como un ábaco para no confundirse en el proceso, se oían las voces en un coro suave que repetían Jesús,

Jesús, Jesús, Jesús, Jesús, Jesús, Jesús, Jesús, Jesús, Jesús, Jesús, Jesús, Jesús,
Jesús, Jesús, Jesús, Jesús, Jesús, Jesús, Jesús, Jesús, Jesús, Jesús, Jesús, Jesús,
Jesús, Jesús, Jesús, Jesús, Jesús, Jesús, Jesús, Jesús, Jesús, Jesús, Jesús, Jesús,
Jesús, Jesús, Jesús, Jesús, Jesús, Jesús, Jesús, Jesús, Jesús, Jesús, Jesús, Jesús,
Jesús, Jesús, Jesús, Jesús, Jesús, Jesús, Jesús, Jesús, Jesús, Jesús, Jesús, Jesús,
Jesús, Jesús, Jesús, Jesús, Jesús, Jesús, Jesús, Jesús, Jesús, Jesús, Jesús, Jesús,
Jesús, Jesús, Jesús, Jesús, Jesús, Jesús, Jesús, Jesús, Jesús, Jesús, Jesús, Jesús,
Jesús, Jesús, Jesús, Jesús, Jesús, Jesús, Jesús, Jesús, Jesús, Jesús, Jesús, Jesús,
Jesús, Jesús, Jesús, Jesús, Jesús, Jesús, Jesús, Jesús, Jesús, Jesús, Jesús, Jesús,
Jesús, Jesús, Jesús, Jesús, Jesús, Jesús, Jesús, Jesús, Jesús, Jesús, Jesús, Jesús,
Jesús, Jesús, Jesús, Jesús, Jesús, Jesús, Jesús, Jesús, Jesús, Jesús, Jesús, Jesús,
Jesús, Jesús, Jesús, Jesús, Jesús, Jesús, Jesús, Jesús, Jesús, Jesús, Jesús, Jesús,
Jesús, Jesús, Jesús, Jesús, Jesús, Jesús, Jesús, Jesús, Jesús, Jesús, Jesús, Jesús,
Jesús, Jesús, Jesús, Jesús, Jesús, Jesús, Jesús, Jesús, Jesús, Jesús, Jesús, Jesús,
Jesús, Jesús, Jesús, Jesús, Jesús, Jesús, Jesús, Jesús, Jesús, Jesús, Jesús, Jesús,
Jesús, Jesús, Jesús, Jesús, Jesús, Jesús, Jesús, Jesús, Jesús, Jesús, Jesús, Jesús,
Jesús, Jesús, Jesús, Jesús, Jesús, Jesús, Jesús, Jesús, Jesús, Jesús, Jesús, Jesús,
Jesús, Jesús, Jesús, Jesús, Jesús, Jesús, Jesús, Jesús, Jesús, Jesús, Jesús, Jesús,
Jesús, Jesús, Jesús, Jesús, Jesús, Jesús, Jesús, Jesús, Jesús, Jesús, Jesús, Jesús,
Jesús, Jesús, Jesús, Jesús, Jesús, Jesús, Jesús, Jesús, Jesús, Jesús, Jesús, Jesús,
Jesús, Jesús, Jesús, Jesús, Jesús, Jesús, Jesús, Jesús, Jesús, Jesús, Jesús, Jesús,
Jesús, Jesús, Jesús, Jesús, Jesús, Jesús, Jesús, Jesús, Jesús, Jesús, Jesús, Jesús,
Jesús, Jesús, Jesús, Jesús, Jesús, Jesús, Jesús, Jesús, Jesús, Jesús, Jesús, Jesús,
Jesús, Jesús, Jesús, Jesús, Jesús, Jesús, Jesús, Jesús, Jesús, Jesús, Jesús, Jesús,
Jesús, Jesús, Jesús, Jesús, Jesús, Jesús, Jesús, Jesús, Jesús, Jesús, Jesús, Jesús,
Jesús, Jesús, Jesús, Jesús, Jesús, Jesús, Jesús, Jesús, Jesús, Jesús, Jesús, Jesús,
Jesús, Jesús, Jesús, Jesús, Jesús, Jesús, Jesús, Jesús, Jesús, Jesús, Jesús, Jesús,
Jesús, Jesús, Jesús, Jesús, Jesús, Jesús, Jesús, Jesús, Jesús, Jesús, Jesús, Jesús,
Jesús, Jesús, Jesús, Jesús, Jesús, Jesús, Jesús, Jesús, Jesús, Jesús, Jesús, Jesús,
Jesús, Jesús, Jesús, Jesús, Jesús, Jesús, Jesús, Jesús, Jesús, Jesús, Jesús, Jesús,
Jesús, Jesús, Jesús, Jesús, Jesús, Jesús, Jesús, Jesús, Jesús, Jesús, Jesús, Jesús,
Jesús, Jesús, Jesús, Jesús, Jesús, Jesús, Jesús, Jesús, Jesús, Jesús, Jesús, Jesús,
Jesús, Jesús, Jesús, Jesús, Jesús, Jesús, Jesús, Jesús, Jesús, Jesús, Jesús, Jesús,
Jesús, Jesús, Jesús, Jesús, Jesús, Jesús, Jesús, Jesús, Jesús, Jesús, Jesús, Jesús,
Jesús, Jesús, Jesús, Jesús, Jesús, Jesús, Jesús, Jesús, Jesús, Jesús, Jesús, Jesús,
Jesús, Jesús, Jesús, Jesús, Jesús, Jesús, Jesús, Jesús, Jesús, Jesús, Jesús, Jesús,

Jesús, Jesús, Jesús, Jesús, Jesús, Jesús, Jesús, Jesús, Jesús, Jesús, Jesús, Jesús,
Jesús, Jesús, Jesús, Jesús, Jesús, Jesús, Jesús, Jesús, Jesús, Jesús, Jesús, Jesús,
Jesús, Jesús, Jesús, Jesús, Jesús, Jesús, Jesús, Jesús, Jesús, Jesús, Jesús, Jesús,
Jesús, Jesús, Jesús, Jesús, Jesús, Jesús, Jesús, Jesús, Jesús, Jesús, Jesús, Jesús,
Jesús, Jesús, Jesús, Jesús, Jesús, Jesús, Jesús, Jesús, Jesús, Jesús, Jesús, Jesús,
Jesús, Jesús, Jesús, Jesús, Jesús, Jesús, Jesús, Jesús, Jesús, Jesús, Jesús, Jesús,
Jesús, Jesús, Jesús, Jesús, Jesús, Jesús, Jesús, Jesús, Jesús, Jesús, Jesús, Jesús,
Jesús, Jesús, Jesús, Jesús, Jesús, Jesús, Jesús, Jesús, Jesús, Jesús, Jesús, Jesús,
Jesús, Jesús, Jesús, Jesús, Jesús, Jesús, Jesús, Jesús, Jesús, Jesús, Jesús, Jesús,
Jesús, Jesús, Jesús, Jesús, Jesús, Jesús, Jesús, Jesús, Jesús, Jesús, Jesús, Jesús,
Jesús, Jesús, Jesús, Jesús, Jesús, Jesús, Jesús, Jesús, Jesús, Jesús, Jesús, Jesús,
Jesús, Jesús, Jesús, Jesús, Jesús, Jesús, Jesús, Jesús, Jesús, Jesús, Jesús, Jesús,
Jesús, Jesús, Jesús, Jesús, Jesús, Jesús, Jesús, Jesús, Jesús, Jesús, Jesús, Jesús,
Jesús, Jesús, Jesús, Jesús, Jesús, Jesús, Jesús, Jesús, Jesús, Jesús, Jesús, Jesús,
Jesús, Jesús, Jesús, Jesús, Jesús, Jesús, Jesús, Jesús, Jesús, Jesús, Jesús, Jesús,
Jesús, Jesús, Jesús, Jesús, Jesús, Jesús, Jesús, Jesús, Jesús, Jesús, Jesús, Jesús,
Jesús, Jesús, Jesús, Jesús, Jesús, Jesús, Jesús, Jesús, Jesús, Jesús, Jesús, Jesús,
Jesús, Jesús, Jesús, Jesús, Jesús, Jesús, Jesús, Jesús, Jesús, Jesús, Jesús, Jesús,
Jesús, Jesús, Jesús, Jesús, Jesús, Jesús, Jesús, Jesús, Jesús, Jesús, Jesús, Jesús,
Jesús, Jesús, Jesús, Jesús, Jesús, Jesús, Jesús, Jesús, Jesús, Jesús, Jesús, Jesús,
Jesús, Jesús, Jesús, Jesús, Jesús, Jesús, Jesús, Jesús, Jesús, Jesús, Jesús, Jesús,
Jesús, Jesús. Amén.

La religión era un tóxico ritual que, dejaba a sus practicantes exhaustos del miedo, pero que servía de droga para conciliar el sueño, con bostezos que iban aumentando de frecuencia a medida que el nombre de Jesús iba llegando a su fin.

III

Los habitantes de Boalonga se levantaban con el cantar de los gallos. En la madrugada abrazada por la neblina, las mujeres preparaban para el desayuno una variedad de alimentos típicos que incluía una arepa, una taza de mazamorra, carne asada, patacones y arroz, y para beber se ofrecía café o un chocolate caliente batido a mano con un molinillo de madera, hasta que la espuma se levantaba por encima de la jarra de aluminio que lo contenía. La comida no faltaba entre aquellas familias campesinas que sabían cultivar el campo para satisfacer sus necesidades primarias. El mercado, que funcionaba solamente por unas horas en la mañana temprano, en la plaza central del pueblo, ofrecía una rica variedad de frutas y verduras, pollos, carnes de res y de puerco, y muchos productos típicos de la artesanía local. Los niños de las familias pobres se movían entre la multitud que compraban la carne para el consumo del día. Estos niños competían con los gallinazos, que esperaban como ellos, para recoger los pedazos de carnes, de baja calidad, o inservibles, que salían disparados arrojados hacia la calle desde los toldos de los carniceros. Desde la ciudad venían familias completas, de paseo en sus autos privados con el fin de comprar en el mercado del pueblo las frutas y las carnes para la semana. Ese día en Boalonga, la vida pasaba sin novedad, pero que incluía la suspicaz vigilancia ejercida individualmente. Nunca se sabía cuándo y dónde se iba a manifestar un ataque terrorista, de parte de uno de los movimientos involucrados en el agite político y criminal por el cual pasaba la región. Muchas de las mujeres en Boalonga habían enviudado y los hombres se cuidaban de no ser las siguientes víctimas de la infame violencia que se vivía. La gente ya no creía en nadie que viniera predicando promesas de paz y prosperidad.

Los campesinos querían vivir tranquilos y seguir en sus faenas que conocían bien, y que eran parte de sus raíces culturales. Muchos campesinos eran asesinados en la zona de violencia en Boalonga y casi diariamente, la prensa reportaba sobre abusos cometidos en contra de esta gente que, con el trabajo de sus manos proveían el alimento para sus abusadores y para aquellos que, con su silencio, otorgaban la licencia para estos crímenes de lesa humanidad. Eran el blanco inocente, de una guerrilla corrupta que había perdido su brújula de sus ideales, que la población una vez quiso creerles, de que lucharían por los intereses del pueblo. Asesinaban al mismo pueblo que pretendían querer liberar. Los paramilitares, eran una cuadrilla de asesinos de extrema derecha financiados con capitales privados generados del narcotráfico, y con el silencioso asentimiento de políticos corruptos al frente de puestos públicos que cuidaban para perpetuarse en ellos. La mafia de la droga acosaba a estas familias humildes, y al pueblo de Boalonga, para que contribuyeran con el cultivo de la cocaína, remunerándolos altamente por encima de lo que ganaban sembrando los alimentos de su tradición y criando los acostumbrados animales domésticos. El ejército y la policía, conocidos agentes de las atrocidades más inescrupulosas, que tenían que ser vigilados para que no cometieran actos de violación en contra de los derechos humanos, eran los emisarios de un gobierno corrupto e inoperante que estaba más al servicio de los intereses foráneos y de su propia casta, que de la población que inocentemente los elegía para ejercer el poder, creyendo en la demagógica promesa de una participación más equitativa en la vida social y económica de Boalonga. ¿De quién se iban a pegar estos campesinos que habían perdido su completa inocencia y que habían sido víctimas del abuso de la historia? Estos campesinos eran el remanente de quinientos años de atropello, asesinatos, violaciones, saqueos, desprecio, y de una enseñanza basada en un programa de ignorancia, diseñado para mantener el estado de cosas que han acompañado a esta población indígena desde la conquista de América. Los hijos de Boalonga eran adoctrinados, en religión y en política. Desde las calles se podía escuchar el coro de los niños en los salones de clase regurgitando de memoria al unísono el irracional catecismo, repitiendo de memoria poesías patrióticas que apelaban más a los sentimientos que a la inteligencia, y como si fuera poco, hasta las tablas de multiplicar se cantaban en coro hasta que estuvieran memorizadas, e inclusive la memorización de inútiles fechas de las presidencias del pasado, sin prestar atención a un análisis objetivo de cómo estos regímenes contribuyeron al empeoramiento de las condiciones sociales y económicas de Boalonga. El pueblo de Boalonga era consentido. Con tal que se construyera un rascacielos, siendo el más alto en Boalonga, no importaba que, los dineros públicos desaparecieran, porque, al fin y al cabo, pensaban, todos los gobiernos robaban, pero este de turno, dejó un edificio alto con el cual se podía presumir en público. Pero así se forma una sociedad de obedientes cuyo único valor era convertirse en el abono de las tierras de Boalonga. Con ese tipo de educación no podía esperarse más que vivir de promesas. Promesas de los políticos de mejorar las condiciones de vida de los ciudadanos, promesas de la iglesia de darles el cielo si tenían paciencia, promesas del gobierno de pagarles mejores precios por sus productos para mejorar sus condiciones de vida. Promesas y más promesas, nublaban la mente con la creación de necesidades artificiales, y con intricados procedimientos, que el habitante promedio de Boalonga no entendía, se creaba el sentimiento de progreso. El campesino sabía que, si sembraba la tierra y esperaba el tiempo necesario, la tierra le cumpliría la promesa de una cosecha que podía disfrutar. De las otras promesas estaban hartos.

Boalonga había sido un territorio de refugio para muchos inmigrantes. Guillermo recordaba a Boalonga como una cuna de paz y un refugio para eludir la intolerancia de ideas que se vivía en Europa durante la dominación nazi. Solamente la gente que recibía diariamente el directo impacto de un régimen que fundaba su filosofía de exterminio sobre la insipiente ciencia de la genética, sabía realmente lo que era vivir bajo una autoridad manipuladora, que usaba los mecanismos de una propaganda inmoral para capitalizar sobre la ignorancia popular. Boalonga fue su refugio. Este alemán, que había perdido su identidad judía después de muchas generaciones en un proceso de asimilación, pudo salvar su vida en Boalonga, pasando por desapercibido, al viajar de pueblo en pueblo, a lo largo de la geografía de Boalonga. Esfumando su identidad, como millones de familias judías europeas perseguidas, llegó a Boalonga que, a pesar de las guerras sectarias fratricidas, tuvo la suerte de sobrevivir el holocausto más infame del siglo veinte. Guillermo llegó con su esposa Martha a Boalonga, apenas unos pocos meses antes de estallar la gran conflagración que condujo a la segunda guerra mundial. Don Guillermo no quería darse a conocer mucho. Inclusive el nuevo título de 'don' que precedía a su nombre, como era la costumbre en Boalonga, le daba la sensación de haber encontrado, sin querer, otra forma de esconder su identidad entre una masa de gentes comunes de Boalonga que, llevaban todos este título nobiliario desde su época colonial. Mantenía una presencia casi desapercibida trabajando en un tejar. Cuando sus habitantes se dieron cuenta que don Guillermo no profesaba la fe católica, conspiraron para desterrarlo. Una noche, regresando de los tejares, don Guillermo atravesaba la plaza principal del pueblo, cuando sintió de repente una lluvia de piedras que le pasaba por encima de su cabeza. El padre Santos y otros ciudadanos del pueblo le dieron, a la antigua costumbre de los semitas, una respuesta a su apostasía. Lo querían apedrear, porque el día anterior se había aventurado a opinar que la virgen, la patrona del pueblo, no podía haber sido virgen si había tenido un hijo. Eso no entraba en la testaruda cabeza de don Guillermo. Si la virgen proporcionó el óvulo, ¿de dónde vino el espermatozoide? Ni era, ni es, ni será jamás posible engendrar una nueva descendencia, en ninguna especie viviente, sin la presencia de un huevo y un espermatozoide, argumentaba don Guillermo al frente de una audiencia ofendida y estupefacta de obreros que no podían dar una explicación que tuviera sentido lógico. Nadie daba con del paradero del espermatozoide que embarazó a la virgen y nadie quería hablar de un espermatozoide divino. Después de hacer arreglos con el dueño de una carreta tirada por un caballo, salió de Boalonga con su esposa, sus pequeñas hijas y sus pocas pertenencias. Así se salvó este pueblo de tener su propio monolito como símbolo de la intolerancia. Eran las dos de la mañana y en Boalonga no se movían ni las hojas de los árboles. Era como si la naturaleza hubiera dejado de respirar al paso de un hereje que tenía todavía esperanza en una Boalonga que parecía estar estancada e inocente pero que era despiadada al mismo tiempo. Para don Guillermo, que como alemán de pronto era "don", fue muy difícil vivir sin perturbación en un mundo donde lo acusaban de nazi, de judío y de protestante al mismo tiempo. Prefirió refugiarse en la ciudad donde quizá lo esperaba una mejor suerte.

"Die Leute hier, spinnen" pensaba, refiriéndose en su idioma natal, a la gente chiflada.

En los albores de su independencia dicen los libros de historia, Boalonga gozaba de un desarrollo intelectual que tenía su fundamento e inspiración en los pensadores del humanismo del siglo diecinueve. Se hacían tertulias literarias y los foros políticos producían grandes oradores que con lujo de expresiones y una dialéctica cultivada, exponían sus argumentos para que fueran pesados en la balanza de la opinión pública, de las ideas de la época. Se hablaba y escribía acerca de los derechos del hombre y de la completa libertad que el hombre, sin distinción de raza, gozaría al pisar el territorio de Boalonga. Fue por eso que don Guillermo escogió refugiarse en aquella región de la geografía tropical. Para la sorpresa de este inmigrante, los pensadores de la región, donde la libertad que su exuberante territorio parecía reflejar como un eco por las faldas de sus montañas y de sus frondosos valles, fueron víctimas de la represión y de una persecución, por las ideas de algunos que, se convirtieron en una amenaza para aquellos apapachados en el residuo de la cuna colonial. Las ideas socialistas que se gestaron a principios del siglo veinte despertaron las esperanzas de una vida mejor en muchos de los ciudadanos y pensadores de Boalonga. Los políticos por el contrario, no encontraron suelo común para mejorar las condiciones de vida de los ciudadanos, de este territorio bendecido por la frondosidad de su naturaleza. Los abundantes recursos naturales reconocidos dentro del croquis de la nación, eran vendidos a precios ridículos que no producían suficientes divisas para ajustarse a la vida industrializada, que se le estaba imponiendo a una población agraria. Los intereses comerciales de las potencias extranjeras arroyaron la soberanía de Boalonga que quería vivir en paz y que no tenía los recursos para mantener la región intacta. Esta nación estaba saliendo de su inocencia y no estaba dispuesta a seguir luciendo los pañales del progreso si quería enfrentar los dragones externos y la demencia interna de sus momificados políticos, que daban sus últimos respiros por el poder. Era más importante pertenecer a un partido político, al cual se adherían para mantener la tradición de las familias en el poder, y las tradiciones dogmáticas de la iglesia, que discernir las ventajas de un programa socioeconómico, que beneficiara a cada miembro de la sociedad. Desdichadamente la clase gobernante se dejaba untar las manos con mordidas, que en la jerga internacional se titulaban "programas para el desarrollo económico" para disfrazar la falta de dignidad de los recipientes, enajenando así el patrimonio del suelo de Boalonga. Don Guillermo recordaba con tristeza y mucha frustración cómo tuvo que presenciar los actos de violencia producidos por los enfrentamientos fratricidas. Justamente este inmigrante, que había venido a buscar tranquilidad en las playas de Boalonga, huyendo de las atrocidades que se estaban viviendo en Europa, no podía comprender cómo la humanidad en este paraíso, se masacraba sin piedad alguna. El desprecio por la iglesia que sentía don Guillermo, era el resultado de la histórica asociación entre la religión que se practicaba, y la barbarie reflejada en la intolerancia por las ideas de los demás. Los consecuentes genocidios, que en un estado como Boalonga quedaban impunes, generaban más violencia por la falta de un sistema de justicia imparcial, como debía de practicarse en un estado moderno y civilizado, inspirado por el derecho humano. Don Mariano, uno de los políticos más prominentes de Boalonga, desató una violenta persecución contra la otra mitad de sus habitantes que no compartían su afiliación política, aun cuando sí, compartían su mismo Cristo. Después de haber ganado las elecciones, para cuya campaña había transportado una estatua de una virgen que había hecho bendecir por el Papa en Roma y que mostraba por todos los rincones de Boalonga como un devoto candidato, impresionando así a la mayoría de un pueblo, que pensaba que sería gobernado por una deidad que ejercía un mesmerismo colectivo sobre un pueblo con miedo. Como consecuencia de esta fanática perspectiva, se desató en Boalonga, una violenta persecución contra los miembros de otras religiones y contra los afiliados al partido de la oposición. Desde sus púlpitos, los curas azuzaban a la gente asegurándoles la salvación eterna, si participaban del genocidio que acabaría con los infieles y con los del partido de oposición, que había sido condenado por la iglesia popular. Cientos de miles de personas fueron privadas de su existencia, crimen perpetrado con la ayuda de un ejército partidista para el cual no se reclutaban sino personas del partido político gobernante y fieles seguidores de la deidad que, paradójicamente se consideraba pura, virgen, inmaculada, por encima de cualquier dios y que era el objeto de la adoración popular. El fanatismo religioso, fue la fuerza motriz para el genocidio. La mente asesina se vertió por los parajes de Boalonga violando mujeres en la presencia de sus impotentes y humillados esposos, de sus hermanos y de sus hijos. Miles de mujeres embarazadas morían en medio del más grande dolor para ver a sus fetos ensartados en los machetes que les abrieron sus vientres. Incontables hombres fueron emasculados sin misericordia como parte de un rito diabólico para impedir la reproducción del enemigo político. El pueblo de Boalonga fue traicionado por sus propias clases dirigentes y el mundo en silencio presenciaba la masacre. Don Guillermo esperó toda su vida por otro juicio de Nuremberg, en vano. A estos habitantes de Boalonga no les dieron importancia. La violencia apenas empezaba a cocinar los verdaderos efectos de sus propias recetas. La venganza iba a caer sobre Boalonga como el rocío en una mañana fría. Nadie, quien pudiera pensarse, vendría al rescate de Boalonga, para dar fin a una demencia orquestada por la ambición política de sus gobernantes. Los niños y las niñas que fueron violados, y dejados huérfanos por la violencia, no tenían espacio en su mente para esperar por el ángel de la guarda, que los abandonó sin misericordia alguna, apareciera a su rescate. Los héroes de los inocentes no se aparecían cuando éstos los necesitaban. Descubrieron que la imagen de la virgen era sorda y las alienantes figuras de la fantasía los traicionaron, mientras eran abusados sin misericordia. En su agonía e inocencia, esperaban la presencia del Súper Ratón, quien nunca vino para ayudarles, pero si para comerse el maizal, sembrado por sus padres asesinados. En Boalonga nunca se habían aparecido al rescate Superman, ni el Hombre Murciélago, ni el Hombre Araña, ni la Mujer Maravilla, quienes no eran exactamente los representantes de la pureza y la castidad. A estos niños alimentados con la alienante pedagogía de la opresión, nunca habían entendido que estos personajes de la fantasía están al servicio de la propaganda política de las clases dominantes y no exactamente para la edificación moral e intelectual de los menores. Las bibliotecas populares callejeras abundaban en Boalonga. Por unos centavos los innumerables niños, jóvenes y adultos alquilaban historietas o "cuentos" como los llamaban, y pasaban horas, inclusive días enteros alimentando sus mentes con la basura intelectual de esta barata y enceguecedora propaganda, sentados en las bancas de los parques o en los garajes de algunas casas, donde se ofrecía esta clase de lectura. Las multitudes en Boalonga vivían las intrigas amorosas de decenas de novelas ofrecidas en todos los medios de comunicación. Actualmente la televisión entretiene al pueblo de Boalonga durante las más importantes horas de producción. Miles de mujeres cierran sus pequeños almacenes para seguir el episodio, no de una sino de varias telenovelas de sintonización diaria, excluyéndose así mismas de las oportunidades para el progreso económico. Miles de personas en Boalonga buscan ser entretenidas en lugar de entretenerse creativamente ellas mismas. Los programas de televisión mantienen a la población pendiente de los premios que se van a ganar después de pasar por una serie de estudiadas idioteces que no contribuyen en lo mínimo para la formación de los niños y de las familias. Las mujeres se dejan manosear visual y verbalmente por los productores de los programas de televisión, con la esperanza de salir de ellos con un premio barato. La agresión contra los niños empieza con la infiltración de su fantasía y termina con el abuso físico de los mismos. Estos niños irían a vengarse de alguna manera al despertar de la anestesia que la indiferencia irresponsable de sus gobernantes inyectaba en ellos en el nombre de una democracia entendida sólo para pocos. El odio y el desprecio por una sociedad que los dejó desamparados sería a su vez la causa de su destrucción final. Don Mariano, el político más conocido en este infierno de Boalonga, estaba solamente prolongando su vida por unos instantes más. La estructura política enfatizaba la distracción, más que la creatividad y el estudio. Mantener a la gente en la ignorancia, distrayéndola con una eufórica adicción por el deporte, en el cual sólo unos pocos participan activamente, mientras que el resto de la población paga las exorbitantes sumas de dinero, para perpetuar el sueño del héroe de las masas, que recibe millones por meter goles, hacer canastas o correr jonrones, era una política efectiva para aquellos que no se interesaban en la solución de los problemas humanos, pero que estaban más dispuestos a la gratificación personal.

"A la gente común no le puede faltar el pan y la entretención. Así me dejan gobernar y hacer lo que me dé la gana", le decía don Mariano a su mujer Rosa María mientras estaban sentados tomando el café una mañana en el balcón de su casa desde el cual se tenía una fantástica vista hacia las montañas de Boalonga.

"Pan y entretención tiene muchos significados y procedencias" replicó Rosa María. –"Las formas no importan, se modifican a medida que es necesario."

"Es importante reconocer que todos participamos de la misma política, ¿verdad?"

"Claro mujer, los ricos juegan al golf y los pobres al tejo. Todos esencialmente comemos lo mismo: carne, arroz... pero en platos diferentes y con una preparación diferente."

"Lo mismo pasa con las mujeres" replicó Rosa María.

¿Cómo así? Preguntó don Mariano un poco fastidiado. Este tema le molestaba porque sus relaciones con Rosa María estaban teñidas por la presencia del capitán Chuster en sus vidas.

"Bueno", dijo, "tanto los ricos como los pobres disfrutan de las reinas de belleza, ¿o no?"

"Sí, pero ahí está mi punto. El ingrediente es el mismo, el menú no. Unos comen lasaña y…."

"Los otros la hazaña es que coman" interrumpió Rosa María en forma casi jocosa y sarcástica.

"No mujer, unos comen lasaña y otros comen espaguetis. ¿Te das cuenta de la diferencia? La gente sigue comiendo lo que la cultura les dicta."

Después de una breve pausa, don Mariano explica que para garantizar el pan a la gente hay que copiar los métodos de la comida rápida y barata.

"Se ofrecen todos los ingredientes de la pirámide alimenticia en una sola bolsa. Un pan con una hamburguesa, tomate y lechuga, con o sin queso, unas papas fritas y una bebida criolla. Para variar se pueden dar alternativas como la cebolla o el pepino. Y…. para los que tienen el gusto más afilado se les ofrece un poco de picante."

"Nosotros que, podemos pagar una propina, nos vamos al restaurante a que nos atiendan con los mismos ingredientes, pero, sí…. ya entendí, con otro menú y otro precio"

"Eres muy inteligente Rosa María. Retornando al tema de las reinas de belleza, es un negocio maravilloso y erótico. Entre la gente común los hombres sólo quieren ver piernas y nalgas medio destapadas; las mujeres quieren ver modas y de qué lugar va a proceder la reina. Por eso al principio se presentan bien vestidas y se van destapando a medida que el circo progresa. Al final reciben sus medallas, títulos y demás premios."

"Como en la feria del ganado" atinó a decir Rosa María para ver la reacción de don Mariano.

"Con la diferencia", replicó don Mariano, "que aquí estamos viviendo un orgasmo nacional muy lucrativo. Las chicas proporcionan un espectáculo para las masas y pueden traer divisas al país si se consideran los posibles contratos que reciben en el extranjero como artistas de cine, modelos de modas, e inclusive para ser retratadas desnudas en las famosas revistas para hombres."

Pensativa Rosa María meditaba que, mientras en el mundo de Talibandia la mujer debía aparecer enrollada en trapos desde los pies hasta la cabeza para que sus cuerpos no constituyan la fuente del deseo carnal de los hombres, en Boalonga no se desperdiciaba la oportunidad para desvestirlas con la mirada y aterrorizarlas con piropos dementes eyaculando estupideces, a lo cual la mujer debía reaccionar como si nada hubiese pasado.

De pronto Rosa María reaccionó con desprecio por las ideas de don Mariano y exclamó:

"Usted está presentando a la mujer como una mercancía"

"Nunca en la historia de la humanidad ha sido diferente. Tanto la prostitución como el extremo opuesto del puritanismo tienen su economía basada en la mujer" contestó don Mariano con un aire de político informado.

"A ver, explíqueme eso de la economía basada en la mujer don Marino, que no entiendo nada y ya me exaspera ese comentario."

"A ver, mi querida Rosa María, tenemos que empezar entendiendo la fisiología de los sexos" dijo don Mariano a su mujer con aire de triunfo.

"Qué carajo tiene que ver la fisiología de los sexos en este asunto de la economía?"

"Mucho y....todo, quizá" tratando de neutralizar la adrenalina que ya se le estaba subiendo a su mujer. Don Marino empezó su explicación diciendo que la niña trae al nacer todos los folículos en los ovarios que se irían a convertir en óvulos o huevos que podrían ser fertilizados o no.

"Y eso qué tiene que ver con la economía?" –replicó Rosa María intrigada.

Don Mariano prosiguió en forma ceremoniosa –"Esos óvulos maduran y si son fecundados la mujer puede llegar a ser madre. Si no son fecundados, los óvulos son eliminado del cuerpo por medio de la menstruación."

"Ah....entonces esos óvulos se pierden, lo que perjudica a la economía. Ya estoy entendiendo esta babosada fisiocómica" dijo Rosa María.

Acomodando su posición en la silla donde estaba sentado y sin hacer comentario alguno, don Mariano prosiguió con su explicación.

"Lo que pasa es que, en contraste con la mujer, el hombre nunca deja de fabricar los espermatozoides que van a fecundar el huevo. Un día la mujer termina de madurar óvulos y pasa al estado de la menopausia, mientras que el hombre sigue con la necesidad de eyacular los espermatozoides que produce. Eso se continúa por muchos años más, después de que la mujer entra en la menopausia. Inclusive durante la vida de la pareja, la mujer no es receptiva al hombre cada vez que éste quiere eyacular, lo que puede interferir con las relaciones sexuales como el hombre las concibe."

"Eso me suena lógico" interrumpió Rosa María. "Es por eso que los animales solamente copulan cuando están dispuestos a la reproducción".

"Así es" contestó don Mariano, "por el contrario las mujeres pueden manipular a los hombres con el sexo. Es fácil mantener a un hombre sexualmente excitado cuando está con ganas de deshacerse de sus espermatozoides y la mujer dispuesta a copular cuando ella lo decida. La mujer no necesita ni siquiera estar excitada para permitírselo."

"Eso rebaja al hombre al estrato de un animal sexual" dijo Rosa María.

"Y a la mujer en un importante estímulo, dentro de muchos sectores de la economía" replicó don Mariano. "La actividad sexual en la humanidad no solamente tiene funciones reproductivas, pero por la forma como la sociedad ha alterado su organización, desde lo simple a lo complejo a través de la historia, en todos los demás campos de la actividad e interacción humanas, la sexualidad no es una excepción a esta sofisticación. Nosotros no comemos en el suelo como los animales, pero tampoco ponemos la comida simplemente sobre la mesa, sino en platos. Los platos a su vez están adornados y pintados, no porque eso mejore la calidad de la comida, sino por el placer que nos da sentirnos creativos y diferentes; no defecamos ya en el monte al aire libre, como en la antigüedad, sino en un cuarto destinado para ello que a su vez hemos decorado e impregnado de perfumes procedentes de velas e inciensos. El caballo es utilizado hoy más como un deporte que nos recuerda el campo de batalla del pasado, pero nos desplazamos en automóviles y aviones gracias al progreso tecnológico. Sin embargo, a esos medios de transporte los dotamos de sofisticados sistemas de comodidad que nos son necesarios para la función misma del propósito original del mecanismo de transporte. De la misma manera, la industria pornográfica no es más que la visualización de ese estímulo. La creación de las diferentes formas de anticonceptivos, demuestra que el sexo quiere disfrutarse mutuamente, sin miras a la reproducción. La industria se prolífera en equipos e instrumentos para aumentar la experiencia sexual. El pregón de la imagen pura de la mujer que la iglesia promueve, es un negocio millonario fundado en la mujer, como mercancía."

Rosa María se estaba fastidiando con su esposo. Pensar que la pureza era otra forma de explotación sexual era algo que ella nunca había contemplado considerar, ni en lo más remoto de su imaginación. Pensó que su esposo era un perverso que buscaba ventajas políticas y económicas con esa manera de pensar.

"Las iglesias" prosiguió don Mariano, "capitalizan sobre la virginidad y la pureza. Eso se manifiesta en la forma en que las mujeres deben vestirse y comportarse dentro de ciertas comunidades cristianas. En algunas iglesias protestantes las mujeres inclusive deben llevar faldas por encima de los pantalones, para así evitar que algún hombre pueda excitarse al admirar su figura. Mientras que a los hombres no se les limita en el vestuario, las mujeres son víctimas de extremas reglas en el vestir. Para un hombre no es problema el uso de una corbata que no aporta nada a la comodidad, pero que se espera que lleve cuando vaya a las ceremonias religiosas de su iglesia, sin embargo, a las mujeres se les prohíbe el uso de un collar, un arete, un anillo o cualquier tipo de adorno que pueda considerarse joya que exalte su belleza y pueda excitar sexualmente a un hombre. Observe usted, mi querida Rosa María, que el uso del anillo, inclusive el matrimonial, es prohibido en ciertas iglesias fanáticas de Boalonga porque dicen, que es una representación del acto sexual."

"Ya empezó a exagerar. Usted está loco Mariano" protestó Rosa María.

"No, que tal que le dijeran a usted que no puede llevar la capul en el peinado porque dicen que está escondiendo los pecados detrás de ella?" replicó Mariano preguntando ¿"le gustaría vivir bajo esas restricciones?"

Rosa María contestó que si tenía que cambiar de religión se pasaría a una más cómoda.

El timbre de la puerta de la casa de don Mariano y de Rosa María sonó interrumpiendo la conversación. Era el padre Santos que llevaba la estatua de la virgen en sus brazos y que venía a discutir con don Mariano los pormenores de la fiesta que se le celebraba cada año por este tiempo.

"Padre Santos, qué bueno verle por estos lados. Veo que trae entre sus brazos la estatua del personaje más controvertido entre las iglesias cristianas."

¿Si...? ¿Y eso por qué? Preguntó el padre Santos intrigado.

Rosa María, sin preámbulos le preguntó si él creía que la virgen realmente era virgen.

Sin perder la oportunidad de enfatizarle a Rosa María su punto de vista, don Mariano interviene antes de que el padre Santos pueda contestar a su pregunta.

"He aquí la pregunta clave, que demuestra que el sexo de la mujer es el centro de gravedad alrededor del cual gira la más preciada joya doctrinal de la iglesia católica. Rosa María, querida, has probado mi punto. Todas las iglesias le hacen el culto a la vagina", finalizó don Mariano con acentuado fastidio.

El padre Santos miró desconcertado a esta pareja. Les clavó una mirada interrogativa como buscando una respuesta presintiendo que había interrumpido una conversación muy intensa relacionada con el tema, o algo parecido. El padre Santos dio, para comenzar, una respuesta tradicional a la pregunta que seguramente consumía el tiempo de muchas personas acostumbradas a pensar dentro de una lógica contextual diferente.

"La iglesia enseña que el hijo de María fue engendrado cuando ella era una virgen", dijo el padre.

"Claro, es lógico padre" interrumpió Rosa María. "Cuando mi esposo y yo engendramos a nuestro único hijo, y que en paz descanse, yo también era virgen. Quedé embarazada con la primera vez."

"Sí, claro Rosa María, pero usted recibió la célula masculina de su esposo, y tuvo un parto doloroso natural que le rompió el himen, y eso no pasó con María la madre de Jesús cuyo padre es Dios."

"Bueno, el himen me lo rompió mi esposo, pero mi parto fue con anestesia y sin dolor ya que me practicaron una cesárea" contestó Rosa María.

"La iglesia enseña que cuando Jesús nació concebido por el Espíritu Santo, pasó por el cuerpo de su madre como un rayo de luz que atraviesa un cristal, sin romperla ni mancharla."

Hubo una pausa casi irreverente, que el padre Santos sabía que no debía de interpretarla como tal. El conocía la manera de pensar de don Mariano. Es cierto que don Mariano salió por Boalonga en campaña política llevando consigo la virgen bendecida por el papa, pero eso no significaba que él mismo se creía esta historia. Fue después de su campaña que se desató en Boalonga un genocidio dirigido contra protestantes, gentes de mentes liberales y socialistas. Los mismos curas autorizaban desde sus púlpitos el asesinato de estas gentes, arengando a las multitudes prometiéndoles el cielo, a ellos y a sus familiares fallecidos por cada oponente que mataran. Para Mariano la virgen era una mascota política para explotar la estupidez y la ignorancia de las gentes. Efectivamente Mariano replicó a la explicación del padre Santos.

"Bueno Santos, ahora cuéntenos una de hadas. Esa pendejada no se la cree ni usted mismo. Vuélvase serio hombre."

Rosa María irrumpió con una carcajada incontenible por las palabras de Mariano que habían sido pronunciadas como dando a entender que, no tenía que fingir más y seguir con la farsa.

"Entonces vemos como el concepto de pureza está relacionado con el sexo femenino, del cual se espera la emulación de una fantasía religiosa, creada para acabar de explotar sexualmente a la mujer" dijo Mariano.

"Y en qué forma se espera que el sexo femenino emule la pureza representada en la virgen?" preguntó el padre Santos. Rosa María puso atención especial a esta pregunta de Santos.

"No, Santos, no es que la mujer pueda mantenerse pura en el sentido de esta interpretación religiosa desvirtuada, pero le crea sentimientos de culpabilidad al contrastarla con la virgen cuya pureza ha sido asociada con su sexualidad." Don Mariano hizo una breve pausa y continuó diciendo:

"No hay tal cosa como la impureza sexual de tipo religioso, Santos. La sexualidad debe disfrutarse plenamente. No hay ningún mandamiento que asocie la sexualidad con la impureza de una persona, pero sí hay mandamientos en contra de la deslealtad sexual a su cónyuge y también hay una advertencia contra la fornicación. La impureza se detecta mas bien en la cantidad de enfermedades de transmisión sexual debido a la promiscuidad, pero no a la sexualidad en sí misma."

El padre Santos cambió de colores al escuchar sus palabras. Don Mariano no era exactamente la persona autorizada para dar sermones de moralidad, pero Santos sabía que Mariano conocía de sus encuentros con Eugenia, la esposa de cuatro jotas. Además, Santos sabía de la pedofilia del monseñor Caicedo en contra de algunos menores vulnerables de su jurisdicción y Mariano también estaba enterado de ello. Don Mariano no esperaba una reacción de parte de Rosa María, por sus amores con el capitán Chuster. Mariano odiaba a muerte a Chuster, al cual Rosa María alejaba de su esposo para que Chuster no fuera a descubrir los negocios sucios de Mariano, que podrían privarla de su bienestar material. Además, Rosa María empezaba a creer que realmente estaba atraída por Chuster. Lo quería creer, aunque fuera por racionalizar su relación ilícita con él. Rosa María no necesitaba las lecciones de Mariano. Ella sabía qué botón apretar en la anatomía de Chuster, para tenerlo como un perro a sus pies. Después de esta conversación no le quedaron ganas al padre Santos de discutir con don Mariano la celebración del día de la virgen. De eso se encargaría él con las diaconisas y los monaguillos.

IV

La educación era impartida con el propósito de mantener muy claras diferencias en el papel que cada sexo debía desempeñar en esta comunidad. La falta de trabajo, reservado para los hombres, era un desafío para las mujeres. Las pocas mujeres que habían logrado una plaza para estudiar en las universidades eran acosadas por los profesores que hacían conciencia de la superioridad social del hombre sobre la mujer. Eugenia había escogido seguir a Julián a esta región, ya que se sentía forzada a interrumpir sus estudios de arquitectura por el acoso de sus profesores. Uno de los catedráticos decía que las mujeres no eran más que bonitas de ojos, que se casaban y esperaban que el marido las mantuviera. Eugenia se sintió asediada hasta el punto de haber tenido que renunciar a su carrera ya que había empezado a creer que estaba ahí quitándole el lugar a uno de los muchachos. De nada sirvió protestar y mencionar que, si otro muchacho no había sido escogido para esa plaza, era porque ella había hecho mejor en los exámenes de admisión. Eugenia escuchaba atónita las quejas de su mejor amiga, quien había sido forzada por su propio padre a salir de su casa porque quería estudiar odontología. Lo inaudito era que su padre era médico, demostrando así que la preparación profesional no necesariamente garantizaba una apertura de mente, ni para favorecer a sus propias hijas. Muchos padres se oponían a que sus hijas aspiraran a profesiones tradicionalmente reservadas a los hombres porque sabían que, en la vida profesional, las mujeres iban a ser acosadas sexualmente como ellos mismos lo hicieron con otras. A la mujer perfecta no se le daba otra posición que la de cocinar y de ser la honorable madre de los hijos del matrimonio. Consecuentemente, la madre de los hijos de Boalonga, era la representación de la pureza y el motivo de celebración y atención. Para el "día de las madres" los hijos mayores llegaban a la reunión familiar para festejar a la amada pureza materna, pero no con la intención de llevarla a un restaurante para agasajarla y ser atendida, sino con la gallina en la mano para que ella, una vez más, se dedique a la cocina y la prepare si quería que todos los hijos la acompañaran en su día. En Boalonga, llamar a alguien "hijueputa" podía ser motivo de una inmediata reacción violenta que terminaría en puños y golpes que, podrían inclusive, conducir al asesinato. No se podía ser neutral en esto ya que se consideraba la más vil de las ofensas en contra de la madre. La duda quedaba siempre por la amplia y difundida practica de la prostitución y el machismo que obligaba a defender su dignidad. El escape estaba en la adoración a la virgen en sus diferentes formas y apariciones, que después de haber tenido un hijo, seguía cultivando la virginidad, según como lo explicaba el padre Santos. La misma religión practicada en Boalonga consideraba a la mujer, responsable del mal en este mundo, lo que la religión define como pecado original, y símbolo de la lujuria de los hombres. Antes de la celebración del día de María la madre de Dios, las mujeres participaban de una serie de procesiones matutinas. Mas o menos una treintena de mujeres vestidas de negro con sus camándulas en la mano seguían al cortejo de la virgen montada en andas, llevada sobre los hombros por cuatro jóvenes, con cara de penitentes. El padre Santos encabezaba la procesión pronunciando sus oraciones a través de un parlante portátil. Eran las seis de la mañana de ese domingo esperado por todos, con el padre Santos encabezando la procesión, cantando por el parlante portátil al frente de su boca, y a un volumen que apenas permitía escuchar al grupo de mujeres que gritaban a voz en cuello la melodía "Ave, Ave, Ave María. El trece de mayo la virgen María, bajó de los cielos a Cova de Iría", mientras que no faltaban los mamagallistas que, para hacer reír a sus amigos cantaba "ave, ave, avena fría, el trece de mayo la virgen María, bajó de los cielos montada en tranvía."

Por la ventana de su alcoba se asomó don Guillermo gritando fuertemente para ser escuchado por encima de las voces de los peregrinos:

"Dejen dormir! Son las seis de la mañana" La respuesta no se hizo esperar con una ráfaga de piedras que le obligaron a retirarse de la ventana y buscar refugio detrás de la pared de su alcoba.

La procesión le dio la vuelta al pueblo por las calles principales y por donde se podía circular con facilidad, terminando así, en el atrio de la iglesia. La estatua de la virgen fue introducida a la iglesia y puesta nuevamente en el pedestal de su morada permanente. La muchedumbre se disolvió para organizarse y asumir unos, los negocios del día, y otros, a participar de la misa. El padre Santos estaría en la iglesia recibiendo a los penitentes para la confesión. Después de la misa y la comunión, el pueblo se dedicaría a preparar la plaza para las fiestas que se iban a prolongar hasta tarde en la noche. Eugenia esperó de última en la fila para entrevistarse con el padre Santos. Cuatro Jotas, el esposo de Eugenia, no la acompañaba a los ritos religiosos ni se interesaba en confesarle sus intimidades a nadie. Cuatro Jotas se interesaba más en ayudar en los preparativos para las fiestas. Como a casi todos en el pueblo, le gustaba el trago, la música, el baile y por supuesto le gustaba hacer el amor con su bella esposa Eugenia. Los planes de Eugenia para esa noche serían un poco diferentes.

El primer encuentro de Eugenia con el padre Santos fue durante la confesión. En ella le confesó que sentía una irresistible atracción por él y que ese era el pecado que ella venía a confesarle. El padre Santos aprovechó esa oportunidad para mencionarle que enamorarse de un sacerdote no era poco común y que muchas mujeres de Boalonga se lo habían confesado a él también. Pero que eran amores no realizables. Eugenia se había arrodillado frente al padre Santos, se removió el chal negro de croché para ofrecerle una vista casi completa de sus senos desnudos.

"Tiene usted mi permiso para acariciarme padre, si le gustan" dijo Eugenia en voz suave.

Ella sintió cómo la mano del padre Santos acariciaba sus senos, uno por uno y pasaba la palma de la mano sobre sus pezones.

En esta ocasión no había ninguna barrera entre ellos y ella le pasó la mano por encima de la sotana notando la erección que el padre Santos no podía contener.

"Lo espero esta noche en mi casa", le susurró Eugenia; "estaremos solos se lo aseguro y no habrá problemas". Eugenia salió rápidamente de la iglesia; el padre Santos apenas se podía reponer de su excitación, y como Eugenia fue la última en la confesión se retiró inmediatamente a su oficina. No era la primera vez por supuesto que el cura mantenía una relación amorosa, pero esta vez parecía que no podía controlarse a pesar de saber lo celoso que era José Julián Jaramillo Jiménez. Entrada la tarde la gente de Boalonga se daba cita en la plaza donde ya empezaban a oírse las primeras melodías cantadas por los duetos y tríos. Había muchos toldos con comidas típicas, jinetes luciendo sus caballos finos y varias pistas, donde las parejas bailaban al son de la música que tocaban las orquestas invitadas a la fiesta. Muchas parejas y familias de Boalonga se hicieron presentes. Soldados distribuidos por todas las esquinas del pueblo patrullaban para mantener la seguridad. Se sabía que los guerrilleros podrían estar acechando a los personajes de la lista de secuestrables, para chantajear de sus familias la "cuota" de contribución para mantener una organización confundida entre ideales indefinidos que desaparecían en la confusión, y el asentamiento del narcotráfico. Ya recibían el título de narcoguerrilla. Los paras también evaluaban la posibilidad de completar ciertos mandados y algunos miembros de las mafias de la cocaína aprovechaban este tipo de eventos para confundirse con el pueblo y encontrar nuevos clientes para la droga. El que quería aprovechar del lucrativo negocio, se hacía visible en esta pirámide, con una suma de dinero que triplicaban al coronar, es decir, si la coca llegaba a su destino, las ganancias eran enormes, o la pérdida del dinero era total, si la droga fuera interceptada. Si no se coronaba, había despliegue de violencia. Se luchaba por las rutas y la lealtad al negocio. Era tan lucrativo el tráfico de esta droga que, sus participantes estaban en todas las clases sociales y hasta los recursos del estado en ocasiones, se ponían a disposición para el éxito de las operaciones. Cuatro Jotas había ido con Eugenia a divertirse en una caseta de la feria. Don Mariano también había hecho acto de presencia con Rosa María y el capitán Chuster se añadió a la gente para aprovechar el baile y algo del trago. A la doctora Bárbara Bisturi también se le vio esa noche curioseando la fiesta. Había regresado del aeropuerto, después de acompañar a su madre, para su vuelo de regreso a casa. Como andaba sola y quería mantenerse alerta para los posibles pacientes que podrían llegar a su clínica, pasaba solamente cortos momentos en cada caseta y dedicó su paladar a saborear los ricos manjares de la cocina criolla. El padre Santos había estacionado su Chevrolet cerca de la plaza, apenas a una cuadra de la casa de Eugenia. La plaza la recorrió a pie saludando a la gente e inspeccionando por la presencia de Eugenia. No podía olvidar el placer que ella le había proporcionado arrodillada frente a él en el confesionario. Ya entrada la noche, la gente empezaba a intoxicarse con el alcohol que se estaba ingiriendo. El cansancio ya se manifestaba con el baile, al ritmo de la salsa, el merengue, la cumbia y otros ritmos tropicales que, apenas ya podían demostrar, por el peso del agotamiento físico y el licor que circulaba por las arterias. Cuatro Jotas conversaba animadamente en una mesa con un grupo de personas, resolviendo todos los problemas de Boalonga como todo pichón de político y fastidiando a todos con sus poesías de amor improvisadas. Esa fue la oportunidad que esperaba Eugenia para desprenderse de la mesa con el pretexto de que iba a saludar a unos amigos en la caseta vecina. Eugenia en su falda azul estrecha y envuelta en el mismo chal que llevó a la iglesia en las horas de la mañana, caminó a paso mantenido hasta su casa con el presentimiento de que el padre Santos la estaba siguiendo con su vista. Cuando ella llegó, el padre Santos ya estaba en la puerta de su casa, la que Eugenia solamente tuvo que abrir para que ambos entraran casi simultáneamente por ella. Ambos entendieron, sin expresarlo verbalmente, que no disponían de mucho tiempo para hacer lo que querían hacer y se precipitaron el uno hacia el otro fusionándose en un apasionado y posesivo beso. Ambos estaban en los extremos de una manzana prohibida, que se estaban comiendo deliciosamente desafiando todas las reglas del juego social, de las cuales, ellos mismos eran los creadores. En una acción de ayuda mutua e iniciativa propia, se despojaron de sus ropas y se entregaron a un sexo despojado de toda inhibición, entregados a un ritmo que terminó en una agonía erótica que exigió de cada uno, la entrega total del otro. Todo transcurrió rápidamente. El padre Santos se puso sus pantalones de mezclilla y se acomodó la pistola que siempre cargaba ocultándola debajo de su sotana, mientras Eugenia se forraba de nuevo en su estrecha falda azul. Eugenia se sintió tranquila y logró su primer paso para demostrarse que los curas también eran de carne y hueso, y que sus mensajes de moral no tenían más valor que el papel sobre los cuales estaban escritos. El padre Santos se había convertido es un capricho pasional de Eugenia quien empezó a frecuentar al cura más a menudo, sin que éste se negara a complacerla en cada ocasión.

V

Para el padre Santos tener una mujer como Eugenia en la cama, no le provocaba ningún cargo de conciencia. Al fin y al cabo, era hombre y aunque había hecho votos de castidad, satisfacer sus necesidades sexuales no se dibujaba dentro de lo que él consideraba castidad. Además, ya tenía en su cuenta a varios aniquilados con su pistola que siempre llevaba debajo de su sotana. Si la vida de un miembro de otra fe o de otra corriente política no contaba mucho, sus aventuras sexuales no iban a atormentar su conciencia. "Al fin y al cabo", pensaba el padre Santos, "es mejor tener sexo con Eugenia que seguirle el ejemplo al monseñor Caicedo, que es pedófilo y quien acariciaba los genitales a los niños de su diócesis, sin esperar represalias de los progenitores de estos niños. ¡Qué perverso! Era tan descarado y pervertido que cuando se cruzaba con un niño en la calle no perdía la oportunidad para acercársele y decirle lo lindo que era, y en expresarse en forma lasciva con respecto a su "boquita" o a su "culito". En una ocasión uno de los chicos más grandes le gritó desde la acera opuesta

"Cura marica, hágase la paja solo... no sea pervertido." Monseñor siguió su camino ignorando al chico mal educado, pretendiendo que éste se estaba dirigiendo a otra persona diferente, de menos alcurnia que él. En Boalonga la gente no tenía una educación formal, que les sirviera para discutir con sus hijos los asuntos e inquietudes de naturaleza sexual. Gustavo apenas tenía diecisiete años de edad, pero ya estaba terminando la escuela secundaria. Les contaba a sus amigos cómo su novia, de apenas 13 años, había empezado a llorar y a temblar de terror porque empezó a sangrar mientras le recibía su visita. Su vestido se había manchado visiblemente, lo que la había avergonzado mucho delante de él. No sabía lo que le estaba sucediendo. Gustavo, contaba, que él tuvo que explicarle a su amiguita lo que le estaba pasando. Era "la naturaleza frustrada que llora" le decía para ilustrar lo que a ella nunca le habían explicado sus padres. Así pasan en Boalonga miles de niñas por su primera experiencia menstrual, porque los adultos ni querían ni podían explicarles a ellas este proceso natural, y mucho menos prepararlas para el evento. La ignorancia en materia sexual prevalecía y al mismo tiempo el abuso y la promiscuidad capitalizaban sobre ella. Gustavo pertenecía a una de las familias más ricas de la zona. Sin embargo, no había que tener mucho dinero, para darse el lujo de tener una o varias sirvientas en la casa. En la casa de Gustavo, había una muchacha que se encargaba solamente de la cocina, otra de arreglar la casa, y un muchacho que se encargaba de lavar los carros y de mantener en buen estado el jardín. El padre de Gustavo tenía consideraciones económicas especiales con alguna de las sirvientas para que atendiera a las necesidades sexuales de su hijo. Jovencitas procedentes de familias muy pobres ofrecían sus servicios domésticos por una paga infeliz, y que, por temor a ser despedidas, aceptaban hacer favores sexuales, por un poco de dinero extra. Si quedaban embarazadas era por su propia culpa y las despedían. Otros exigían un aborto ilegal para salvar la reputación del hijo. Algunas de las muchachas se escapaban para no ser obligadas a abortar, pero corrían el riesgo de tener que pedir limosna en las calles, para poder alimentarse. Boalonga presentaba el contraste social más insolente. La opulencia de algunos era un insulto para aquellas paupérrimas mujeres, que tenían que ganarle la carrera al camión de la basura, para salvar de entre los tarros los desperdicios de comida que les servirían de alimento a ellas y a sus hijos. La pobreza era la madre de la promiscuidad y del abuso sexual. El descubrimiento de esta fuente de sexo barato se podía equiparar con el otro descubrimiento de Boalonga. Muchos turistas procedentes de países más ricos encontraron en la niñez de Boalonga otro producto para consumir. La rapiña del comercio sexual, abusaba de la niñez desamparada por los padres que encontraban en sus hijos una fuente de ingreso. El estado encontraba en el turismo una fuente de divisas que ingresaban a costillas de su abusada juventud. Lo que en otros países estaba prohibido y se castigaba con altas penas de cárcel, en Boalonga el sistema lo ignoraba creando una cadena de impunidad por la que la sociedad pagaría muy caro. Pequeños niños aterrorizados, sin entender qué estaba pasando con ellos, eran utilizados como objetos sexuales por adultos pervertidos que dejaban atrás unos cuantos pesos y que salían, de los centros de estupro y prostitución infantil con la misma postura hipócrita de decencia fingida que lucían al entrar, sin mostrar la mínima preocupación de ser arrestados. La justicia para los pobres era desconocida, y para los ricos algo que se ignoraba a conveniencia y se tomaba en sus propias manos, cuando se quería evitar el largo laberinto del sistema que, con seguridad, no iba a traer los resultados esperados. Muchos bebés de las clases pobres se dejaban abandonados en los tugurios, para ser encontrados con las orejas, los labios, y los dedos mordidos por las ratas. En Boalonga nadie se preocupaba por estas criaturas. Durante el día, miles de niños callejeros deambulaban por las principales vías de las ciudades, buscando oportunidades para divertirse y echarse un pedazo de pan en la boca, para aplacar el hambre que, se convertía en estos infantes en una horrenda realidad a medida que crecían. Estos gamines encontraban su diversión, corriendo detrás de los buses del transporte público, toreándolos peligrosamente, arriesgando así sus vidas y las de otras personas en la vía pública. Al caer el sol se aventuraban a pedirle comida a los clientes en los restaurantes, o sencillamente a extraer descaradamente de sus platos una mano llena de arroz, una papa, o un pedazo de carne, para luego encontrar sus camas, en cajas de cartón sobre las aceras o a las entradas de los edificios comerciales. Algunos se escurrían, al caer la noche, dentro de las tuberías de las aguas negras de la ciudad. En estos subterráneos de Boalonga, muchos gamines pasaban la noche con las ratas, respirando el aire contaminado con los olores producidos por la mierda humana. Poco era el presupuesto disponible de Boalonga que se dedicara a rescatar a estos niños y niñas que nacían y morían en un mundo paralelo ignorados por la mayoría de la población y sus políticos. Esa mayoría, pero, se persignaba horrorizada, cuando algunos dejaban caer en las conversaciones, temas como el control de la natalidad o el aborto. Despojados de los más elementales derechos humanos, no conocían más que la calle que vendría a reemplazar la escuela. Sin parientes, y sin un sistema social que les diera la oportunidad de honrar su presencia en este globo, andarían despojados de un domicilio decente, sin educación, sin cuidados, sobreviviendo para comer o ser comido, como lo enseñarían en una clase de biología, impartida a una sociedad que pretendía honrar a Dios como el creador de la especie humana. Si esos cristos sangrantes colgados sobre una cruz en las iglesias, hablaran, les recordarían a los ciudadanos de Boalonga, que su sacrificio incluía también a esos niños anónimos que formaban parte del paisaje de Boalonga. Infortunadamente, monseñor Caicedo tenía su mente ocupada en sus obsesiones sexuales, el padre Santos seguía de amante de Eugenia, el capitán Chuster se la seguía jugando al alcalde con su esposa Rosa María y en problemas con la guerrilla, y Mariano comprometido con el narcotráfico hasta la nuca, y como buen aficionado a la política, seguía haciendo promesas que él mismo sabía, no podía cumplir. Así como el tigre hambriento que sacrifica su presa y después de comer se sienta a la sombra de un árbol para dedicarse a la siesta digestiva, los políticos también subordinaban sus ideales a la fisiología. Una vez satisfecha la ambiciosa necesidad de poder y abundancia, las promesas más sublimes y socialmente prudentes, se desplazaban para que no interfirieran con la digestión personal de las oportunidades que les proporcionaba el poder político. A la gente había que motivarla a votar, prometiéndoles cambios sociales y mejoras económicas. Una vez elegidos a los ambicionados cargos públicos, se moverían los engranajes que garantizarían la longevidad del puesto y permitieran el enriquecimiento personal. En la política, nadie creía, pero se había llegado al punto de entregar el voto, por una ilusión que los hiciera sentir esperanzados, aunque fuera por un momento. Los niños y adolescentes, de las masas al margen del progreso, no participaban de esa abundancia ni se preparaban para una vida más productiva e igualitaria. Si no estaban en la calle, se les veía haciendo toda clase de trabajos que, ponían sus vidas en un peligro adicional al de las consecuencias de la desnutrición. Masas de niños caminaban por encima de los basureros urbanos recogiendo encargos para revender, arriesgando la salud física, por las infecciones contraídas después de haber sido cortados con vidrio, alambre de púas, metales oxidados u otros objetos, sobre los cuales los microorganismos, esperaban para anidarse en las heridas abiertas de estos infantes hospederos. Las tétricas figuras infantiles se movían lentamente sobre estas hectáreas de basura, con la esperanza de encontrar algún objeto que les sirviera para ofrecer por unos pocos centavos. El día para estas criaturas, era infinitamente largo. En Boalonga, también se veían niños trabajando en los tejares levantando y cargando pesados ladrillos o bajando a las minas esforzándose para extraer el carbón. Otros limpiaban rápidamente, frente a los semáforos, los parabrisas de los carros por una limosna que se les tendía a través de la ventanilla del auto. Muchos vendían dulces y molinos de papel en los barrios de Boalonga, cuidaban carros en las plazas públicas, embolaban zapatos en los parques, cantaban en los buses urbanos, o simplemente se acostaban en las aceras con sus madres, pidiendo ayuda para el siguiente bocado. Para estos niños, no había porvenir más que el de aspirar a vender lotería, a competir por los puestos de mensajeros, o considerarse afortunados, para alinear carros en los lavaderos callejeros. Miles de adultos hacían trabajos que eran la demostración patética de una sociedad incapaz de gobernarse y planear para sobrevivir. A pesar del petróleo, el carbón, las esmeraldas, el oro, el café, las frutas, los minerales, la fauna, la frondosidad de sus montañas, sus abundantes aguas, sus costas ricas en pesca, el cobre, el copioso ganado, las flores, sus hallazgos antropológicos y sus innumerables riquezas de la industria artesanal y moderna, Boalonga daba el aspecto de un pueblo despojado que seguía siendo colonizado, de la misma manera como desde los albores de su descubrimiento, por imperios extranjeros. El Dorado, seguía siendo el gran imán, el símbolo de la metáfora de un proceso económico, que atraería a muchas gentes hacia Boalonga, pero que pasaba desapercibido para la gran mayoría de sus habitantes.

VI

Omar Orejuela trabajaba en una cacharrería, en una de las zonas cafeteras más ricas de Boalonga. Omar atendía a cientos de personas diariamente que, buscaban toda clase de pequeños objetos necesarios para la manufacturación de productos de cuero, de madera, de metal, de plástico y de muchos otros materiales naturales y resultados de la industria química. En sus veinte años de vida, Omar ya había trabajado en innumerables lugares para los cuales no se necesitaba una preparación escolar avanzada. Sabía leer y escribir. Manejaba bien las matemáticas necesarias para la vida práctica relacionada con su responsabilidad laboral, como sumar y multiplicar, y tenía habilidades para manejar una caja registradora. Era verbalmente hábil y atendía a los clientes de la cacharrería con eficiencia y rapidez, que se manifestaba en su delicado amaneramiento. A pesar de que era un joven con sentido de responsabilidad, haciendo su trabajo con eficiencia y dedicación, muchos lo llamaban "marica" por su dotación especial de la química femenina. Con Omar nada de broncas, puro amor y paz, nada más. Trabajaba para ayudar en la economía del hogar y así complementar los magros salarios de los otros siete miembros de la familia, que trabajaban en otras labores de la incipiente economía de Boalonga. En la casa de adobe, de arquitectura colonial de la familia Orejuela, vivían diecinueve personas que se repartían en cuatro alcobas, una sala, un comedor, una cocina y un patio trasero con árboles frutales, por el cual corrían algunos pollos que, buscaban alimentarse de lombrices despistadas, y otros invertebrados que la naturaleza creó más lentos que ellos. Juan Nepomuceno Orejuela, el padre de Omar, era un hombre de cincuenta y cinco años que había trabajado desde la niñez en los cafetales de Boalonga. Su salario y la continuidad de su trabajo dependía de cuánto café se tomaba en las ciudades de Boalonga y del mundo. Sembrar el café, recoger el grano uno por uno, dejarlo secar, tostarlo, y muchos otros pasos en la producción de este producto natural, que el padre de los Orejuela entendía y practicaba, no eran ni imaginados, por las millones de personas que disfrutaban de esta bebida en las grandes urbes del mundo. Su esposa Ermenegilda, era una mujer de unos 48 años quien nunca había hecho otro trabajo que el casero y el de parto. Dio a luz a trece hijos, tres mujeres y diez hombres. Azucena, de veintidós años, era casada y estaba embarazada, de su esposo quien trabajaba como vaquero en una hacienda no muy lejana del hogar. No habían podido independizarse y ocupaban uno de los cuartos en la casa de los Orejuela. Azucena se dedicaba a hacer pan integral para ayudar a pagar las mensualidades del colegio de sus dos hermanos menores, Josué de diez años y Moisés de once. Ellos iban al colegio cristiano de Boalonga, al tercer y al cuarto grado respectivamente. Juan Nepomuceno y Ermenegilda recibían un descuento por tener a sus hijos en la escuela, pero tenían que aportar la mayor parte de la mensualidad que los niños mismos se comprometieron a conseguir vendiendo el pan, que su hermana Azucena horneaba. Lo grave era que todavía tenían que comprar uniformes para asistir a clases y en muchas ocasiones suspendían a ambos, porque no podían cumplir con ese requisito. Los sábados después de la caída del sol, llevaban el pan a la iglesia para venderlo a las personas que salían y que rutinariamente permanecían en el lugar para socializar entre ellas, después de los servicios religiosos. En una ocasión el mismo pastor de la iglesia los corrió, explicándole a Azucena que sus hermanos interferían con su propio negocio. El también vendía comestibles de su propio negocio familiar, como pan integral, un cereal tostado de avena y otros ingredientes que llamaba por el nombre de granola, y que se sugería para los desayunos aprobados por la divinidad. La leche y el queso hechos de soya, como algunos enlatados con productos de gluten que, como decía, reemplazaban la carne animal, para acercarse a la dieta original creada por Dios, también eran promocionados entre la comunidad. Se predicaba que, para acelerar la venida de Jesucristo en las nubes de los cielos, era necesario que cada miembro de la iglesia se adhiriera a una dieta estrictamente vegetariana. Una dieta con carne se asociaba a una práctica pecaminosa, contraria a la naturaleza del hombre cuando fue creado originalmente en el

Edén. Había que alcanzar una forma de perfección sobre la tierra antes de que Cristo pudiera venir a rescatarlos, para gozar de una vida mejor. Este tipo de razonamiento hace irrelevante al Cristo redentor que predican. Este razonamiento pernicioso de la religión, era de tipo circular. La demora en la venida de Cristo es, por nuestra falta de perfección. Hay que tratar de ser perfectos, y si no se alcanza esta perfección, Cristo seguirá sin venir. Una verdadera ilógica abusiva. La voluntad de Dios se va a cumplir, si nosotros lo manipulamos. Para estos padres, enviar a sus hijos al colegio cristiano, se convertía en una carga económica grande, y no mandarlos, era otra pesada carga sobre la conciencia. Juanene y Ermenegilda estaban siendo blanco del proselitismo religioso, y aunque ellos, empezaban a simpatizar con las doctrinas y las reformas que tenían que hacer en sus vidas, la situación demandaba un sacrificio basado en estas nuevas exigencias religiosas. Las hijas mayores, María del Carmen de veintinueve y María Magdalena de treinta, estaban tan hartas de criar a sus hermanos menores, de estar cocinando, lavando, remendando la ropa de todos, y sobretodo hartas de escuchar por las noches los quejidos de las relaciones sexuales de su hermana Azucena con su vaquero, que gemía, como si estuviera montando una yegua desbocada, que decidieron irse al convento de las monjas de Maria Auxiliadora, racionalizando una vocación tardía. Realmente, no cambiaron de trabajo, cambiaron de ambiente.

Estos escapes a los conventos de monjas eran muy frecuentes. Se consideraban un privilegio, pero le dejaban en ocasiones a las familias una tarea emocional grande, para ajustarse a la nueva vida, sin esos miembros que decidieron desertar de ellas. Estas dos hermanas dejaban un vacío que definitivamente no podían llenar con otros miembros de la familia. Era un ajuste físico y emocional. "Mis hermanitas Marías se fueron al convento a casarse con Jesús" repetía Fidelito, sin hacer sentido.

Este era el hijo de trece años del matrimonio Orejuela el cual sufría de una leve lesión cerebral. "La suegra será que les alcahuetea la poligamia" opinaba irreverentemente John Kennedy Orejuela, el hijo casado de Juanene y Ermenegilda. Tenía veintiséis años de edad y estaba muy orgulloso de sus mellizos de dos años que tuvo con su esposa Sonia, con la cual también vivía en la casa de sus padres. Las reducidas entradas económicas que tenían provenían de hacer obleas a las cuales les untaban una capa delgada de dulce de leche, que vendían en los mercados y en la estación de buses. Sonia salía a vender las obleas los domingos, en el atrio de la iglesia después de la misa. La gente compraba empanadas que, señoras voluntarias hacían para recoger fondos para la iglesia, mientras que Sonia aprovechaba la oportunidad para ofrecer sus obleas. Esta competencia, no era bien vista por la sociedad de diaconisas de la iglesia, pero las necesidades eran tan grandes que decir algo en contra, habría sido motivo para un desagradable intercambio de palabras, o palabrotas si era necesario. Fidelito a veces le ayudaba a Sonia a vender sus obleas. Decía que eran ostias más grandes y que les ponían dulce de leche para que tuvieran mejor sabor. Decía que en su casa tenían la paila donde se hacía el "Dulce Jesús Mío" refiriéndose jocosamente a un popular villancico navideño. En una ocasión lo emboscaron unos muchachos mientras pasaba por una sección de la iglesia que estaba en construcción, le quitaron la canastilla de las obleas y lo despojaron del dinero de las ventas. Por más que gritó la gente no le hizo caso. Lo conocían por reaccionar escandalosamente cuando lo llamaban por el apodo que los muchachos le tenían y que lo ofendía mucho. Gritaba a voz en cuello y perdía el control cuando lo llamaban "aborto". Así llegó a su casa sin obleas, sin canasto y sin dinero, para que lo agarrara Sonia, su cuñada, enfurecida, para dejarlo en calzoncillos y propinarle una violenta paliza, utilizando un cable que desprendió de una descartada plancha eléctrica. El infeliz muchacho pedía perdón a gritos tratando de evadir los azotes sin éxito alguno, terminando con incontables marcas rojas en la espalda, las piernas y los brazos. Terminó el resto de aquel domingo en la cama exhausto, llorando y sin comer se acostó a dormir hasta el día siguiente. Fidelito empezó a crear un sentimiento de odio por su hermano John Kennedy y su esposa Sonia, por el trato tan inhumano que a menudo le daban. Los golpes en la cabeza, los empujones y las palabras vulgares usadas en forma continua para referirse a él despectivamente, despertaban en él el deseo de vengarse de ellos. Espíritu Santo trataba de consolar a Fidelito, e intervenía por él ante su hermana y cuñado para que consideraran que su enfermedad ya había sido suficiente castigo infligido sobre él. Este era el hermano bueno de la familia que tenía veinticuatro años y que se estaba preparando para matricularse en el seminario. Lo llamaban "el cura" y terminó de cura. Tenía una vocación espiritual que manifestaba mostrando su interés por todos los miembros de la familia y por el bienestar de Boalonga. "Con el nombrecito que le pusieron", decían algunos, "tenía que terminar de cura, ¿o no?" Espíritu

Santo no era como los demás curas en el sentido de su vocación religiosa. Había salido de una familia trabajadora y humilde, que había visto en su padre la imagen de un hombre sencillo y paciente, y quien había dejado la huella en él, para entender, que los frutos del trabajo los daba la naturaleza a su debido tiempo. Había entendido, que el hombre llevaba su carga de responsabilidad al preparar la tierra, preservarla rica en nutrientes, abrir los surcos, sembrar la semilla, pero que nada podía hacer para que ésta brotara. Tenía que ejercer la paciencia que la naturaleza exigía. Espíritu Santo, se dedicó al estudio de la filosofía, las matemáticas, las ciencia naturales, la historia y la política. El cura nunca tenía dinero y a su parroquia no llegaban los feligreses en coches de lujo. Su parroquia parecía más a un hospital para enfermos espirituales y gente pobre. Siempre tenía que preguntar por la hora porque no poseía un reloj. En ocasiones cuando alguien de su familia le regalaba un reloj, al poco tiempo lo empeñaba para que una familia pobre pudiera comer ese día. Cuando la doctora BB lo veía llegar a su clínica, ella ya sabía que tenía que trabajar en casos de extrema necesidad. El cura llegaba, con cuanto enfermo que su parroquia tenía, que necesitara de atención médica inmediata, a la magra clínica de la doctora BB.

"Qué emergencia me trae padre?" preguntó la doctora BB.

"Esta mujer tiene una fiebre muy alta y hace cinco días que no come nada. ¿No habrá comida en esta tierra bendita de Dios para que esta mujer no se desnutra?"

Espíritu Santo Orejuela tenía dificultades para comprender cómo, en Boalonga podía haber tanta gente pobre, que no tenía acceso a la inmensa riqueza agrícola de sus tierras.

"Esta mujer tiene una infección gastrointestinal muy seria. Déjemela aquí por unos días, yo la paro" dijo la doctora y añadió como preguntando sin saber lo que preguntaba: "¿Qué nos está pasando en Boalonga padre?"

"Qué quiere usted decir doctora?" contestó con otra pregunta el padre Orejuela.

"Boalonga es un paraíso que se lo está llevando el diablo, padre"

"Al paraíso de Adán y Eva también se lo llevó el diablo" contestó el cura.

"¿Y usted padre, con todo respeto...cree en eso del paraíso...el cuento aquel...?"

"Es una metáfora de la experiencia humana; al fin y al cabo, todo paraíso tiene su serpiente."

"Y cómo se manifiesta esa serpiente en Boalonga?" preguntó la doctora Bisturri. Y sin esperar una respuesta inmediata continuó diciendo

"Tiene que haber una manera de detectarla y de detenerla. Así como la enfermedad tiene su causa así toda esta mierda en Boalonga tiene que tener una causa, ¿no le parece? Evidentemente, se notaba una irritación emocional en la doctora Bisturri.

"Doctora, la serpiente en Boalonga ha crecido mucho, ahora empieza a apretar. Desafortunadamente pocas personas usan lo aprendido para pensar en términos de causa-efecto. La ambición tiene como consecuencia la violencia, y la violencia trae a su vez la venganza que genera más violencia".

"Yo creo que la ambición no es la causa de todos estos problemas; es bueno ser ambicioso, ¿no cree padre?" pregunta la doctora BB.

"La ambición que rompe el saco, recibe el nombre de corrupción" contesta el cura. "Hay mucha gente con hambre, eso genera violencia".

"Se refiere a la violencia por el poder, ¿verdad?"

"El poder que se tiene, determina el grado de control, ¿o no?"

Hubo una pequeña pausa y el cura Orejuela continuó diciendo

"No quiero ser impertinente doctora, usted tiene mucho que hacer en esta clínica, creo que es mejor que me vaya."

"Ya se lo diría yo, padre Orejuela, no se preocupe. Usted ha despertado mi curiosidad. ¿Qué respuesta tiene usted a todo esto?"

El cura quedó enredado en una conversación con la doctora Bisturri quien le había confesado que era católica creyente, pero con muchas dudas en relación con las enseñanzas de la iglesia y la práctica de la religión.

"Si la iglesia, que tiene tanta influencia política, hubiera enseñado y practicado los principios sociales explicados en las Santas Escrituras, estaríamos en condiciones muy diferentes", explicaba el padre Orejuela.

"Y….cuáles son esos principios sociales?" preguntó la doctora BB curiosa por saber la posición del padre Orejuela.

"La iglesia ha ocultado los valores sociales más sublimes revelados en los evangelios". Esos valores se han sacrificado y sustituido por un capitalismo de explotación sin misericordia, que beneficia solamente a un reducido sector de la población. Hemos hecho de la religión un negocio, y nos hemos aprovechado de las almas que buscan la paz del Señor. La iglesia misma tiene que pasar por el proceso del arrepentimiento"

"¿Se refiere usted solamente a la iglesia católica, padre?"

"No, realmente me refiero a todas las iglesias. Nos hemos enriquecido interpretando las Escrituras a nuestra manera. Doctora...los movimientos de contorsión de la Boa ya empezaron y no hay quien los detenga" dijo proféticamente el padre Espíritu Santo Orejuela.

La doctora BB insistió preguntando,

"Cuáles son esos principios de los que usted habla padre. ¿Puede darme un ejemplo?

"Nosotros hemos creado una religión muy poco práctica. La religión, en cualquiera de sus formas, debe proveer un refugio para el individuo. Un refugio que le permita vivir en paz con su alrededor, al mismo tiempo que se asegura un puesto en la otra vida. Si la persona no percibe esta armonía, busca otras formas de alivio."

"¿Y eso es malo?" preguntó la doctora BB. "Acaso buscar, y ensayar otras formas espirituales para experimentar algo nuevo, es ¿negativo?"

"No, de ninguna manera. La paz se consigue cuando la religión ayuda a encontrar un balance entre una espiritualidad racional, si se puede decir, y el entendimiento de las leyes de la naturaleza y de la sociología."

"Algo así como una homeostasis social" adelantó la doctora Bisturri, "pero, aplacar la ira de Dios practicando actos de penitencia irracionales, acentuada por una práctica religiosa con fines corporativos, sin responsabilidad social, no es un beneficio equilibrante para nadie" añadió.

"Ahí está la clave de la penitencia. El pobre cree que tiene que hacer penitencia. Cree que es pobre porque ha ofendido a Dios y debe buscar su misericordia, para poder escapar de la pobreza. El pobre ha encontrado refugio en el miedo. Tiene miedo de, dejar de tener miedo", respondió Espíritu Santo. La doctora BB hizo una breve pausa para digerir las palabras del cura.

"Cuando los que deben hacer penitencia son los ricos por su irresponsabilidad social, ¿verdad padre? ¿No es eso lo que usted quiere decir?" dijo la doctora BB, después de su pausa obligatoria, al padre Orejuela.

"Todo miembro de la especie humana debe hacer penitencia. Pero quiero enfatizar que la religión que practicamos tiene su base en la tradición y en la historia sagrada" añadió el cura.

"Que puede tener implicaciones positivas o negativas, ¿verdad?"

"Efectivamente. La tradición está basada en relatos transmitidos a través del sistema educativo por los cuales se crean mitos y leyendas que mantienen a la gente cautiva y que no se atreven a cuestionar, sin creer que ponen en peligro su viaje al cielo. Las monjas y los curas y todas las otras sectas religiosas que mantienen escuelas y colegios se encargan de perpetuar leyendas. Al mismo tiempo enseñan una historia sagrada que ha sido básicamente interpretada fuera del contexto humano-espiritual, de las Sagradas Escrituras.

"En una dirección metodológica bien pensada", recapacitó la doctora Bisturri.

"Una metodología satánica que ha creado un sincretismo efectivo de manipulación y terrorismo sicológico" replicó el cura. La información y los valores que las Escrituras transmiten, han sido filtradas y sancionadas como posibles o imposibles de practicar. Lo más grave, es que el mismo espíritu de la Escritura ha sido distorsionado, con el objeto de crear una economía al servicio de unos pocos."

La doctora BB escuchaba mientras le daba una vuelta a su recién llegado paciente. Estaba pensando en la siguiente pregunta para el cura, que se había interesado en mantener esta conversación con ella.

"La descripción de Jesucristo como la 'roca de vida' se ha convertido en la falacia de la 'roca y el huevo', se me ocurre pensar, donde la roca representa a los jerarcas de las iglesias, y los feligreses son los huevos."

"Mas o menos", interpeló el padre Santos, "no importa si los huevos caen sobre la piedra, o la piedra sobre los huevos, éstos son los que siempre se rompen."

"Cómo es eso del 'espíritu de las Escrituras' padre. ¿Qué quiere usted decir con eso?"

-El 'espíritu de la Escritura' contiene el concepto, el principio fundamental, de lo que se quiere decir. Es como en la filosofía, en la educación, o en las ciencias naturales la idea que abarca, la que lo contiene todo que, una vez entendida, proporciona el fundamento para la solución de los problemas de la misma clase. Pero el entendimiento es lo más importante, que nos lleva a niveles más altos de comprensión, análisis, síntesis y evaluación."

"Sí, es como pasa con muchos estudiantes que pueden recetar una medicina sin realmente saber cómo funciona en el cuerpo."

"Correcto" dijo el cura Orejuela, "también muchos estudiantes pueden resolver un simple problema usando una ecuación, pero no tienen el concepto claro de su significado. Vemos cómo la educación tiene muchos niveles."

"¿Y qué ejemplo tenemos, en materia religiosa que nos ayude a mostrar que hemos entendido los principios de una religión racional, que nos beneficie a todos y que podemos practicar?" preguntó la doctora BB en forma insistente.

"Una religión no es racional basada en sus dogmas. Es la práctica, la relación con el prójimo, la defensa de los derechos humanos, es lo que la podría hacer racional, si se quiere", dijo el cura Orejuela, y continuó diciendo,

"El profeta Isaías enseñaba acerca de la justicia social de acuerdo al entendimiento que él tenía acerca de Dios y del ser humano. Este profeta es una figura importante en la tradición de las Sagradas Escrituras. Era casi, no casi, era un verdadero revolucionario para su época. En el libro que lleva su nombre dice el '¡Ay de los que juntan casa a casa, y añaden heredad a heredad hasta ocuparlo todo! ¿Habitaréis vosotros solos en medio de la tierra?" El texto a continuación de éste, nos muestra el origen religioso del mismo, continúa el padre. "Ha llegado a mis oídos de parte de Jehová de los ejércitos, como los hebreos llamaban a Dios, que las muchas casas han de quedar asoladas, sin morador las grandes y hermosas."

"Eso es revolucionario" exclamó la doctora BB.

"Efectivamente, el Dios de los hebreos del cual nosotros sacamos lo que nos conviene, es un Dios con ideas sociales que no ignoran al hombre que él creó. Su profeta era un revolucionario de la justicia y la verdad. Por la ambición y no poner atención a la sabiduría de los revolucionarios profetas del antiguo testamento, es que generamos miseria y violencia, especialmente cuando nuestra tradición está fundamentada en las sagradas escrituras. Hemos sustituido la verdad social, por la flagelación corporal y el negocio, basado en la religión especulativa e intangible."

"Padre, según este texto que usted cita, Dios no se opone a la propiedad privada, ¿verdad?"

"No, no se opone, de ninguna manera. Pero, privado, no significa acaparar, no hay nada que no le pertenezca a Dios, y que él no quiera compartir con toda la humanidad. El texto habla de 'ocuparlo todo' y hace la pregunta que descubre el concepto del texto, y es que nosotros 'no estamos solos sobre la tierra'".

"Ese texto tiene entonces una amplia aplicación. No se refiere solamente a la vivienda, pero a todo lo que Dios puso sobre la tierra para el beneficio de su creación: el aire, el agua, el sol..." concretó la doctora Bisturri.

"...el alimento, la educación, la salud, el trasporte, la diversión..." continuó el padre Orejuela, "...y habla claramente contra los latifundios y las tierras que no producen fruto".

"Y todo lo que satisface plenamente la vida del hombre y la mujer" terminó la doctora BB.

"Así es doctora, y el que no se alinea con la palabra de Dios será destruido, será desolado, sus viviendas se quedarán sin morada. Eso es la esencia de la revolución...de la revolución espiritual."

Espíritu Santo Orejuela se despidió de la doctora BB agradecido por lo que estaba haciendo por su paciente. La doctora le pidió su bendición antes de salir y el padre pronunció sus últimas palabras.

"Su servicio a la humanidad, es su revolución" y dijo como contando un chiste "hágala ahora, pensando que en el cielo usted estará desocupada".

A la edad de treinta y cinco años, el cura Orejuela, había perdido la fe en su iglesia como bastión de la justicia social. Se molestaba cuando veía al monseñor Caicedo retratado en la primera plana de la prensa junto al alcalde Mariano y el capitán Chuster.

"El triángulo diabólico" decía. "Una misma clase dominante representada en tres diferentes poderes que se apoyan mutuamente". Ejercían el dominio civil, la manipulación espiritual y la fuerza bruta. El cura, Espíritu Santo Orejuela, decidió integrarse a una de las guerrillas de Boalonga en una misión de justicia social que solamente se podía alcanzar cuando se cambiaran los poderes políticos. Su hermano menor, hacía once años atrás, se había registrado con una de las guerrillas más radicales y agresivas de la región. Emeterio Orejuela, "el patriota", como lo llamaban. Este había sido reclutado por la guerrilla a la edad de 18 años por el mismo tiempo que su otro hermano Leonidas, "el cabo", de diecinueve años, se había alistado en las filas del ejército. Emeterio consideraba que solamente con la lucha armada en contra de la explotación y el abuso, se podían mejorar las condiciones de vida de los ciudadanos de Boalonga. Al contrario de lo que muchas personas se imaginaban, la guerrilla estaba formada de gente que había pasado por las universidades. Las miles de víctimas del abuso y de la injusticia, buscaban en ella, la oportunidad de contribuir con la creación de una nueva sociedad, decían. Entre ellos había toda clase de profesionales. Profesores, médicos, ingenieros, abogados, sociólogos y de otra clase de profesionales e intelectuales, que hacían de la guerrilla un grupo muy heterogéneo, y que querían hacer un cambio de estructura política y social en Boalonga. Los abogados no podían encontrar sentido en un sistema judicial que parecía inspirado en la inquisición, y no en una democracia de libre expresión, y los médicos, no tenían los recursos para atender a sus pacientes en los hospitales, donde la muerte les demostraba, que sus estudios no pasaban de ser mero conocimiento biológico. A los pacientes se les exigía que, le proveyeran a los médicos, de los materiales necesarios para poder atenderlos, porque los hospitales carecían de los recursos para darles la atención necesaria. En una ocasión llegó a la clínica de Boalonga una madre con su bebé en los brazos, rogando por la atención de la doctora BB, quien tuvo que decirle que, no tenía cómo atender al niño por falta de medicinas y material quirúrgico. La madre desesperada le pregunto: "Así que... ¿no me va a atender al bebé?" y abriendo sus brazos, dejó caer a la criatura sobre la baldosa en el cuarto de recepción de la clínica, alejándose del lugar, jurando que se iba a luchar por una Boalonga mejor. La doctora Bisturri se apresuró a levantar al bebé. Lo examinó y encontró que su corazón palpitaba. Lo envolvió en una cobija y lo puso en una caja de cartón, pero no pudo darle más atención. No se sabe qué pasó con este niño años más tarde, pero de la madre se sabe que se alistó en las filas de la guerrilla, que prometía una vida mejor para Boalonga.

"Tratar no cuesta nada, si cuando ganemos la revolución no se mejoran las cosas, pues...hacemos otra revolución; aquí no hay nada que perder. Los hambrientos tenemos la misma motivación de lucha que, las clases que se sacian, y quieren mantener las cosas en el mismo estado para seguir explotando. ¡Que haya guerra! Si nos matan, nos hacen un favor".

Así se alejó esta mujer pobre e infeliz, habiendo pronunciado palabras de una profundidad política sin precedente para la doctora BB. Había vivido una vida de conformismo creyendo que el reino de los cielos es para ellos, los pobres. Después de haber vivido el momento más angustioso de su vida, la copa se le había llenado. El poder político y el sistema económico establecidos en Boalonga, no funcionaban para la mayoría del pueblo. Las guerrillas tenían un sistema de propaganda y educación poco convencional, por su causa. A esta mujer, y a muchos otros revolucionarios, se le podía escuchar arengando a las masas, que los guerrilleros formaban en filas forzadas, en los pueblos y en las veredas.

"Las revoluciones en la historia de todos los pueblos se originaron como consecuencia de la injusticia y la explotación masiva" explicaba esta guerrillera a la gente. "No podemos permitir que Boalonga se convierta en un estado de esclavos a la moderna, donde las masas son explotadas para proteger los intereses de unos pocos, que se creen los dueños de los recursos de la tierra." Gritando continuaba con mucha convicción: "Cada miembro de la comunidad de Boalonga, que haya nacido en estas tierras bendecidas por la abundancia, tiene el derecho de participar de ellas y el estado tiene que garantizar ese derecho a sus ciudadanos. Queremos un estado que vele por los intereses de todos, y no solamente de los pocos privilegiados que tienen sus intereses en tierras extrañas. El hambre que padecen los muchos, destruirá el placer de los pocos. El cambio social vendrá. Así como dicen que la justicia cojea, pero llega, así la justicia social también llegará, pero no vendrá sin lucha. Estamos en guerra y todos los medios para alcanzar la victoria son válidos. A la lucha hermanos de Boalonga, que el enemigo es fuerte..." Así las gentes de Boalonga eran arengadas para prepararse para luchar por una Boalonga más digna y más humana. Por lo menos, era lo que se decía, llegaría a ser Boalonga después de la revolución.

El cura Orejuela, no estaba preparado para usar armas de fuego en contra del enemigo político. Se dedicaba a enseñar y a practicar su ministerio administrándolo también a los muchachos que estaban en el frente de batalla. Para Espíritu Santo, el comunismo también había sido inspirado en las comunidades primitivas cristianas y que había sido documentado en el evangelio. En repetidas ocasiones ilustraba sus sermones con pasajes bíblicos y acentuaba la necesidad de combatir la explotación, apelando a la dignidad del ser humano. Estaba convencido de que el hombre había sido creado a la imagen de Dios. Que todos éramos hermanos. Que la vida humana había que dignificarla.

"Ananías y Safira" decía, "fueron castigados por su egoísmo, porque para ellos era más importante su comodidad personal que el beneficio de toda la comunidad. El sacrificio de Cristo fue una entrega a la comunidad, a la humanidad misma, con el objeto de redimirla toda, completa. Jesucristo no fue un egoísta, sino que entregó su vida para generar vida eterna para todos, y no prometió el paraíso sobre la tierra para algunos pocos, sino el tener las cosas en común para beneficio temporal de todos."

Cada uno debía de asumir su responsabilidad, dentro de una sociedad organizada que iba a depender del trabajo de todos.

"Qué tal que el hígado dijera a los pulmones, que él es más importante? ¿Son los riñones más importantes para el cuerpo que el corazón?" El cura utilizaba muy a menudo las ilustraciones anatómicas que el apóstol Pablo usaba cuando instaba a la iglesia a entender que las diferentes partes del cuerpo humano, están al servicio de las otras.

El mensaje del Nuevo Testamento era para el cura una poderosa enseñanza para dignificar a la humanidad. Un mensaje tan poderoso como éste habría de ser la solución a los problemas que habían conducido a la humanidad a la explotación del hombre por el hombre. "Muchas iglesias" decía el padre Espíritu Santo, "utilizan las enseñanzas del apóstol Pablo para enriquecer las corporaciones que representan, pero no para conducir a una sociedad más igualitaria.".

"La maldición pronunciada en las palabras del sabio Salomón, han caído sobre las clases gobernantes de Boalonga," decía este cura, que encontraba en las Sagradas Escrituras su mejor aliado para entender el drama social por el cual estaba pasando la comunidad de Boalonga. "Al que acapara el grano dice Salomón, el pueblo lo maldecirá, pero al que lo vende, el pueblo lo bendecirá."

El cura Orejuela asociaba al pecado con la injusticia social. A menudo se le escuchaba predicar:

"El sabio Salomón, hijo del rey David, enseñaba que la justicia engrandece a una nación, lo contrario es una afrenta a las naciones; la injusticia es pecado."

Al cura se le respetaba no solamente porque traía un mensaje espiritual, sino porque lo presentaba con la autoridad de la sabiduría acumulada a través de los milenios. Este hombre no podía comprometer su trabajo en favor de los pobres, estando simultáneamente al servicio del establecimiento religioso. El conformismo, es el enemigo número uno para el progreso de una sociedad. El conformista, no es lo suficientemente crítico, como para hacer los cambios necesarios en la vida social, educativa y espiritual para sí mismo, y así, llegar a ser un eslabón fuerte, para producir el cambio social, tan necesario en Boalonga. El cura Orejuela contrastaba con la manera de pensar y de vivir del padre Santos. Al padre Santos le interesaba el poder, que conseguía por medio de la información que caía en el confesionario. Aún cuando respetaba los votos del silencio, la información era utilizada sagazmente para beneficio propio. El padre Santos entendía muy bien el poder que la información proporcionaba. Amasó una pequeña fortuna, vivía cómodamente y tenía sus tres comidas abundantes diariamente con todo el tinto que quisiera.

Tenía un buen contacto con la mafia de la cocaína, y mantenía relaciones amistosas con la guerrilla, a la cual le pasaba una buena vacuna para que lo dejaran en paz. En ocasiones recibía la visita de Eugenia, la cual también empezaba a entender un poco de la política de Boalonga. El padre Santos le daba suficiente dinero, que pudo ahorrar para atender a las necesidades de su futuro, y así sus relaciones amorosas con Eugenia se mantenían sin levantar sospechas. Eso sí, lo que no podía soportar el padre Santos era el abuso sexual que algunos miembros de su feligresía ilícitamente practicaban con sus hijas. Eso lo consideraba él un pecado de proporciones enormes. Se cuenta que, en una ocasión, después de haber recibido la confesión de una madre preocupada por los avances de su marido hacia sus dos hijas menores, el padre Santos planeó en darle una lección que modificaría su vida para siempre. El esposo de esta indefensa mujer consideraba que sus hijas eran de su propiedad por haber donado su semen para traerlas al mundo. Ambas habían sido violadas y abusadas por él y la mayor de ellas estaba en estado de embarazo avanzado esperando el nacimiento de su propio hermano, del cual ella sería su madre. Boalonga ya cantaba las coplas, fabricaba los chistes y las adivinanzas que la situación ofrecía a los mordaces e implacables espíritus de burla, que eran ya parte del folklor popular. "El hermano de la hija es el nieto de su padre" se decía en la divertida popular adivinanza. "Por qué dicen que a este niño lo hicieron en el horno? Porque salió Moreno". Cuando el padre Santos supo de este incidente, se enfureció. La señora llorando le suplicaba que le ayudara. "Qué puedo hacer? Mi esposo es violento. Además, si lo abandono estaré en pecado ante Dios y ante la ley. ¿Cómo le voy a dar de comer a mis hijas si él provee por ellas? Quedaré en la cochina calle, sin techo y sin comida", se quejaba esta madre, que no tenía más recurso que confesar su tragedia, confiando en el silencio del padre Santos. El padre Santos dejaría pasar un tiempo prudente después del cual quería implementar su plan, para redimir a esta familia, desgraciada por su marido.

La doctora BB, iba a cumplir tres meses en su nueva posición, para lo cual, se organizaría una gran fiesta para celebrar el primer trimestre de su arribo a esta región del país, como era la costumbre en Boalonga. Al padre Santos, le gustaba honrar los aniversarios, que eran muy especiales, y parte de la cultura de la región. Para celebrar a la BB, no se podía esperar a que pasara el primer año. La verdad era que, no se sabía si la doctora resistiría un año de trabajo en la zona o si estaría viva todavía para esa ocasión.

La doctora Bisturri, encantada accedió a abrir las puertas de su humilde, pero sabrosa, como diría ella, casa, contigua a su clínica. El patio trasero de su casita campestre, era el lugar especial para esta celebración. Se llenó rápidamente de todo tipo de personalidades algunas conocidas y otras desconocidas para la doctora Bárbara Bisturri. Se ofrecieron toda clase de platos típicos. Las mujeres se encargaron de hacer las populares fritangas, los buñuelos, las arepas, las carnes asadas, burritos y tacos picantes, y lo que no podía faltar, dirigir y animar a los niños con las piñatas en la parte exterior de la casa, en la plazoleta al frente de la clínica. Hubo músicos que animaron la fiesta con sus canciones populares y folklóricas, y sobretodo se sirvió mucho aguardiente y tequila. Los hombres se reunían en corrillos para contarse los chistes más vulgares de moda y a carcajearse hasta "desatornillarse de la risa" como se decía. El alcalde, Don Mariano y su esposa Rosa María eran huéspedes de honor. No faltó el capitán Chuster que mantuvo mas bien una postura vigilante durante la fiesta, y quien acompañado de algunos soldados mostraba nerviosismo, no por la presencia de Rosa María que lo ponía en rivalidad con Don Mariano, sino por la presencia de un conocido líder de la guerrilla apodado El Dengue, quien aprovechó la fiesta y el alboroto para infiltrarse en el pueblo con algunos de sus muchachos para cobrar las "vacunas" que iban, como decían, a contribuir con la causa revolucionaria. Era una forma de recaudar los fondos para hacer que todo el pueblo, con poco o con mucho dinero, se sintiera parte de la revolución que produciría el anhelado cambio social en Boalonga. La extorsión, no contribuía para nada con la credibilidad de la historia revolucionaria. En general, gente rechazaba este tipo de recaudo, por la ilegalidad y por la violencia que desataba, pero para otros no era visto diferente a la extorsión del gobierno, al desangrar los salarios de la clase trabajadora con impuestos que, tampoco producían los resultados prometidos en las elecciones. Millones se gastaban en salarios exentos de impuestos para hacer política partidista. Millones se despilfarraban en el pasatiempo de la política, en la construcción de vías ficticias, ampliaciones de avenidas y ayudas para colegios con el fin de ganar votos. Cuatro Jotas, y su esposa Eugenia, se habían hecho presentes para felicitar a la doctora BB por haber tenido el coraje de servir como médico en Boalonga.

"Después de su año rural en Boalonga, si es que sale viva de este mierdero" le decía Eugenia a la doctora Bisturri, "va a abandonar esta profesión, y se va de este paraíso definitivamente, para lavar platos en el extranjero, o se une a la revolución, para crear una Boalonga más justa".

"Al tomar la decisión de venir a asumir la dirección de esta clínica", replicó la doctora BB, "asumí la responsabilidad de una revolución personal. Si lo que usted quiere decir es que la contribución personal de servicio a la comunidad es la clave para una Boalonga más justa, estoy ciento por ciento de acuerdo, y por eso estoy aquí. Y....a usted, ¿qué la motivó para venir a Boalonga?" Eugenia reconoció en ese momento que ella tenía que pensar mejor, acerca de su propio propósito en la vida. Al fin y al cabo, estaba empezando a odiar a Julián por haberla traído a este pueblo que no se encontraba en el mapa de los cultos. El padre Santos se aseguró de que el señor Moreno también se asomara por la fiesta. Mandó a uno de los monaguillos de su parroquia con una invitación especial para él. El señor Moreno era poco sociable, pero le gustaba tomar mucho licor. Sus frustraciones las pagaban su esposa y sus hijas a las que abusó por muchos años. Era ganadero, hombre rudo e ignorante, pero su dinero se hacía sentir. Trataba a la gente como si estuviera lidiando con vacas, pero le corrían para satisfacerlo en todas sus demandas. Le gustaba lucir y montar sus caballos, de los cuales se jactaba de tener los mejores en Boalonga. Cuando se ponía furioso por alguna razón cualquiera, sus subalternos ya sabían que iban a ser sujetos a los fuertes latigazos que repartía con su fuete sobre el primero que se le atravesara. Así tenía también amedrantadas a su esposa y a sus hijas; repartía latigazos para después también abusarlas sexualmente.

"Definitivamente este hombre necesita, no un tratamiento sicológico, sino uno quirúrgico" pensaba el padre Santos. La justicia se impartía en Boalonga de acuerdo con la figura, que se percibía, tenía más influencia. La justicia como institución estaba parcializada, era inoperante y no tenía tiempo para esas cosas de la cultura popular. Precisamente es ahí, donde fallaba el sistema. No se encontraba la forma de poner a funcionar en concreto, los universales valores y derechos del hombre y de la mujer. Boalonga como muchas otras regiones del vasto globo, dependían del dinero para impartir justicia. La justicia, como valor, estaba profundamente prostituida, y los más acaudalados podían comprar de ella los mejores servicios disponibles. En esta región, mucha gente pasaba cinco o seis años en la cárcel simplemente por sospecha, sin que se les hiciera un juicio o se les comprobara su culpabilidad. Dependía del juez decidir la justicia, y ésta obedecía a los intereses que se representaban. Del prisionero se esperaba que desde la cárcel demostrara su inocencia, en vez de que el estado demostrara la culpabilidad del sospechoso. Por eso nadie quería tener algo que ver con la justicia institucional, para no enredarse entre sus marañas burocráticas y caprichosas, de las cuales era casi imposible salir redimido. El juez, en su sola discreción, dictaba sentencia, sin pasar por el riguroso proceso que exigiría un juicio por encima de cualquier duda. El acusado se consideraba culpable desde que fuera aprehendido. Era él, el que tenía la tarea de demostrar su inocencia, mientras que el gobierno, no tenía que demostrar que el detenido fuera responsable del crimen del que se le acusaba. Un sistema así, jamás podría ser justo, porque era tan arcaico que, recordaba los tiempos, cuando se decía, que el rey siempre tiene la razón.

VII

El padre Santos no dejó por un momento de evaluar la conducta del señor Moreno mientras éste pasaba el tiempo en la fiesta bebiendo y fastidiando con su conversación a los invitados. El Dengue había organizado a un par de sus muchachos en las afueras de la clínica contigua a la casa de la doctora BB, improvisando una oficina móvil, que consistía en moverse caminando alrededor en círculo, con el objeto de recibir la vacuna que, de las manos pasaba directamente a un morral, llevado a espaldas, de uno de los recaudadores. Para aquéllos que tenían mucho dinero y que eran bien conocidos por los guerrilleros, sus aportes eran más bien una forma de mensualidad que pagaban para que la guerrilla los dejara seguir operando en paz. Al fin y al cabo, hacían mucho dinero con sus negocios, lícitos e ilícitos, para ponerse en contrapunto con esta gente que respondía a los casos de terquedad con la violencia. Si no pagaba la vacuna, la persona era secuestrada, la cual tenía que pasar por peores momentos en la selva. Definitivamente era la mejor forma de pagar si apreciaba su vida. ¿No es eso lo que hacemos de todos modos, racionalizaban algunos? Si alguien estacionaba su automóvil en la plaza principal del pueblo, una veintena de muchachos y hombres jóvenes se acercaban a ofrecer los servicios de lavado y cuidado. Si la oferta era rechazada por el dueño del auto, su sorpresa al regresar era ver alguna llanta cortada con navaja o sencillamente robada. En otros casos los limpiabrisas eran removidos. Así que la gente decía: "Claro lávelo y cuídelo". Mientras se retiraban y dejaban al muchacho lavando el auto se les oía murmurar: "Que le roben a otro, hijueputa".

El padre Santos se había ya acercado a la oficina ambulante de los guerrilleros y había dejado en sus manos una suma desconocida de dinero que uno de ellos se apresuró a depositar en un carriel, mientras que el otro dibujaba una marca sobre una lista de nombres, indicando que el padre Santos había pagado su contribución. Este procedimiento era rápido y muy disimulado, pero con el tiempo se perfeccionó. Los emisarios de los grupos que estaban fuera de la ley cobraban las vacunas en las mismas oficinas y despachos de los contribuyentes, cuando éstas eran personalidades de la alta jerarquía. Nadie hablaba de ello con nadie, ni nadie se quejaba públicamente, pero se podía sentir el fastidio que esto traía a la población. El señor Moreno que ya estaba subido de tragos se acercó a los secuaces del Dengue para entregarles su mensualidad de protección como solían definir este chantaje.

"Ahí están estos cuatreros de mierda" dijo Moreno en voz alzada de tono para que otras personas cercanas pudieran oírlo. Los muchachos de la guerrilla lo miraron con firmeza interrogativa.

"¡Baje la voz! O mejor... cállese el hocico imbécil, sino quiere que le volemos los huevos a plomo" replicó uno de ellos en forma amenazante. En su borrachera Moreno seguía con su protesta verbal.

"A mí no me amenaza nadie. Todavía no ha nacido el hijo de puta que me mande a callar, y ustedes cabrones, malhechores sinvergüenzas, asesinos, ladrones, que han convertido a Boalonga en un charco de sangre, no se van a salir con la suya". Siguió con sus insultos y su verborrea, añadiendo: "En este país vivimos enculebrados porque el dinero no nos alcanza y tenemos que tapar una deuda abriendo otra, porque ustedes se roban el dinero. ¿Qué quieren? ¿Que les sigamos cayendo en la extorsión para pagarles y agradecerles por los crímenes que están cometiendo? Esta es la última vacuna que les pago", y casi tirándoles el dinero en la cara repuntó, "...aunque me maten". El capitán Chuster no dejaba de mirar al Dengue para analizar sus intenciones, al tiempo que disfrutaba de la bocanada de insultos proferidos por el señor Moreno contra ellos. Chuster sabía que tarde o temprano esos hombres serían sus rivales más enérgicos en el campo de batalla y prefería no intervenir en este momento. Los muchachos no dijeron nada y el Dengue se sonreía cínicamente mientras Moreno seguía en la fiesta, fastidiado y tomando sin parar. Todos habían escuchado las palabras de Moreno y la verdad era que pocos daban algo por la vida de este hombre que se atrevió a desafiar públicamente a la guerrilla. La guerrilla sacaba provecho de este tipo de desafíos, ya que eran los perfectos casos de asesinato que podían cometer para que la gente, que había sido testigo de los insultos, también escarmentara. Eso lo sabía muy bien el padre Santos, que en muchas ocasiones había sido testigo de este tipo de enjuiciamientos que impartía la guerrilla.

"Este Moreno es hombre muerto", pensaba satisfecho, el padre Santos, ya que le venía como anillo al dedo, pensando que era la gran oportunidad, esa noche de fiesta, de seguir con su plan de castigar a Moreno por su abuso y la violación de sus hijas.

Los guerrilleros se retiraron del lugar en un jeep, que los estaba esperando y que se acercó rápidamente, al advertir la presencia desafiante del capitán Chuster. Moreno siguió tomando y gesticulando, como esperando el apoyo y las felicitaciones de la gente por su coraje al manifestar su descontento con los muchachos de la guerrilla. Alterado por los insultos que les había propinado a los muchachos de la guerrilla, sabiendo que se había expuesto demasiado, bebió hasta caer inconsciente sobre una silla de mimbre. Esta fue la oportunidad que el padre Santos aprovechó para llamar a la doctora BB que se encontraba con Rosa María, la esposa de don Mariano, alcalde de Boalonga, acariciando su angora Tiberio y comentando acerca de sus hermosos atributos.

"Doctora BB, venga por favor; ayúdeme con el señor Moreno que está muy mal". La doctora, entregando en los brazos de Rosa María a Tiberio, corrió acompañada de otro voluntario para levantar de la silla a Moreno y llevarlo a la pequeña sala de la clínica adonde le acostaron en la única camilla disponible. El padre Santos, asegurándose de que la puerta de la sala de consultas estuviera cerrada y despachando al voluntario, ordenó a los curiosos para que siguieran en la fiesta y no fueran a interrumpirlos. La doctora BB se asombró de ver al padre Santos, en una rápida maniobra, aflojándole a Moreno la correa y bajarle el pantalón y los calzoncillos hasta los pies exponiendo así sus genitales. El padre Santos exclamó en voz baja pero firme: "cástrelo".

La doctora BB permaneció casi paralizada frente al padre Santos y no podía creer lo que éste le estaba pidiendo, que hiciera.

"No puedo hacer eso, va contra la ley y la ética médica que yo haga algo semejante. Sálgase inmediatamente de mi consultorio padre, y voy a olvidar lo que me está pidiendo que haga".

El padre Santos entendió que debía darle una explicación a la doctora BB.

"Ese hombre es una bestia" empezó el padre Santos a explicarle a la médica.

"Abusa de sus hijas y la mayor se encuentra embarazada de él. El tuvo su oportunidad de arrepentirse, pero ahora tiene que pagar por su crimen. ¡Así que, cápelo!" fueron las palabras del padre que ya estaba perdiendo su paciencia.

"La emasculación" replicó la doctora BB "no es la solución a los problemas de este hombre, él tiene que ir a la cárcel."

A lo que el padre santos contestó sin darle importancia al argumento de la doctora Bisturri

"Yo le estoy buscando la solución a los problemas del abuso y de terminar con la violación de sus hijas. ¿Qué haría usted, si su futuro esposo, viola a su propia hija que tuvo con usted, doctora? Pero no se moleste, si usted no lo castra yo lo liquido de una vez por todas aquí mismo".

El padre santos abrió su sotana debajo de la cual ocultaba su pistola, la desenfundó, y antes de que le propinara el tiro en la cabeza a Moreno, la doctora BB le dijo:

"No, no lo haga, yo me encargaré de que este criminal nunca jamás viole a una de sus hijas de nuevo; la emasculación será su castigo".

El padre Santos puso su pistola en la funda, mientras que la doctora escogía el bisturí y ponía a un lado algodón y un desinfectante.

"No tengo a María, mi enfermera conmigo, así que usted tendrá que ayudarme padre" dijo la doctora.

"Póngase estos guantes y mantenga el pene de Moreno hacia arriba.... eso…así". No se sabía si el coraje que tenía la doctora BB, al acceder a operar al señor Moreno, provenía del disgusto por los actos de este hombre contra sus hijas, por la analogía del padre Santos al ponerla a ella en la posición de la madre de estas niñas, o a la amenaza del padre Santos de propinarle un tiro de bala en la cabeza al señor Moreno dentro de su clínica. Por lo que haya sido, la doctora BB agarró con la mano izquierda el escroto de Moreno y con el bisturí en su derecha le propinó un corte vertical en medio de los testículos, que permitieron el paso hacia el exterior, de estas glándulas productoras de espermatozoides. Un rápido corte de los conductos deferentes separó definitivamente los testículos de Moreno. La doctora BB los puso en una bolsa transparente de plástico y se los pasó al padre Santos quien, sin saber qué hacer con ellos, los acomodó en su bolsillo derecho de su sotana. La doctora BB le controló la poca pérdida de sangre a Moreno, lo desinfectó, lo cosió y con la ayuda del padre Santos, le subieron los pantalones al emasculado Moreno, lo más rápido que pudieron. Fue una operación de dos minutos incluyendo la vestida. Ambos se miraron un poco perplejos.

"No se preocupe, el hombre ni se va a dar cuenta de quién hizo esto, se lo aseguro". Cuando salieron del improvisado quirófano, los invitados indagaron por el señor Moreno, a lo cual la doctora BB respondió diciendo que, estaba en buen estado y que lo mejor era dejarlo que durmiera su borrachera. Después alguien lo llevaría a su casa, para que acabara de dormir y pasar el guayabo de su borrachera. La fiesta siguió sin más interrupciones. El trio musical amenizó la fiesta hasta la media noche. Cuatro Jotas se encargó de llevar al emasculado Moreno, quien daba señales de cansancio. Se lo entregó a su esposa, dándole también un frasco con pastillas de un antibiótico que la doctora BB había recomendado, para que el señor Moreno se tomara una diaria, hasta que el frasco estuviera terminado. El padre Santos regresó a la casa parroquial a descansar. Mientras caminaba y meditaba en los acontecimientos de la noche, metió su mano derecha en el bolsillo de la sotana notando que todavía tenía la bolsa de plástico en él, con los testículos del señor Moreno. Los sacó del bolsillo, los observó por un momento como tratando de encontrar en ellos una respuesta, al abusivo incestuoso impulso sexual del señor Moreno. Los sacó de la bolsa y se los arrojó a un perro callejero que se cruzaba en ese momento por su camino. Siguiendo su paso pensativo sin preocuparse por lo que estuviera pasando con los testículos del señor Moreno, el padre Santos pensaba cómo una vez más, había dado una típica demostración de justicia propia, por encima del despreciable sistema jurídico de Boalonga.

Al día siguiente la doctora BB no pudo desayunar de pensar en la asquerosa operación que tuvo que practicar la noche anterior. El señor Moreno no salió de su casa. Estaba agradecido porque los ofendidos guerrilleros le perdonaron la vida a cambio de la emasculación y por el cuidado que la doctora BB había tenido con él al mandarle los antibióticos. El padre Santos al salir a respirar el temprano aroma de Boalonga, encontró los testículos del señor Moreno en el mismo lugar donde se los había arrojado al perro. Ni el perro los quiso, dejándolos para que las moscas, que se posaban sobre cualquier inmunda porción de origen orgánico, depositaran sus huevos, y se dieran el banquete sobre el más indecente menú conocido en el mundo del crimen.

VIII

Juan Orejuela se había llevado a sus dos hijos, Pablo de veintiún años y Felipe de dieciséis, a trabajar a los cafetales de Boalonga. Era una jornada difícil la de cosechar de los arbustos, cada grano de café en forma individual. Felipe, en una pose filosófica típica del adolescente romántico, sostenía un grano rojo de café entre sus dedos mientras pensaba. "Quién se irá a tomar la taza de café, de la cual este grano, iba a ser parte de su aroma? ¿A qué parte del mundo iría a parar este grano...adónde sería molido?" Desde lo alto de las faldas de las montañas de Boalonga, Felipe miraba hasta el infinito definido por el alcance de su vista, y daba gracias por el trabajo que tenía y el privilegio de vivir en una tierra tan hermosa y amplia, donde solamente ahí se podía respirar el olor de la verdadera libertad. El olor de la libertad se percibía en el aire, en la tierra húmeda y entre los arbustos del cafetal.

"¿Qué piensas acerca de la libertad Pablo?" le preguntaba Felipe a su hermano mayor, mientras trabajaban en la cosecha.

"La libertad es algo que se respira Felipe. La libertad es tan libre", decía Pablo, "que si hubiera que defenderla ya no sería libertad".

Hubo una breve pausa y Pablo continuó diciendo:

"La libertad, por la que se tiene que pelear, es un producto de consumo que los políticos le dan a beber al pueblo para que se embriague de mentiras. La verdadera libertad, la que conserva su pureza, la que se respira en las montañas de Boalonga, la libertad exaltada por la naturaleza, la libertad que se siente como un brote de la divinidad, esa, esa... es la verdadera libertad."

Pablo no creía que Boalonga gozaba completamente de la libertad. La pobreza y la falta de oportunidades para los habitantes de esta región no estaban en armonía con el concepto de libertad, que él tenía. Qué bueno fuera, si en medio de la exuberancia de la naturaleza, cada miembro de la comunidad tuviera suficiente para comer y vivir en paz", se repetía Pablo a sí mismo. Pensaba en el cura, su hermano, que predicaba bonito pero que sentía la opresión ejercida sobre los pobres, los desamparados, las viudas y los huérfanos, hasta que decidió unirse a la guerrilla, sin abandonar sus responsabilidades en su parroquia. Para Espíritu Santo fue una decisión difícil, porque siempre rehusó el uso de las armas como un recurso para resolver los conflictos sociales de Boalonga. Allá arriba en la montaña, Pablo tenía sus propias ideas que disentían de las del cura. Después de la dura jornada del día, los hijos de Juan y Ermenegilda Orejuela, se reunían en la casa de Azucena y su esposo Margarito para tomarse unos tragos y discutir de política y todo lo que se atravesara en materia intelectualmente digerible. Azucena estaba en su séptimo mes de embarazo, Margarito quien había trabajado arduamente en la hacienda olía a una boñiga hedionda que traía pegada de sus botas de cuero, que no se lo podía disimular, aunque se echara todo el pachulí que su esposa tenía en el gabinete del baño.

"La libertad que reclaman tener algunas naciones está basada en la esclavitud y el empobrecimiento de otras" opinaba Emeterio, al que apodaban el patriota, y que era conocido por sus hermanos como miembro de la guerrilla.

"No dejaremos de luchar hasta que hayamos encontrado la liberación de la explotación y saqueo de nuestra Boalonga", decía con firmeza.

Pablo quien tenía, según él, una mejor idea que Emeterio opinó diciendo,

"No tenemos armas para combatir al enemigo. Mientras no tengamos cómo defendernos nos seguirán tratando en nuestra propia tierra, como extranjeros".

"Yo creo", decía Leonidas, "que en este país hay mucho desorden y lo más inteligente es seguir la corriente. Hay que asociarse con el que tiene las armas y el poder. Así nunca nos faltará nada. Hay que seguir la corriente."

Sin esperar Pablo replicó que sólo los peces muertos son arrastrados por la corriente. Leonidas no recibió este comentario de buen agrado; estaba frustrado por las experiencias de su familia y por los difíciles momentos que habían pasado, hasta para comer. Leonidas era un adaptado al sistema, en el cual encontró trabajo para destituir a otros, de su lucha por la libertad. Mientras repitiera que la libertad se encontraba en Cristo, recibía un salario que, claramente marginalizaba a una humanidad de sus argumentos por mejorar las condiciones de vida. La guerrilla era solamente un llamado de atención, que por la tradicional corrupción de la élite que se aseguraba el gobierno año tras año, alimentaban su oferta social y política. En medio del conflicto se cometían crímenes de lesa humanidad, se violaban los derechos humanos, y todos se justificaban con matanzas de civiles por ambos lados, ya que estaban metidos en el mismo sancocho, que hervía por el fuego alimentado por los intereses políticos. No había diálogo, y ni lo querían, porque Boalonga parecía tener dos cerebros, cuyo ego era tan grande, que vivían entre dos verdades absolutas.

¿Cuál es la solución a los problemas según tu opinión, Pablo?" preguntó Leonidas exasperado. La respuesta de Pablo no se dejó esperar:

"No tenemos dinero y no tenemos armas para combatir a los que nos explotan" empezó diciendo.

"Ah" entonces ¿cómo quieres luchar por la liberación, pendejo?" exclamó Leonidas con sarcasmo.

"Cállate y escucha guevón, que el patriota y yo te lo vamos a explicar" dijo Pablo.

"Aquí el único patriota soy yo" protestó Leonidas "porque me voy a regalar al ejército y así recibir a cambio un poco del poder que se necesita para salir adelante".

Emeterio enfurecido, se dirigió a Leonidas en forma no muy amigable.

"Lo dijiste muy bien estúpido, te vas a regalar al ejército, te vas a regalar, ¿no? Allá te van a tratar mal, te bajan la estima propia, te denigran como persona, te insultan, te hacen manso como una paloma para que desperdicies tu juventud peleando, para defender los intereses de los poderosos y sus mal adquiridas riquezas". Emeterio arremetió diciendo, "Eso sí, para recompensarte después y levantarte el orgullo, te van a llenar de medallas, te dan uniformes para que te sientas especial, vas a los clubes de oficiales y hasta te van a dejar llevar a las reinas de belleza al escenario en los pasatiempos de los desocupados. Todo eso por una suma miserable de dinero para que te compres tu propia pasta de dientes y el jabón, para que no huelas a mierda cuando te revuelcan por los potreros durante los ejercicios militares; te van a dar buen alimento para que te sientas fuerte y unas botas que te maltraten los pies de campesino que tienes, acostumbrados a las alpargatas".

"Me das lástima, Leonidas, la misera te ha cauterizado la mente; renunciaste a luchar y te entregas al enemigo para que te pongan de carne de cañón, para defender los intereses de la clase dominante corrupta de Boalonga y del extranjero, mientras que tu propio pueblo sigue aguantando humillaciones y hambre" dijo Emeterio terminando su apasionada intervención.

Hubo una breve pero profunda pausa entre ellos. Pablo tomó la palabra de nuevo y pausadamente dijo:

"Yo sé trabajar el campo...a mí me gusta mirar a Boalonga como el paraíso agrario que siempre fue, sin las exigencias de una vida sofisticada que creó necesidades artificiales en nosotros. Nos hemos convertido en consumidores de basura. La verdadera libertad ha sido interrumpida por los que saquean las riquezas de Boalonga. Ya no vienen a caballo y en carabelas, ahora vienen a través de los bancos, y de otros organismos internacionales de control e imposición económica. Los países ricos están festejando su molicie y su opulenta desfachatez, demandando cada vez más drogas que aquí podemos producir con facilidad. Vamos a utilizar los principios de su propia estrategia económica. La demanda es grande y nosotros tenemos los ingenieros químicos y la infraestructura para sembrar y elaborar la cocaína que buscan. No podemos combatir al enemigo con bombas ni armas biológicas o químicas. Ellos las tienen, y nosotros no. Así que podemos hacerlo con la química criolla. ¡Sembraremos coca hermanos!"

Hubo un momento de silencio. De pronto Emeterio exclamó:

"Que nuestros enemigos financien su propia destrucción y nosotros conseguiremos el dinero necesario para sostener la fuerza guerrillera. Es un plan genial. ¡Pablo, eres un genio!"

Pablo y Felipe habían meditado en la montaña, acerca de cómo salir de esa vida orquestada por el trabajo rutinario, folklórico y patriótico de recoger las pepas del café, para que Boalonga pudiera aparecer en los escenarios internacionales y participar del hechizo que el sabor del café ejercía sobre las naciones que consideraban el encanto de lo exótico, digno de participar en sus actividades sociales y comerciales. Felipe interrumpió su silencio para comentar:

"Cómo es posible que con decirnos que tenemos el mejor café en el mercado internacional, seamos tan estúpidos para trabajar por un salario de hambre, para alimentar el orgullo patriótico. ¿Quién se habrá inventado esa pendejada de llamarnos 'El Tercer Mundo'? Todavía nos pagan mal, nos han explotado por décadas, nos compran a precio de huevo las riquezas del suelo, nos tratan como niños paternalisándonos con decirnos lo que tenemos o no tenemos que hacer, y cuando estamos jodidos nos hacen préstamos para que compremos armas y nos mandan leche en polvo para que creamos lo compasivos que son, mientras traman nuestra destrucción."

A lo que Pablo añadió como complementando la frase de Felipe:

"...para después de toda esta mierda tener que matarnos entre nosotros y así despejar el camino para perpetuar la explotación. Por comer cuentos, es que nos llaman tercermundistas."

"No porque en Boalonga haya escasez de inteligencia, o porque vivamos en un desierto que no ofrece sino polvo, sino porque nos hemos empobrecidos, creyendo que todo lo de afuera es más importante y de más valor, incluyendo las ideas" dijo Felipe.

"Porque consideramos de mejor calidad y de mayor importancia una cultura, que sólo conocemos a través de la propaganda empaquetada por los medios de comunicación. Una película que viene de afuera nos hace creer que la vida más allá de nuestras fronteras boalonguesas es más digna e interesante, que la vida dentro de los límites geográficos de Boalonga" añadió Emeterio, "y eso es porque las películas no traen temas para pensar y educarse sino propaganda cultural, que creen que vamos a asimilar sin darnos cuenta" terminó diciendo.

Leonidas rechazó esta línea de pensamiento diciendo:

"Ustedes están locos. Cavilan demasiado en teorías conspirativas que no existen. Por eso me voy al ejército a defender los valores de la patria y a ganar el dinero que necesito para vivir sin importarme lo demás."

Leonidas salió de la casa dejando a sus hermanos atrás sin permitir que la discusión lo absorbiera.

IX

Don Guillermo había inmigrado a Boalonga a raíz de los brutales incidentes de las guerras en Europa. En muchas ocasiones pasó hambre, pero la libertad de la cual gozaba en esta nueva tierra, estaba por encima del retorcimiento intestinal que sentía a veces por falta de alimento.

"Es muy difícil vivir en una situación donde hay que estar justificando la razón de su existencia" decía. El flagelo de la xenofobia aparece en todos los países donde un grupo se siente mejor que otro, o donde se busca a quién culpar de los problemas económicos o sociales. A pesar de no haber sido capaz de asimilar algunas costumbres de la cultura de Boalonga, en su senectud recordaba con alegría que se refractaba por sus ojos, los años preciosos que pasó en aquella tierra llevada del diablo. Se consideraba afortunado. Sus cuatro hijos habían visto la luz por primera vez en aquellas tierras donde se respiraba el aire puro de la libertad con sabor a trópico. En sus ochentas recordaba sin poder ocultar su intensa carcajada, el día que estaba sentado sobre aquellos costales de arroz en una tienda de Boalonga tomando cerveza con dos desconocidos. Contaba que en aquella ocasión empezaron a hablar del matrimonio y la curiosidad de sus dos, ya llamados amigos, se despertó por saber por qué iglesia se había casado él. Contestó, que se había casado por lo protestante. Uno de los amigos compartió que él si se había casado por lo católico, mientras que el tercero dijo que se había casado por lo pendejo. Nunca olvidó ese chiste que le pareció ser el único que recordó en aquella ocasión, sentado en su apartamento compartiendo anécdotas con sus hijos, al regresar a Europa. Para este octogenario, quien murió de ochenta y nueve años, una protesta del movimiento feminista hubiese sido completamente incomprensible. Guillermo no dejaba de hacer sus comentarios en contra del imperialismo cultural del cual eran víctimas los habitantes de Boalonga. Su sarcasmo no podía ocultarse cuando comentaba sobre la forma cómo se lavaba el cerebro de los niños con películas que claramente contenían un mensaje racista. Decía que Tarzán era un personaje creado para idiotas. Gritaba como un simio por las ramas y todos los seres que se movían sobre la faz de Africa corrían a sus órdenes guturales, desde los elefantes hasta los seres humanos. Un representante de la raza blanca, criado por los monos, era superior a cualquier hombre inteligente del continente africano. Como decía "Pegadilla", el borracho consuetudinario que pasaba los días en el café de Zoila hablando filo-sandeces:

"Somos una mezcla de indio bruto y español degenerado" acabándose de cagar en su perfil socio-antropológico. Esto se repetía de generación en generación y al final terminaban creyéndolo a expensas de su propia dignidad. Era la sabiduría del borracho, del pichón de sociólogo, que se repetía a sí mismo, una folklórica frase de destrucción personal. Es en este tipo de educación, que perpetuaba una transmisión de valores erróneos, donde germinaban con sutileza los principios del genocidio.

"¿Cómo no van a encontrar los valores del extranjero más aceptación en Boalonga que los propios?", se preguntaba Guillermo.

Una casta de criollos, discriminados por los mismos colonizadores del imperio conquistador de esas tierras de Boalonga, se disponían a explotar, humillar y a extinguir a la raza indígena, que pobló esas tierras, miles de años antes de la colonización. Los explotados se tornan en explotadores, los perseguidos se convierten en perseguidores y los discriminados surgen como discriminadores. Las batallas que se libraron para combatir esos flagelos de la sociedad, fueron realmente perdidas, de lo cual se habían encargado ellos mismos. Por eso las guerras siempre se pierden. Se abusa de la ignorancia para crear en ellos los perfiles de su autodestrucción. Graciosa y metafóricamente, "Pegadilla" proporcionaba la idea del desastre social. Su apodo le hacía honor a su costumbre de pegarse de cualquier acontecimiento, aunque él mismo no tuviera velas en el asunto. Precisamente un día se le vio detrás del cortejo fúnebre de uno de tantos asesinados en Boalonga. Borracho como siempre, mientras caminaba, apenas sosteniéndose en pie, alguien le gritó desde la acera: "Pegadilla, ¿quién es el muerto?" A lo que contestó: "No sé, ¿no ve que la caja la tienen cerrada?" Así era la vida en Boalonga; lo importante era seguir ahí sin saber quién conduce el paseo, pero con el presentimiento de saber que el lugar donde terminaría, traía el presagio de lo incontenible. Los moralistas que no entendían a "Pegadilla" empezaban a persuadirlo para que dejara el alcohol:

"Pegadilla", hombre, deje de tomar. Se ve mal así de borracho."

"Pues" –contestaba- "por eso tomo... pa 'no verme igual. Si voy a quedar igual, ¿pa 'qué tomo?"

"Escuche Pegadilla", insistían con él, "vaya con los Alcohólicos Anónimos, allá le ayudan."

"Prefiero morirme del mal que del remedio" respondía haciendo reír a la gente que lo escuchaba.

"Además... ustedes también... están mal... ya los veo doble."

La solución a los problemas de Boalonga iba a costar mucho esfuerzo. Los recursos eran inalcanzables o desconocidos y básicamente como todo, tenía dos caras. Una, la de los problemas legítimos que Boalonga tenía que resolver por sí misma, y la otra, era una proyección de los problemas, a veces con legitimidad, sobre otros miembros de la comunidad mundial.

Emeterio Orejuela, el patriota, mantenía la discusión enfocada políticamente.

"Los países que se han turnado por el poder en la historia de este mundo, abusaron de él. En el presente no es diferente. El país más militarizado del mundo, que posee una gran cantidad las armas de destrucción masiva, pionero en la investigación de las armas bioquímicas, le dicta a otros las reglas del desarme, porque asume su superioridad e integridad moral."

"El colonialismo es opresivo y la enseñanza que introduce destruye los valores y la dignidad de los demás" dijo el cura Espíritu Santo, a lo que su hermano Pablo replicó con sarcasmo,

"Claro, para muestra un botón, ¿acaso los curas, hermano, no son agentes del colonialismo para continuar explotando la bobada de la gente?"

Omar Orejuela atendía a la universidad durante las horas de la noche con el objeto de graduarse como maestro de ciencias sociales. Sus opiniones reflejaban el resultado de la educación que estaba recibiendo.

"Boalonga" decía, "ha sido objeto de este deterioro de imagen. El idioma que hablamos, nuestra cultura, el arte, y muchos otros valores importantes que tenemos se califican de atrasados e inferiores, como si esta clasificación fuera lógicamente deducible."

"Las culturas son diferentes, pero no mejores o peores que otras. Cada cultura sirve a los distintos pueblos en su desarrollo social de acuerdo a sus necesidades propias" interpeló Felipe.

"Correcto" dijo Omar, "pero para muchos, la pobreza y la persecución política, se ve desde un punto de vista de inferioridad."

Espíritu Santo respondió diciendo,

"Lo que pasa es que la sociedad global se resiste a asumir responsabilidad por la pobreza que ellos mismos han causado. La culpabilidad colectiva de la explotación humana, se traduce en manifestaciones de xenofobia e intolerancia."

"Todo puede cambiar con un buen sistema de educación que vele por los intereses del pueblo y sus valores culturales" dijo Omar "y por eso me estoy preparando para asumir esa responsabilidad. A la gente hay que educarla para que abra los ojos y rechace toda connotación que implique un sentido de inferioridad. Por ejemplo, todos escuchamos y vimos la entrevista que se dio por la televisión anoche con respecto a los planes de ayuda a los países en vías de desarrollo. Por más de cinco siglos el imperialismo ha explotado nuestras tierras y nuestra gente. Han venido por las riquezas dejando a nuestro pueblo arruinado. Para justificar su crimen nos hacen sentir inferiores llamándonos tercermundistas", "y... nuestra propia clase gobernante se presta para eso", apuntó Espíritu Santo, "a Boalonga la declaran zona en vías de desarrollo y eso lo creemos porque no entendemos los orígenes de nuestra pobreza", terminó diciendo Omar. Emeterio aprovechó la conversación para afirmar, "después vienen como redentores. El redentor es siempre superior, sobretodo cuando el otro se ha convencido de que es inferior. El inferior tiene miedo a su libertad, no quiere ser libre, en el sentido de la pedagogía del oprimido. Ahí vienen teorizando sobre la forma de proporcionar ayuda con las fórmulas para sacarnos de la pobreza, cuando probablemente están creando fórmulas para destruir la adquisición de conciencia y educarnos para convencernos que somos pobres, física y mentalmente".

Un día se corrió la voz acerca de la demanda que el mercado internacional tenía por otra droga, que, como el café, había sido usada por los habitantes de Boalonga por muchos siglos antes de la atropellada invasión a sus tierras. La coca, crecía en los jardines de las casas como una planta agraciada. Se cultivaba con objetivos medicinales y que en una ocasión se había utilizado en la fabricación de una bebida gaseosa de consumo internacional que orgullosamente lleva el nombre de la misma. El mundo, fuera de los límites de Boalonga, había llegado a un estado de depresión y confusión tal, que la demanda por drogas fuertes entre sus habitantes, era cada vez más elocuente. La juventud mundial también estaba exhausta y deprimida porque lo que se explotaba en ellos era su vigor y fuerza, para comprometerlos en guerras que siempre se perdían. Porque las guerras siempre se pierden. Oían con desprecio y antipatía las arengas prometedoras de sus líderes que no podían transmitir a su juventud un mensaje limpio y claro, sin estar contaminado de la verborrea confusa, típica de los discursos de tinte demagógico. Pablo recordaba las palabras de su hermano Espíritu Santo, que con preocupación observaba la ingenuidad de la gente.

"Piensan que los santos sudan al calor de las velas" decía irónicamente con gracia, para expresar lo fácilmente que se dejaba convencer la gente. "Primero, les da pecueca a las gallinas" decía con mucha gracia, haciendo reír a su audiencia mientras escuchaba las promesas de los políticos.

Ninguno mencionaba objetivos realizables para la mejora de la economía. Lo que prometían en sus presentaciones políticas, lo prometían cada vez durante las elecciones. Bastaba con escucharlos detenidamente, para descubrir que las soluciones para Boalonga, que presentaban, eran sugerencias sin contenido real. Hasta se propuso que la industria criolla tenía que recibir estímulos fiscales, para la fabricación y exportación de sostenes, hechos con las alas de mariposas, que eran tan abundantes en las selvas de Boalonga. Otros sugirieron el uso de hemisferios procedentes de la fruta del coco, para el mismo producto. Era risible y vergonzoso, escuchar estas maravillas de la creatividad para generar trabajo, que la gente de Boalonga pasó muchos ratos divertidos, riéndose y burlándose sobre estas innovaciones. Nadie le daba un sentido de lealtad al deber, con un derrotero definido, para identificar a Boalonga en su encuentro con su identidad. Se necesitaban líderes que no se salieran de las metas que Boalonga tenía que alcanzar, y que planearan de acuerdo con esos blancos que podían pasarse a las generaciones futuras, independientemente de sus afiliaciones políticas. Boalonga tenía mucho que aprender. Entender que las diferentes posiciones políticas de sus gentes no estaban ahí para que se mataran entre ellos, sino para dialogar por las mejores soluciones a sus problemas. Las diferentes ideas que se planteaban, no estaban ahí para hacer zancadillas al partido en la oposición. Era oponerse, por oponerse, en vez de buscar racionalmente, en común, las mejores soluciones al dilema de la pobreza y a la falta de oportunidades para las gentes de Boalonga. Jamás, se pensaba, que una nación cualquiera que fuera, iba a tener a todos sus habitantes, bajo la misma opinión. Era imposible para Boalonga y para cualquiera. Pero si se podía llegar a un estado de civilización tal, que permitiera a todos entender que las ideas estaban ahí para discutirlas y consentir que, se puede empezar por algunas soluciones que beneficien los intereses de todos. Como la brújula que siempre apunta a los polos, el programa político tenía que ser tan sólido que, cualquiera que fuera su desviación, un sistema de fuerza común podría mantenerlo en el curso planeado.

"Es fácil entenderlo", decían, "podríamos empezar por estar de acuerdo que todos necesitamos alimentación y educación", dijo uno del grupo, "y ¿qué tal si agregamos a la lista, los servicios médicos también?", dijo otro.

"Claro está que, para definir el programa sociopolítico de Boalonga se necesita mucha fuerza de voluntad" dijo el cura Espíritu Santo.

La industria capitalizaba sobre la gente joven. En posesión de la fuerza juvenil y la confusión que acarreaba el crecimiento por establecer la identidad personal, un mercado de fantasía proliferaba proyectando a estas masas de adolescentes toda clase de modas, tendencias musicales, pigmentos y frenéticas luces que alcanzaban su máxima expresión en ruidosas fiestas descomunales, donde el uso de estupefacientes se disfrazaba entre las llamadas drogas sociales. El impulso sexual, que no podía discutirse abiertamente con los padres, maestros u otros miembros de la familia y la comunidad, también era objeto de explotación comercial. Educados con los valores del puritanismo religioso, no encontraban en él claridad en el sendero a seguir y la enseñanza de una conducta consecuente con la realidad de la vida. Muchos de ellos eran víctimas del abuso sexual perpetrado por sus mismos padres, familiares, maestros y religiosos que esperaban de los jóvenes un completo silencio con respecto a estos actos ilícitos. La emasculación del señor Moreno, no era del conocimiento público, y solamente puso a este abusivo a meditar el resto de su vida por los crímenes cometidos, pero nunca se presentó al público para que supieran lo que había pasado con él, no como una aplicación general, sino como una venganza sobre su persona.

La religión vivía un desteñido círculo vicioso lleno de contradicciones sin aplicación práctica alguna. ¿A quién iban a escuchar estas multitudes de jóvenes que tenían un legítimo motivo para cuestionar la ética de una sociedad religiosa, que había perdido toda dignidad y respeto? Los padres no eran la fuente de sabiduría, ya que no tenían la educación para orientar a sus hijos, y las iglesias no presentaban soluciones racionales a los problemas, pero participaban del saqueo y la extorsión afectiva, de la cual la juventud era la víctima más codiciable. Ofreciendo intangibles a la juventud, los políticos se convertían en mensajeros de promesas ridículas que buscaban la solución a los problemas sociales en el empleo de la fuerza bruta, capitalizando sobre la frustración de una población que había sido la arquitecta misma de la degradante situación en que vivían. ¿Estaba realmente Boalonga en condiciones de subsistir? Había demasiadas fuerzas halando en direcciones diferentes que ponían a Boalonga en la peligrosa posición de desintegrarse y desaparecer. Toda Boalonga sentía las contracciones sofocantes de la miseria, la ignorancia, la violencia y de una longa que parían sin detenerse, creando los receptáculos de una multitud de males que se acentuaban en una región paradójicamente exuberante y poseedora de las riquezas naturales más codiciadas del mundo.

Las grandes ciudades de Boalonga estaban siendo rodeadas por cientos de miles de tugurios en los cuales se asentaban cientos de miles de familias que vivían en la más repugnante miseria. Sin agua, y no más que la luz del día, estas familias compartían sus paupérrimas condiciones con las ratas que hacían presa de los niños, que en muchas ocasiones abandonados y sin protección contra estos roedores, podría decirse, que se habían convertido en un arma de destrucción masiva, para la población infantil. Sus viviendas, si es que se las podía llamar así, eran construidas con cajas de cartón, directamente sobre la tierra y que no pasaban algunas de medir dos metros de ancho por tres de largo. Debido a la falta de agua y de un sistema apropiado de alcantarillado, los desechos humanos caían indiscriminadamente por todas partes, dejando un hediondo olor que invitaba la presencia de muchas enfermedades. Los trapos que se ponían para no descubrir su vergüenza, los despojaban al mismo tiempo de toda dignidad humana. El espectáculo era deplorable y una ofensa sin precedente a los derechos más elementales del hombre. Innumerables niños de esta comunidad, jugaban en la tierra con llagas abiertas en la piel y con heridas que supuraban por la falta de cuidado médico, quien era un personaje completamente desconocido para ellos. Estos asentamientos humanos crecían a diario, formando barrios dentro de la periferia de las zonas urbanas de Boalonga.

A don Guillermo le enfuriaba ver la pobreza patéticamente representada en madres literalmente tiradas en las aceras de Boalonga con dos o tres niños pequeños pidiendo limosna. Atribuía esta condición al dominio y negocio de la religión. Boalonga era propicia para seducir. La pobreza y la vulnerabilidad de la gente, era el escenario para el proselitismo religioso. Muchas agencias religiosas de inspiración extranjera, competían por la población alienada por la iglesia popular. La explotación en Boalonga, era no solamente material, pero espiritual. Cada uno reclamaba tener la verdad en su pureza original. Los curas y las monjas que se paseaban arrogantes por las calles de Boalonga en sus conocidos y familiares hábitos, como únicos representantes de la iglesia del estado, tomaban a la población por sentado. Considerando que son descendientes de la iglesia de los colonizadores, estos le llevaban una ventaja, de más de quinientos años, de proselitismo a las demás, las cuales eran toleradas en Boalonga. El miedo de ser excluidos del cielo, era la principal motivación de la gente para afiliarse con la primer agencia religiosa que se les atravesara. El descontento y la desilusión experimentada en la iglesia popular, era el anzuelo para persuadir a la población de desplazarse a una nueva iglesia. Las gentes seguían vulnerables, el miedo era el principal catalizador para la religión, era el principal imán de atracción, del cual no se podía escapar.

Don Guillermo se asió de la sotana del padre Santos para detenerlo mientras contemplaba a la mujer pidiendo limosna con sus hijos en el parque central de Boalonga, por donde casualmente ambos pasaban.

"¿Qué le pasa hombre?" Le preguntó el padre Santos.

"No se vaya tan de prisa, que este es el resultado de la miseria que ustedes han fomentado en Boalonga" le replicó don Guillermo.

"Muy bien mister, muy bien, así se habla" exclamó un transeúnte que se paró a escuchar la conversación.

Repentinamente un predicador de una iglesia protestante, que se había detenido para escuchar el diálogo, dijo en un marcado acento, como sofocando una papa caliente en la boca:

"La pobreza es el mejor terreno que tiene el Señor Jesucristo para influenciar las almas, amigo. Él, el señor Jesús, dijo que a los pobres los tendríamos siempre entre nosotros."

Con cierto desdén por las palabras de este predicador, don Guillermo no pudo contenerse respondiendo

"La pobreza es el terreno mejor abonado para manipular la voluntad de la gente y poner a las masas a trabajar para los intereses de otros, incluyendo a las iglesias".

"La pobreza también se puede explotar", apuntó uno de los curiosos.

"Las iglesias compran a la gente con intangibles del más allá, olvidando el aquí", interpeló otro de los presentes.

"Los ricos compran el reino de los cielos, si es que existe, haciendo caridad", comentó un tercer curioso que quería provocar a la discusión con más retos.

A lo que respondió el padre Santos, "la pobreza, diríamos, es una de esas condiciones humanas que motivan a la acción."

"Precisamente" dijo Guillermo, "esa acción debía de asumirse a través de un programa social estructurado que ofreciera asistencia para salir de la miseria."

"Explíquese señor" dijo el padre Santos.

"El individuo debe responder a la sociedad en que vive, aportando soluciones a sus propios problemas, pero la sociedad debe servirle de estructura para planear sólidamente de acuerdo con los elementos socioeconómicos establecidos en la comunidad."

"Entonces usted está abogando por un programa estatal para intervenir el problema, ¿verdad?", replicó el misionero evangélico.

"Así es. El estado moderno lo pone el pueblo, y debe servir al pueblo. El estado es una forma de organización que vela por los intereses de los individuos, y si hay una víctima, una intervención de la misma es necesaria."

"Eso me suena a comunismo" dijo el misionero.

"No", contesto Guillermo, "no hay que confundir una democracia social con comunismo, hombre" Yo abogaría por un estado económico de libre empresa con responsabilidad social. Al fin y al cabo, mucha de la gente que trabaja, contribuye al enriquecimiento de una u otra corporación, a la cual no se le debería permitir arrojar a la gente a la calle sin asumir una responsabilidad económica por los trabajadores. De otra forma sería una esclavitud a la moderna."

"Yo no estoy de acuerdo" dijo el misionero.

"Claro que no" replicó Guillermo, "¿cómo lo va a estar? Ustedes ofrecen promesas, que ni el divino promete, por las que cobran en efectivo. Hacen que las gentes les paguen diezmos haciéndoles creer que si no lo depositan le estarían robando a Dios. ¿Qué reciben a cambio? ¿Bendiciones?"

"También, pero se trata más de la edificación del carácter. De las bendiciones recibidas devolvemos a Dios la parte que le corresponde, que son los diezmos y las ofrendas, lo dice muy claro en el libro de Malaquías" contestó el misionero.

"Lo que ustedes no le dicen a la gente es que el Dios de los israelitas, del cual sale el concepto del diezmo, se enfurecía cuando se abandonaban a los pobres, a las viudas y a los huérfanos. La enseñanza del diezmo está en conexión con una organización social que no toleraba la pobreza para el pueblo. El diezmo sale de las bendiciones que evidentemente tenían que ser de naturaleza material, pero el diezmo fue creado en el contexto de un pueblo escogido por Dios, por lo tanto, tenía por objeto beneficiar a ese mismo pueblo. Una forma de organización económica, ¿no le parece?"

"Las cosas espirituales hay que entenderlas espiritualmente y a usted no se les han sido reveladas" contestó el misionero a Guillermo.

Solemnemente Guillermo replicó:

"Ahí están retratados los vendedores de intangibles. Con memes de esta clase, desacreditan cualquier intento sagrado de protección a la humanidad. La verdad es que el hecho de que usted esté aquí predicando su evangelio a la gente de Boalonga, es porque usted asume su propia superioridad espiritual."

El misionero lo escuchaba arrojando una leve sonrisa de satisfacción al mismo tiempo que empezaba a sentirse incómodo ante los demás por lo que esta alemán inmigrado, estaba diciendo. Don Guillermo, que tampoco tenía problemas para soltar lo que pensaba, continuó ejerciendo un poco más de presión sobre el predicador.

"Ustedes creen que pueden agredir a otras culturas porque consideran la suya superior, pero la verdad es, que ustedes están aquí por el dinero. La avaricia es la racionalidad que los lleva a rechazar los valores culturales de otros. Vienen a Boalonga a hacer sentir a los demás como seres inferiores despojados del favor de Dios. El producto para la salvación eterna lo tienen sólo ustedes, bien empacado listo para promoverlo. Por dinero por supuesto. Al fin y al cabo, las iglesias tienen nombres que han sido incorporados y tienen la protección legal de los derechos reservados. Son patentes del mismo cristo."

"Gracias a la democracia cada uno puede creer y decir lo que piensa, pero no estoy de acuerdo con su visión de las cosas" contestó el predicador.

"Usted no tiene que estar de acuerdo conmigo por supuesto. Pero ustedes mismos se descubren en sus reales intenciones."

"¿Sí? ¿Cómo? ¿Quiere explicarse?" interpeló el misionero.

Los curiosos que se habían estacionado alrededor de los dos hombres debatiendo, mostraron interés en la discusión. Algunos buscaban estar más cerca a don Guillermo y al misionero, para no perder detalle de lo que se decía, mientras que otros preferían una posición más cómoda junto al padre Santos que había estado callado todo el tiempo. Aunque el padre Santos no estaba de lado de ninguno de los dos hombres, consideraba que él no tenía que intervenir porque los argumentos del alemán, desacreditaban a los misioneros protestantes, cosa que a él le convenía de todas maneras. Al fin y al cabo, pensaba, ambos eran considerados en Boalonga como "protestantes" en competencia.

"Pues, bueno, contestó don Guillermo. Los telepredicadores de su país claramente diseminan la superioridad de su religión y cultura. En primer lugar, predican que su país fue escogido por Dios para que diseminen el evangelio a los infieles de otras naciones. Que Dios los haya escogido, se pretende comprobar, por la riqueza que su país ha estado en condiciones de acumular. Nuevamente se ve que la riqueza es la variable importante de las bendiciones celestiales y el favor de Dios. Este concepto es tan viejo como la misma Biblia. La idea de la descripción bíblica de la tribu de Israel como pueblo escogido por Dios y receptor de bendiciones a través de la riqueza, fue sutilmente transportada por ustedes y sus profetas para caracterizar a su país y justificar su poderío."

"No tenemos la culpa de que Dios nos haya escogido para predicar el evangelio" interrumpió el predicador.

"Eso lo han creído todos los religiosos, de todas las tendencias religiosas en la historia. Inclusive los políticos que son poco críticos o fanáticos, que en resumidas cuentas es lo mismo, han utilizado esa visión religiosa para desatar guerras santas."

A lo que el misionero replicó rápidamente

"Con eso estoy de acuerdo..., la inquisición por ejemplo y las cruzadas..."

El padre Santos quería salir a la defensa, pero fue interrumpido por don Guillermo quien replicó

"En este siglo avanzado en ciencia y tecnología estamos siendo testigos de una nueva cruzada contra los musulmanes 'infieles' como sus tele evangelistas los llaman. Ellos han enfatizado por las emisoras de televisión de su país, que la invasión a la sociedad islámica es propiciada por Dios, para así convertir a millones de personas que profesan el islam, al cristianismo protestante. Es una cruzada a la moderna del siglo veintiuno".

El misionero protestaste encaró a Guillermo y perdiendo la paciencia, le preguntó en forma agresiva

"Entonces, de ¿qué lado se encuentra usted, señor? Recuerde que, si no está con nosotros, está contra nosotros"

Enfurecido por estas palabras del misionero, Guillermo levantó la voz y contestó

"Esas palabras también las dijo Goebbels, el ministro de propaganda de Adolfo Hitler, y por esas palabras tuve que huir de mi país y refugiarme en Boalonga. Esa frase es un secuestro a la opinión pública, a la libertad de expresión. Es sin lugar a dudas una forma de terrorismo intelectual. El amor a la patria no se mide por un consentimiento sin criticismo a los intereses personales de sus políticos, sino por la capacidad de poder expresar lo que se cree y se siente, sin temor a ser interrogado o castigado. Es otro meme que ataca a la democracia y el libre intercambio de ideas", enfatizó don Guillermo, al cual ya le estaba fastidiando este misionero, que tenía su propio lavado cerebral.

El misionero se retiró furioso sin decir una palabra más. Guillermo decidió seguir su camino como también ya lo había hecho el padre Santos.

"Ladrones", fue lo único que se escuchó de entre la multitud que empezaba a dispersarse.

X

A medida que el desempleo en Boalonga aumentaba y las familias eran expuestas al estrés de la escasez y la vergüenza, el negocio de la coca proliferaba por todas partes. Pablo Orejuela había montado uno de estos laboratorios clandestinos que ya estaba dando los resultados económicos con relativa rapidez. Un setenta por ciento de la población de Boalonga apenas llegaba a los treinta y cinco años de edad, con una vasta población de graduados universitarios cuyas perspectivas de trabajo, eran nulas. En uno de los laboratorios de Pablo, trabajaban cinco jóvenes estudiantes de ingeniería química que habían abandonado sus estudios por la falta de recursos para financiarlos. Rodeado de un eficiente grupo de abogados podía eludir las responsabilidades legales para llevar hasta el pináculo este lucrativo negocio, que encontraba a sus clientes en todas las capas de la sociedad de Boalonga y del extranjero, incluyendo a gobiernos que financiaban sus propias agendas con el negocio de la droga. Toda persona que trabajaba para Pablo Orejuela, estaba protegida, junto a su familia, con un seguro de salud y de vida. La droga había creado una economía dispuesta a resolver los problemas de cientos de miles de personas que, moviéndose dentro de las exigencias de la ley, no hubieran encontrado aliviar sus problemas. Estas personas, contrastaban con aquellas clases sociales adineradas, que también se lucraban adicionalmente con el negocio ilícito, sin dejar de perder las oportunidades para financiar sus agendas, o simplemente, por la seguridad que proporcionaba el tener mucho dinero. Mucha de esta ilegalidad no se percibía como tal por la tolerancia con la cual se le trataba al principio, considerando que también generaba indirectamente, divisas que podían lavarse sin mucho problema. Este hijo de Juan Orejuela, Pablo, había surgido de la pobreza con el milagroso polvo del siglo veinte, que tanto buscaban los adictos, en los países ricos. Los países ricos, quienes conducían la economía mundial, aquellos que dictaban en qué lugar del globo se articulaba la siguiente guerra, donde la gente vivía aburrida y creían ser vistas por Dios en forma especial, buscaban en los centros clandestinos de distribución cómo pasar a un mundo paralelo con la ayuda del sniff milagroso. Pablo salía a las calles, protegido por sus guardaespaldas y la policía misma al mando del capitán Chuster, para repartir dinero a los indigentes. Construía urbanizaciones enteras para dar vivienda a miles de personas marginadas en los tugurios. Toda esta gente trabajaría para él y lo protegería incondicionalmente. Las autoridades veían con cierta mezcla de satisfacción e incomodidad cómo entraban las divisas, en montos que alcanzaban miles de millones de dólares que le daban a Boalonga un efectivo ilícito y una falsa impresión de seguridad.

Las guerrillas que habían surgido en Boalonga como resultado de la privación y que buscaban justicia social y económica, encontraron en el comercio de la droga una oportunidad para financiar sus actividades revolucionarias. Las guerrillas en Boalonga encontraron originalmente su inspiración en las revoluciones que llevaron a diferentes formas de comunismo en el mundo. Las escuelas eran infiltradas por los ideólogos con Pekín Informa y La Unión Soviética, revistas de inspiración comunista que prometían una alternativa a la decadente economía capitalista de la época y que funcionaba para unos pocos en Boalonga, donde las oportunidades había que buscarlas en la clandestinidad. Políticos de orientación socialista eran asesinados y el Departamento de Policía, exigía de los rectores de las instituciones de educación secundaria, que le suministraran la lista de los estudiantes que eran miembros de los Consejos Estudiantiles de sus establecimientos educativos. Los agentes de la policía detenían en las calles a jóvenes para extorsionarlos bajo amenaza de que les iban a confiscar sus bicicletas, o despojarlos de otras pertenencias. A las mujeres que violaban, las hacían responsables de su situación, alegando que ellas mismas se habían prestado para ello. Ya por ser mujer era responsable de su propia violación. No existía una autoridad a la cual acudir sin ser vituperado por la misma. Desafortunadamente, así pensaban muchos puritanos igualmente.

La población crecía y el trabajo disminuía para esta gente, que salía de la sociedad agraria, para hacer el cambio a una sociedad industrial lista o no para ello. Todo mundo tenía que ser consumidor de productos que no eran necesarios para sobrevivir en una sociedad que había vivido satisfecha con el producto de la tierra. El buey fue sustituido por el tractor, que traía más gastos consigo que el mantenimiento del animal. Hasta el gallo fue sustituido por un reloj despertador. A los campesinos se les obligaba a ir al ejército y se les exigía marchar en unas botas que eran verdaderos instrumentos de tortura, comparados con sus alpargatas de cabuya, que les permitían hacer sus labores del campo con facilidad. Las familias en Boalonga empezaron a dejar sus costumbres por la industrialización de su sociedad. Los padres ya no regresaban a sus casas para compartir con sus familias la hora de la comida, sino que mantenían un ritmo de trabajo que los llevaba a buscar su almuerzo en restaurantes de comida rápida. Las esposas tenían que salir a buscar trabajo para ayudar a la insipiente economía hogareña, dejando a sus hijos a veces en las manos de las personas menos indicadas, o completamente solos. Las mujeres ofrecían sus servicios en habilidades que ellas poseían para atender a las necesidades de sus propias familias como lavar, planchar, cocinar, limpiar y atender a los hijos de otros hogares, abandonando así a sus propios.

Los padres tenían que rendirse ante el entretenimiento de la televisión, que asumía estratégicamente la educación de sus hijos y quienes se graduarían como excelentes consumidores de los productos comerciales, los cuales fueron el origen del deterioro de las costumbres y la salud del pueblo. Muchos en Boalonga no pudieron marchar al paso acelerado de los cambios económicos y sociales. Algunos clasificaban el proceso, como progreso. El progreso no alcanzó a todos. A su paso dejó miseria y desgracia para millones. Las calles de Boalonga estaban atestadas de personas de todas las edades, varadas o corriendo de un lugar a otro, con el fin de mejorar su situación económica. Se veían muchas mujeres con sus hijos en los brazos pidiendo limosna. Miles de jóvenes que corrían hacia los autos detenidos por los semáforos, se disputaban los clientes para lavar el parabrisas de sus automóviles, por el favor de una moneda; niños desamparados, que con o sin el permiso del conductor, se colaban en los buses urbanos para cantar una canción y recibir una limosna de los pasajeros que en ocasiones mostraban su fastidio y rechazo, moviendo su cabeza en forma negativa; vendedores de limones, flores, mangos y diez mil chucherías y baratijas, como muñequitos de plástico, juguetes inútiles, estampas de santos, calcomanías, escapularios, disfraces, mierda humana de plástico para fastidiar en las fiestas, monjes de plástico a los que se les paraba el pene al aplastar su pelada cabeza, cigarrillos menudeados, chicles, cordones de zapatos, y una innumerable colección de huevonadas que prácticamente eran sintomáticas de un capitalismo en pañales. El conductor de un auto tenía que tener cuidado para que no le robaran el reloj mientras descansaba su brazo izquierdo sobre la ventana abierta. Cuando algunos conductores habían creído haber burlado a los ladrones poniéndose los relojes en la muñeca de la mano derecha, los perspicaces rateros apagaban un cigarrillo sobre el brazo izquierdo de la víctima que reaccionaba por instinto, poniendo su mano derecha sobre la quemadura, perdiendo de esa manera la prenda codiciada, en una rápida maniobra hecha con una habilidad sorprendente. La gente ya empezaba a divertirse con las historias, quizás buscando sublimar el trauma de la experiencia humana en Boalonga. Muchas niñas que no llegaban ni a la pubertad, descaradamente ofrecían sexo oral a los choferes que se detenían frente a los semáforos. "Se lo mamo por cinco pesos" decían sin preámbulos. Boalonga estaba lista para cobrar los millonarios dividendos de la cocaína. La guerrilla veía en ella otra arma para combatir a sus enemigos. Las iglesias no se preocupaban por este sector de la población marginada por la pobreza, ya que no estaban en condiciones de contribuir con diezmos al alfolí celestial. Estas gentes habían perdido hasta la brújula de sus vidas. Se convertirían en el abono, bendecido en los cementerios, u olvidados en el monte. Boalonga operaba como un país inexistente para unos, para otros, que vivían detrás del confort de sus murallas moraban aislados del infierno por el cual estaban pasando millones de destituidos. Realmente, una economía que no sabia cómo utilizar su potencial humano.

Juan y Ermenegilda Orejuela no tenían mucha idea de lo que estaba pasando, pero adoraban a su hijo Pablo por la hermosa casa que les había construido. María del Carmen y María Magdalena hablaban con orgullo de su hermano Pablo por el dinero que les daba para las obras de caridad que hacían con los niños huérfanos, por la violencia que generaba la misma droga en Boalonga. John Kennedy y su esposa Sonia ya no hacían obleas, sino que se dedicaron a dirigir la urbanización de los barrios para los marginados, que financiaba Pablo con los recursos de la droga. Margarito y su esposa Azucena, compraron su propia finca ganadera y se dedicaron a la cría de caballos, que se destacaban por su belleza en todas las exhibiciones ecuestres. Omar después de terminar su carrera universitaria se dedicó a dictar clases de ciencias sociales. Era claro que con lo que ganaba de profesor no podía comprar la computadora de la cual gozaba ahora. Omar se dedicó a escribir ensayos sobre los problemas y perspectivas sociales de Boalonga, con la esperanza de educar a la gente para mejorar las condiciones de vida en la región. Sus escritos no fueron bien recibidos por su hermano Pablo, quien lo amenazó con drenarle la ayuda que le daba, si no fueran aceptados por don Mariano, quien representaba la crema y nata que flotaba sobre el resto de la sociedad, y protegía los laboratorios de la droga. Omar esperaba que sus ensayos estimularan las mentes de la gente, para delinear una política social equilibrante en Boalonga. Omar no iba a ver los frutos de su trabajo. Felipe definitivamente se unió con Pablo, haciendo la transición desde los cafetales a los plantíos de coca. Muchos de los campesinos de la zona hicieron lo mismo. Las ganancias eran inconmensurables comparadas con los magros ingresos de una agricultura que, pasó de ser respetada, a una actividad sin clase. Boalonga tenía que importar los productos que ellos producían en abundancia para que se les otorgara un espacio en el tratado de comercio forzado sobre ellos. Los productos agrícolas importados eran muy baratos y los nacionales dejaron de producirse, marginalizando al agricultor de su trabajo. Boalonga sentía la escasez de alimentos, y la violencia en los campos, desplazaba miles de personas a las ciudades que no daban a basto para acomodarlas. Fidelito vivía con Juan y Ermenegilda quienes lo vestían diariamente con su saco-pantalón, un chaleco y un corbatín. Los muchachos de Boalonga lo seguían llamando "aborto", porque sabían que el revólver, que Fidelito sacaba de entre la correa de su pantalón no tenía balas. Era un espectáculo verlo corriendo detrás de los muchachos, sin nunca alcanzarlos, esgrimiendo el revólver en sus manos, gritando obscenidades. De pronto se componía y guardando su revólver seguía caminando por las calles, sacando pecho, como si nada hubiera pasado. Los hermanos menores Josué y Moisés siguieron estudiando en la escuela cristiana, y ya no tenían que trabajar para pagar sus mensualidades. Ahora sus padres eran contribuyentes y más prominentes que antes. Ya no vendían arepas en la estación de buses, y se cuenta que, pasaron sus vidas opinando en la asociación de padres de familia de la escuela, con la autoridad del dinero que soltaban.

XI

on Mariano había salido apresuradamente de Boalonga, aquella mañana temprano del lunes, para no perder el vuelo que habría de llevarlo a las reuniones de emergencia convocadas por el gobierno central con el fin de discutir los imprevistos desenlaces de las conversaciones con la guerrilla. El Dengue había puesto a Boalonga en jaque con más de cien mil hombres armados hasta los dientes, superando así las capacidades del ejército de Boalonga. Contaba adicionalmente con miles de guerrilleros urbanos infiltrados en todos los estratos de la vida pública, demostrando una capacidad logística sólida para la toma del poder y la dirección de los destinos de la región. Recibía apoyo del extranjero y se sentaba a la mesa de negociaciones como un estado de igual a igual. La miseria, la explotación, la corrupción gubernamental, los millonarios robos por parte de los políticos que destituían a la gente de los medios para una vida mejor, eran los mejores argumentos para una guerrilla que le prometía a cada ciudadano la vaca propia en el patio trasero de su casa. Esta guerrilla nunca iba a capitular en su intento de darle a Boalonga una nueva oportunidad en el vaivén de la historia. El péndulo evidentemente se estaba devolviendo antes de que llegara a su máxima elongación. La presencia de una economía basada en la droga, de la cual la guerrilla aspiraba los dineros para su moderno arsenal, que iba desde los puñales hasta los submarinos y aviones de guerra, estaba incomodando también a la opinión internacional que encontraba, en este nuevo poder, una amenaza para las operaciones del statu quo. Se había creado una simbiosis de estrategias políticas. La guerrilla le ofrecía a la mafia de la cocaína la protección necesaria para mantener sus laboratorios trabajando a todo vapor, y a cambio recibían cuantiosas sumas de dinero para aumentar el arsenal y su capacidad de inteligencia. Los altos mandos de la guerrilla, habían empezado a participar de las coronaciones de la droga. Pretendiendo estar preocupados, los gobiernos de la región miraban casi al margen los acontecimientos, gastando sus recursos, persiguiendo la delincuencia común que los mantenía ocupados las veinticuatro horas del día. Mientras el hongo invadía el cuerpo de los gobiernos de Boalonga, éstos gastaban sus energías con el matamoscas ahuyentando los delincuentes callejeros. Las grandes compañías extranjeras que operaban en Boalonga en la explotación del petróleo y otros recursos naturales, vieron sus millonarios contratos en peligro, y empezaron a armar a sus propios mercenarios para la defensa de sus intereses. Desde las metrópolis del extranjero reclamaban como suyo el subsuelo de Boalonga, sus abundantes aguas, los recursos medicinales de sus selvas y bosques, los ricos y copiosos bancos de peces en sus costas y hasta la fauna salvaje en sus llanos y selvas. Boalonga solamente tenía un gobierno manejado por marionetas asalariadas, que no tenían la capacidad para gobernar solos, algo que no lo deja desapercibido el más fuerte. Solamente unos cuantos se beneficiaban de la venta de sus recursos y la mayoría no entendía la causa de su miseria, más que creer que habían sido castigados por Dios, dando así vía libre para que, inclusive sus almas fueran invadidas y saqueadas. Los seminarios de las religiones protestantes eran fabricantes de teologías racistas, con una interpretación bíblica de la antropología, basada en la leyenda de Adán y Eva. Interpretaban la caída de los grandes imperios antiguos de Boalonga, como el resultado de su corrupción y su inferioridad ante los ojos de Dios. Era la continuación de la misma barbarie religiosa impuesta sobre Boalonga quinientos años atrás, cuando era más ofensivo abrazar al cristianismo por la demencia de superioridad racial y cultural, que por sus bondades y su moral. En aquella época no existía la Convención de Ginebra para la protección de los nativos de Boalonga, pero se daba mucha ginebra en las convenciones donde se repartían el botín. La regla de oro no era tratar a los demás como uno mismo quiere ser tratado, sino validar en cualquier forma que, el que tiene el oro pone las reglas. Boalonga tenía el oro, pero no ponía las reglas. Las reglas se hicieron para cambiar el dueño del oro, quien ponía las reglas.

El capitán Chuster también había recibido las órdenes del gobierno central para sumarse a las reuniones para discutir los resultados de los encuentros con la guerrilla. Mientras Rosa María todavía permanecía semidesnuda en la cama del capitán Chuster meditando en los últimos acontecimientos, observaba cómo su amante héroe se vestía con precisión militar presagiando que éste habría sido el último polvo de su vida amorosa con él. Una vez vestido y habiendo recibido el beneplácito visual de Rosa María, el capitán Chuster salió de la recámara sin decir una palabra. Se apresuró a subirse al coche que lo llevaría al aeropuerto para tomar el mismo avión que don Mariano habría de abordar.

Al mediodía el padre Santos estaba como de costumbre sentado en su confesionario, no realmente con la intención de escuchar devotos que le contaran sus aburridos malos pensamientos y por los cuales querían recibir absolución, sino para recibir a aquellos que encontraban en el lugar la perfecta oficina privada que necesitaban para sus negocios con el cura. Efectivamente ese día dos hombres vestidos de saco y corbata se filtraron por una de las puertas laterales de la iglesia tomando asiento entre las bancas, con una actitud de cautelosa reverencia fingida. Uno de ellos era un alto ejecutivo del cartel de la droga y el otro un comandante de la guerrilla enviado por el Dengue, encargado de supervisar los negocios contraídos con el cartel. Un tercer hombre que evidentemente era un sargento del ejército, se presentó en la iglesia calmando los ánimos, de los primeros dos que pensaron que el enviado por el capitán Chuster no se iba a presentar. El padre Santos que observaba desde el confesionario se incomodó mucho cuando vio entrar por la puerta principal de la iglesia a Eugenia, quien caminó erguida y a paso lento moderado, como para ser notada por el cura, hasta sentarse al frente del altar. Hubo una pausa que dio a los tres hombres la oportunidad de revisar con la mirada a esa mujer de estampa exótica y que había distraído por un momento las intenciones de su presencia en la iglesia. El ejecutivo del cartel y el sargento se pusieron de pie casi simultáneamente, lo que incomodó al narcotraficante, quien controlándose se dirigió al confesionario confiando en que el orden establecido para confesarse tenía que seguir su curso acordado. El sargento realmente quería aprovechar la oportunidad de que iba a ser el último en dirigirse al confesionario para intercambiar unas palabras con Eugenia. El sargento se sentó junto a ella y la saludó como si fuera una persona conocida.

"Hola, ¿cómo estás?" le dijo en voz baja.

"Rezando, idiota, ¿no me ve?"

El sargento miró hacia atrás dejando ver una sonrisa por la respuesta de Eugenia, y contestando

"Es usted una mujer muy hermosa pero no la quiero interrumpir en su rezo. Me gustaría verla mas tarde si es posible por supuesto" parándose inmediatamente sin esperar una respuesta se dirigió al lugar donde estaba sentado antes. El sargento entendió que había violado una regla del encuentro. Puso el protocolo en peligro y cedió la oportunidad para ser llamado idiota.

Después de unos minutos que parecían horas, el ejecutivo del cartel de la droga se levantó del confesionario, se persignó y salió apresuradamente de la iglesia. El comandante de la guerrilla se levantó sin perder tiempo y se presentó al confesionario donde el padre Santos sostenía sobre sus piernas el maletín que le había dejado el ejecutivo del cartel. El guerrillero le entregó al padre Santos la pequeña llave para que abriera el maletín. El guerrillero se cercioró de que la cantidad contenida en él fueran un millón doscientos mil dólares. El hombre le dio al padre Santos doscientos mil en efectivo como honorarios por el trámite y su silencio. Sin contarlos el padre Santos se apresuró a guardarlos en una bolsa que guardaba debajo de su sotana. El guerrillero también le entregó un cheque por un millón de dólares de un banco en el extranjero y un sobre cerrado tamaño carta y se apresuró a salir de la iglesia con el maletín en sus manos. Parte del dinero en efectivo sería consignado a la primera oportunidad, en una de las cuentas bancarias que tenían en el extranjero, y parte se iba a retener para suplir algunas necesidades internas de la guerrilla. Al fin y al cabo, mucho de lo que tenía la guerrilla era comprado. Al salir el guerrillero, el sargento se apresuró al confesionario, se santiguó y se arrodilló frente al padre Santos bajo la mirada escudriñadora de Eugenia, quien presentía un juego de movimientos bien calculados y coordinados. El sargento recibió el encargo de parte del padre Santos, el sobre sellado y el cheque por un millón de dólares. Eugenia confirmó sus sospechas al ver al sargento salir del confesionario tan rápidamente que calculó que en ese tiempo sólo podía confesarse un santo resucitado, pero no un sargento del ejército regular. Era su turno de acercarse al padre Santos y era su propósito saber qué penitencia le había dado al sargento que salió tan de prisa.

"¿Qué haces aquí?" le preguntó el padre Santos a Eugenia obviamente exasperado. "Haz estado espiándome y eso me irrita" continuó con tono de reproche.

"¿Qué escondes? ¿Cuál es el misterio?" preguntó Eugenia intrigada.

"No puedo decirte nada Eugenia, te matarían si supieras" le susurró el padre Santos casi a los oídos.

"Santos, no hablemos de eso ahora que me pone nerviosa; hablemos de nosotros. Quiero que vengas a visitarme; te necesito..."

"Yo también te necesito, pero no puedo verte hoy, ni...mañana. Quizás el miércoles a medio día."

"Está bien" le dijo Eugenia. "Es una cita. Te esperaré."

Eugenia salió de la iglesia más intrigada que nunca. Presentía que algo andaba muy mal en Boalonga y que el padre Santos estaba involucrado y en peligro.

Como muchas personas en Boalonga, Eugenia estaba nerviosa por la inseguridad que ya se respiraba densamente en el ambiente.

El primer impulso de Eugenia fue el de visitar a Maritza la astróloga. Ella no le daba mucho crédito a la adivina, que en muchas ocasiones era tildada de bruja por las aparentes impresiones que daba al leer el cigarrillo o el concho que dejaba el café. Sin embargo, tenía la necesidad de ir con una persona que le abriera el deseo de pensar en términos metafísicos ya que a la iglesia no iba exactamente por necesidad espiritual sino por ver al padre Santos. Eugenia era católica y rezaba sus oraciones, pero decía que confesar su pecado de consultar a una pitonisa habría hecho el empate con Dios y la iglesia. Maritza se había hecho famosa por muchas de sus visiones acerca del acaecer en Boalonga. Innumerables figuras de la vida cultural y pública de Boalonga la visitaban cada año para preguntarle por su porvenir, o a que les adivinara la suerte, como se decía. En una ocasión, se cuenta, que había sido invitada por un grupo de mujeres pertenecientes a su familia para pasar el fin de semana en la casa de campo de una de ellas. En aquella casa de campo, aparecieron Gloria, Teresa, María, Florencia y Maricruz, todas sobrinas de Maritza, quienes la acosaban para que les dijera algo alentador con respecto al futuro. Las solteras querían saber si el príncipe de sus sueños se encontraba cerca y las casadas querían saber si sus maridos iban a hacer suficiente dinero, si todavía las amaban o si las estaban engañando, las misma estupideces de siempre. El turno le tocó a Florencia para que le adivinara el porvenir, pero sobretodo quería saber por qué su marido no la había llamado, o la razón del por qué no contestaba al teléfono en su casa. Él, le había prometido a Florencia que vendría durante el fin de semana y así viajarían juntos en el auto de regreso a su casa. Después de observar con el debido detenimiento las cenizas del cigarrillo que se estaba fumando Florencia, Maritza le contestó que no se preocupara, que su marido estaba descansando tranquilo. Eso tranquilizó a Florencia y a las demás señoras. Se dice que cuando Florencia llegó a su casa acompañada de Gloria, encontró a su esposo muerto sobre el sofá. Había muerto desde el mismo Viernes cuando Maritza le dijo que, donde estaba su esposo, estaba descansando y tranquilo. Ellas interpretaron que Maritza realmente había visto en el cigarrillo de Florencia a su esposo, quien había fallecido ese mismo viernes de noche cuando ellas estaban sentadas juntas esperando el turno para la interpretación de su porvenir, en las cenizas del cigarrillo. Las historias relacionadas con las visiones de Maritza la pitonisa, se volvieron legendarias. Algunos pensaban que eran solamente coincidencias o construcciones psicológicas de palabras que podían interpretarse de acuerdo a la forma como adquirieran los resultados finales de la visión, y otros le tenían una fe ciega hasta el punto de llamarla para hacer exorcismos y efectuara otros ritos comunes a la cultura de Boalonga.

Eugenia estacionó su auto a una cuadra de la casa de Maritza y caminó a paso rápido por la acera que la llevaría a la pesada puerta de forja que tenía que abrir para darse paso por entre los abundantes rosales del ancho antejardín de la casa de la adivina. Como muchas casas de Boalonga, la casa de la hechicera tenía la típica estructura y diseño arquitectónico de las antiguas casas españolas de la colonia. Lo que impresionaba eran las dos enormes columnas griegas a ambos lados de la puerta de madera que lucía una chapa semi oxidada, y que daban una extraña impresión de estar fuera del contexto cultural colonial, pero que al mismo tiempo producían el efecto de lo misterioso y esotérico, que solamente una mujer como Maritza podía darse el lujo de tener. Eugenia se quedó atónita por un momento parada frente a esa enorme puerta de doble ala, preguntándose por qué una estaba pintada de rojo y la otra de un color amarillo brillante, como el color del oro. Ese candado que mostraba los efectos de la corrosión, definitivamente destruía el lujo de esa enorme puerta, pensaba Eugenia. Antes de que Eugenia tocara a la puerta, Maritza apareció, la contempló por unos instantes y la invitó a entrar con un gesto sin pronunciar ningún saludo protocolario. Eugenia también se fijó en esa famosa mujer hechicera que la había invitado a su casa. Maritza era una mujer robusta, de cara ancha enmarcada por una cabellera corta pero abundante de color negro que brillaba dejando translucir un color azul oscuro. El labio superior de la adivina estaba pintado de un color oro brillante, mientras que su grueso labio inferior lucía un color rojo intenso. El ocre de sus cejas le hizo recordar el hierro oxidado de la chapa de la puerta que unía sus dos naves y que mostraban los mismos colores de sus labios. Maritza vestía una manta larga negra entretejida por hilos rojos brillantes y que le llegaba hasta el suelo. De su cuello colgaban tres cadenas de oro sencillas y en cada uno de sus dedos, con excepción de los anulares, en ambas manos, llevaba un ordinario anillo de plástico de color rojo. Solamente en los dedos anulares de cada mano llevaba sendos anillos de oro adornados con grandes piedras de ópalo rojizas amarillas. Dos largos aretes de oro colgaban de los lóbulos de sus orejas, que terminaban en dos exquisitas esmeraldas de las minas más preciosas de Boalonga. Eugenia contempló el lugar, de pronto, dándose cuenta que en realidad estaba en un gran salón que daba más la impresión de ser una caja vacía que una sala de casa o una oficina. Sus paredes pintadas de blanco estaban despojadas por completo de adornos. Tampoco había cuadros o pinturas colgados en ellas. En el centro del cuarto había una mesa baja de madera dura. No había sillas, pero dos grandes cojines, uno para la pitonisa y al otro lado al frente de ella, otro para el cliente que la visitaba. En diferentes sitios y sin formación visible alguna, había unas columnas pequeñas de estilo griego sobre las cuales había ramos de rosas jóvenes que irradiaban la frescura de un perfume que impregnaba el ambiente. Maritza abrió una puerta camuflada en la pared, que conducía a un pequeño cuarto iluminado separado de sus aposentos por medio de su espejo grande que funcionaba también como ventana, que le permitía a Maritza observar lo que pasaba adentro del cuarto sin ser vista por la persona en él. Descolgó de un gancho una manta larga de seda transparente negra, y le dijo a Eugenia:

"Desnúdate y cúbrete con esta manta."

Eugenia salió del cuarto completamente despojada de sus ropas, pero cubierta con la manta de seda que Maritza le había dado. Su cuerpo irradiaba la belleza de una creación exótica que se traslucía a través de la manta de seda. La hechicera le indicó, con un gesto de la mano, que se sentara sobre el cojín dispuesto frente a ella al otro lado de la mesa. Eugenia obedeció como poseída de una sustancia que le había quitado toda voluntad personal. Maritza estiró ambos brazos poniendo sus manos sobre la mesa mirando a Eugenia a los ojos. Era obvio que Eugenia había enajenado su voluntad a la pitonisa que en cierta forma la miraba con compasión.

"Hay básicamente dos razones por las cuales la gente viene a consultarme" empezó diciendo Maritza, haciendo una pausa larga para continuar.

"Esas dos razones están representadas en los colores de la puerta de entrada que viste afuera y que te intrigaron tanto" continuó diciendo. Otra pausa relativamente larga siguió, antes de pronunciar su tercera frase.

"Mis labios están pintados de los colores de la puerta, porque los labios representan la puerta por la cual salen, en forma audible nuestros pensamientos."

"Qué significan los colores, Maritza?" preguntó Eugenia.

"La gente quiere saber si pueden ser felices en el amor o si alguien los odia por alguna razón. La gente quiere saber si la violencia afectará sus vidas. El amor y la violencia están representadas por el color rojo. El color oro responde a la necesidad de la gente de saber si habrá trabajo y dinero."

"Maritza, ¿qué color tienes para mí en tu mensaje de hoy?" preguntó intrigada y abruptamente Eugenia.

"El color que trae las noticias para ti está sobre mi labio más grueso, el labio inferior, como puedes ver."

Eugenia se mantuvo en silencio por un largo período de tiempo estupefacta ante la revelación de la hechicera. Por su cuerpo pasó un leve temblor, por lo confundida que estaba, por la interpretación que esta noticia podía tener. Maritza continuó diciendo:

"Eugenia, te diré la verdad desnuda...así como tú estás ahí sentada... desnuda. Pero la verdad es preciosa, aunque no sea de nuestro agrado. Así como tu cuerpo mostrará un día la transformación experimentada por la vejez, enfrentar esa realidad también es preciosa, porque la verdad nos da paz interna."

La pitonisa continuó diciendo

"Eres voluptuosa, te gusta el sexo y experimentar el orgasmo."

"¿Es malo eso?" preguntó Eugenia.

"De ninguna manera, por el contrario, es deseable" contestó Maritza.

"Estoy aburrida en mi matrimonio" replicó Eugenia adelantando información sobre la cual Maritza capitalizaría muy bien.

"Experimentarás un dolor muy grande en tu vida" dijo Maritza.

"¿Qué ves?" preguntó Eugenia.

"Eres una mujer de la ciudad, no eres de Boalonga. ¿Qué te trae por estos lados de la geografía?"

Maritza preguntó con el afán de recoger información que completarían su respuesta. La pitonisa necesitaba crear un perfil sicológico de Eugenia, para así poder darle una respuesta más convincente, o por lo menos dejarla impresionada, porque de ninguna manera podía comprometer la reputación que tenía, como una de las hechiceras más capaces y finas de Boalonga. Maritza hacía millones en el proceso y sacaba información tan poderosa que hasta los mismos curas la envidiaban por lo que sabía y que ellos no podían sacarle a la gente ni con la más exitosa técnica de la confesión. Tanto los curas como Maritza se hacían propaganda destruyendo la reputación del otro. Las gentes que se confesaban con el cura, buscaban al mismo tiempo en la hechicera una compensación a sus necesidades espirituales más concretas, y que formaban la parte práctica de la vida. Del confesionario salía la gente con una lista de penitencias que cumplir, mientras que de las consultas con la pitonisa Maritza, la gente salía con tema para comentar y con el ego complacido.

"Seguí a mi esposo por un puesto de trabajo que aceptó con los ferrocarriles" le contestó Eugenia. "La verdad es que no puedo perdonarle a José Julián el haber aceptado ese trabajo y el haberme traído a vivir a este horrible lugar."

"Te veo a través del velo de la seda y siento que tu impulso juvenil te pone mentalmente fuera de este lugar". Maritza vio cómo Eugenia agachaba su cabeza sin responder. Su gesto no fue completamente revelador como para penetrar el pensamiento de Eugenia y Maritza siguió astutamente haciendo, suavemente, un poco de presión.

"Boalonga no es exactamente el lugar como para una luna de miel o una reconciliación de pareja..."

"Nos casamos hace apenas seis meses" interrumpió Eugenia, dándole a Maritza la información que necesitaba.

"Tú no quieres a tu esposo, Eugenia" se aventuró a decir la hechicera. "Por qué te casaste con él?"

"Hace un año me presionó para que tuviera sexo con él y por eso me casé, pero... yo no quería casarme. Él insistió y convenció a mis padres para que lo apoyaran en sus pretensiones de casarse conmigo."

"Haz hecho un montón de tonterías Eugenia. Una mujer no tiene que acceder a tener relaciones sexuales con su novio. ¿Qué es eso de que 'me presionó'? Una mujer no tiene que sucumbir a la presión. Haber tenido relaciones sexuales con el novio o con un amigo tampoco obliga a una mujer a casarse. Aunque la relación con los padres es importante, la decisión de casarse y con quién, es muy personal" le dijo Maritza con determinación, pero cariñosamente como si estuviera educándola para que tomara decisiones más maduras en el futuro.

"Lo peor es que yo me casé sin quererlo de veras" afirmó Eugenia. "Cuatro Jotas es terriblemente celoso, me hace reclamos, me pregunta constantemente si mi exnovio me ha visitado. Me tiene loca con tanto celo y tontería. Ya estoy aburrida. La verdad es que me enredé sexualmente con él porque me considero una mujer liberada, pero reconozco, que la peor torpeza es haber caído en la racionalización de que tenía que casarme con él. Cuatro Jotas no me impedirá que yo sea feliz a mi manera."

Maritza hizo una pausa relativamente larga para permitirse un tiempo prudente con el objeto de evaluar las reveladoras palabras de Eugenia.

Después de la pausa que le permitió calmarse preguntó

"¿Qué ves Maritza? ¿De qué color es mi futuro?"

"Negro" dijo Maritza sin pensar lo que decía, pero lo que primero se le ocurrió como profetizando una catástrofe.

"¿Negro?" preguntó Eugenia. "No son los colores de tus labios".

"El color rojo de mi labio inferior tiene un marco delgado negro Eugenia" contestó Maritza, "así como la nave roja de la puerta que viste a la entrada de la casa, está enmarcado por una franja negra. Experimentarás violencia. El negro me indica que habrá una breve conmoción en tu vida, la temperatura de los sucesos se elevará, pero esa energía se disipará, como un negro persistente que no muestra color alguno."

Eugenia no pudo contener sus lágrimas ante el miedo por las verdaderas razones de su presencia en Boalonga y que Maritza infería, gracias a su experiencia al tratar con el ser humano. La gente, decía Maritza, cuando venían a verla estaban en un estado de desesperación tal que buscaban lo esotérico, concedido a ella como respuesta a sus problemas personales. Muchas personas en Boalonga pensaban que, si las pitonisas y los adivinos no eran enviados de Dios, tenían una función importante que realizar en la sociedad. Servían de enlace entre lo sobrenatural y los quehaceres que dominaban el escenario terrestre.

"Se que hay algo que me ocultas, Eugenia" dijo Maritza.

"Es cierto que tu matrimonio anda mal, que seguramente tienes relaciones con alguien que no es tu marido, pero hay algo más en tu vida. Es más, veo que hay algo en la vida de 'Cuatro Jotas' tu marido."

Maritza era una adivina que conocía muy bien a la gente de Boalonga y era la primera en averiguar un poco de la vida de los nuevos personajes que se asentaban en la región.

"Cuatro Jotas es el hijo de uno de los mejores amigos de mi padre. Un hombre de mucha influencia y que hizo mucho dinero como abogado. Todos los miembros de su familia mantienen la tradición de ser abogados. Mi padre hizo su dinero en la ganadería y criando caballos. Ver reproducir y crecer a los animales, entender el tiempo de su maduración y reconocer el momento para su utilización, me enseñó a ser paciente, a disfrutar de la vida en forma natural y a no forzar las situaciones. Yo no le puedo dar soborno a una vaca para que dé leche o a un pony para que crezca, pero esta familia de mi esposo todo lo quiere resolver en esa forma. ¿Será que consideran a la gente menos inteligente que a los animales? O, ¿será que abusan de las necesidades de la gente, que son más sofisticadas que las de los animales? Como quiera me repugna. La posición de administrador de los ferrocarriles de Boalonga que tiene mi esposo es por la influencia política de su padre. La verdad es que es un incapaz. Como muchos en Boalonga que tienen títulos universitarios que no los capacitan para nada. Les embuten conocimientos caducos y no se actualizan. Se recuestan en la influencia de sus familias y después ocupan puestos de importancia para los cuales necesitarían una sólida experiencia que a esa edad no tienen. Está bien que los pongan a empezar desde abajo para que adquieran experiencia, pero como creen que con un título universitario a los veintidós años ya pueden manejar los designios económicos de Boalonga, los mandan a que ocupen puestos para los cuales no tienen la madurez necesaria. Todo es por influencia. No hay que extrañarse de las desastrosas consecuencias sociales y económicas en la que nos meten."

"Veo que tu marido es muy consciente de la forma tuya de pensar y de su condición personal, o... ¿me equivoco?" preguntó Maritza después de escuchar con detenimiento a Eugenia.

"Sí, él mismo lo dice, pero se ríe de ello. Dice que así es la vida. Piensa que en todas partes del mundo las naciones son manejadas por un puñado de familias. Dice que entre más subdesarrollada sea una nación, menos capacidad para dirigir necesitan sus políticos y las familias adineradas. Piensa que todo puede arreglarse con propinas o mordidas, con las influencias, y castigando fuertemente a los que se resisten, para que escarmienten. Pero en el fondo tiene complejos de inferioridad, está frustrado y toma mucho trago, es un alcohólico."

Maritza escuchaba con interés los conceptos de Eugenia y las confesiones que hizo sobre su marido.

"Imagínese Maritza" continuó Eugenia que había ya aflojado la lengua demasiado, "antes de venir como administrador de los ferrocarriles, 'Cuatro Jotas' fue designado como uno de los jefes seccionales de la policía de Boalonga. 'Cuatro Jotas' nunca pasó por una escuela de policía como para que lo pusieran de jefe de una estación. Tuvo diez sargentos de la policía bajo su mando en la estación que él manejaba. A cada uno de ellos le exigía una cuota de cincuenta mil pesos diarios como condición para mantenerlos en sus puestos. Eso le proporcionaba a mi esposo medio millón de pesos diarios de sobresueldo. Esos pobres hombres con familias que alimentar, acosaban a su vez a sus agentes subalternos en las calles para asegurarse ese dinero. Cada uno de ellos tenía que traerle a su sargento otros mil pesos para que pudieran demostrar que eran eficientes en el trabajo. Cada sargento tenía bajo su comando a cien policías que vigilaban las calles y el tránsito. Los sargentos podían hacer cien mil pesos diarios de los cuales le daban cincuenta mil a 'Cuatro Jotas'."

"Toda una pirámide de corrupción económica que el pueblo tenía que sostener" dijo Maritza.

"Para eso detenían a cualquiera con el pretexto de que habían violado alguna ley... que se pasó el semáforo en rojo, que iba a una velocidad superior a la indicada, que no le dio la vía al peatón, o cualquier otro cuento barato" continuó Eugenia.

"Un hostigamiento bien planeado contra la población para sostener parásitos que quieren hacerse millonarios rápidamente. Hasta los agentes de la policía en las calles se completaban el salario en esta forma" interceptó Maritza.

"Hasta yo caí en eso" continuó Eugenia que ya le importaba una crispeta seguir revelando las fechorías de su marido. "Imagínese Maritza, que a mí me detuvieron dizque porque viajaba a alta velocidad por una calle donde no era posible. "¿Cómo le parece...? Una calle atestada de tráfico donde ni se podía conducir a esa velocidad. Además, el aviso era ridículo, no era más grande que una arepa y trepado por allá en lo alto de un poste. ¡Quién les iba a negar que ahí estaba! ¡Pero es absurdo! Ninguna persona que conduce un auto, va a levantar la cabeza tan alto como para buscar un aviso que se supone no está ahí. Sería como exponerse a crear un accidente."

Eugenia se calló. Maritza esperó. Eugenia imploró por una respuesta que le diera orientación con respecto a su futuro con 'Cuatro Jotas'.

"¿Qué puedo hacer Maritza? ¿Qué debo hacer?" preguntó Eugenia con acentuado nerviosismo.

"No veo nada Eugenia" contestó la pitonisa. "Cualquier cosa que suceda, te permitirá seguir adelante con tu vida. Eres joven, apasionada e inteligente. Combina tus cualidades para vencer los obstáculos que se te presenten en la vida y sobretodo sé tú misma. No veo nada más Eugenia, pero estoy segura que tú saldrás con vida de toda la catástrofe que se avecina. No veo nada más."

Con estas palabras finales la pitonisa se levantó, tomó en su mano izquierda una rama de cannabis, con la cual le hizo la 'limpieza' a Eugenia rozando la rama sobre la cabeza, la espalda y los pechos de Eugenia, al tiempo que pronunciaba una especie de oración de la cual sólo, creyó entender el amén final. Una vez terminada esta breve ceremonia, Maritza desapareció por la puerta que separaba sus aposentos de aquel cuarto grande, cuyas paredes blancas formaban un contraste con las funestas palabras de Maritza y que habían dejado en Eugenia un sentimiento mezclado de miedo y de liberación al mismo tiempo. Maritza, en silencio reverente, se había identificado con los problemas de Eugenia de los cuales presintió el augurio de lo peor. Por experiencia sabía que la mezcla de la pasión y el odio, y la posesión de un cuerpo hermoso de lo que ella era muy consciente, es una fórmula para la desgracia personal. La pitonisa observaba a través del espejo cómo Eugenia dejó caer su manta negra en aquel cuarto levemente iluminado. Simultáneamente se despojaba ella de su manta contrastando el deteriorado cuerpo de su vejez con el hermoso cuerpo de Eugenia. El espejismo de la escena era para ambas una metáfora de la vida. También Maritza tenía que enfrentar la verdad desnuda, que mostraba las huellas de una vida rica en experiencias y que las células de su cuerpo revelaban, recordando las palabras de la sabiduría antigua como, vanidad de vanidades. Eugenia observaba su cuerpo desnudo frente al espejo, dejando lucir una breve sonrisa de poder en su rostro, al tiempo que Maritza filtraba por entre las comisuras de sus labios, otra sonrisa de ironía y cinismo.

Antes de salir del cuarto aquel, Eugenia se fijó en una estrofa escrita a mano y enmarcada en vidrio colgada sobre la pared que decía

"Cansada?... Del cuerpo el reflejo...
No del alma invisible al espejo.
Levanta tu lánguido rostro
Y mira las imponentes palmeras,
Que en el céfiro descubren el rastro
De una errante... preciosa estrella.
Y si puedes ver tan lejos,
¿Por qué te atormenta el espejo?"

Eugenia salió de la casa de Maritza casi anonadada por la incertidumbre, en la cual Maritza la había dejado. Las palabras de la bruja le retumbaban y la confundían. ¿Qué quiso decir con "No veo nada más Eugenia, pero estoy segura que tú saldrás con vida de toda la catástrofe que se avecina. No veo nada más"? Eugenia salió del lugar desconcertada.

"¿De qué catástrofe estaría hablando la hechicera? ¿De qué estaría hablando, si ella misma me dijo que no veía nada más? A lo mejor todo el tiempo que pasé allí adentro con ella no fue más que un sueño. Realmente ella no me pudo decir nada porque no vio nada. Definitivamente a ¿qué vine?", pensaba Eugenia desilusionada.

Eugenia meditaba en todo esto mientras le daba una última mirada a aquella puerta grande, para descubrir que realmente alrededor de la nave roja de la misma había una franja negra pintada, que no había notado antes de entrar por ella. Eugenia recordó la conversación con Maritza, compuso su mente y se fue del lugar, aparentando no darle más importancia al asunto.

XII

Esa misma noche del martes una camioneta cerrada de color negro se detuvo frente a la clínica del pueblo. Dos hombres se bajaron y discretamente tocaron a la puerta. Ya la doctora BB se encontraba en su recámara, recostada en su cama leyendo, tratando de conciliar el sueño que bastante falta le estaba haciendo después del trabajo que había hecho durante el día. El trabajo en la clínica fue rutinario y no tuvo pacientes de gravedad. Eso sí, un parto donde la mujer gritó todo lo que pudo, le arrió la madre a todo el pueblo de Boalonga y maldijo su suerte de ser mujer. Al marido ni hablar. Tuvo que escucharse todo los madrazos de su vida y puso en duda si el placer de un polvo cósmico, justificaba semejantes dolores que el parto le producía. Una sonrisa pasaba por la boca de la doctora BB pensando, en esa experiencia placentera que tenía que pagar la mujer, por mandato divino. La doctora BB recordaba con satisfacción cómo después del trabajo de parto, la mujer estaba feliz con el niño en sus brazos. Era como el milagro que hacía olvidar todo el dolor. También tuvo que reírse mucho, antes de tratar a un hombre que trabajaba como vaquero en una de las fincas ganaderas de la región. Cuando entró al consultorio de la doctora Bisturri le dijo que "tenía un ovario ofendido". La doctora BB lo examinó con la mirada, viendo que el hombre apenas podía cerrar las piernas y le dijo que parecía tener una infección en un testículo. Este le insistía que tenía una ovario ofendido, a lo que la doctora BB no hizo ningún esfuerzo para corregirlo en su ignorancia relacionada con la anatomía masculina del aparato reproductor, y su diferencia con el de la mujer. Los dos hombres que se habían bajado de la camioneta y que estaban tocando a su puerta iban a cambiar el curso de su vida. Barbara Bisturri apenas se había puesto una bata blanca creyendo que tenía que atender otra emergencia, cuando al abrir la puerta los dos hombres se precipitaron sobre ella, cerraron la puerta detrás de ellos y le dijeron que recogiera sus instrumentos, mientras que ellos ponían en una bolsa todas las medicinas que encontraron en el botiquín de la ya insipiente farmacia de la clínica. La doctora BB apenas pudo pronunciar una palabra de protesta cuando uno de los hombres le sacó una pistola amenazándola si no hacía lo que ellos dijeran.

"Tenemos una emergencia y usted vendrá con nosotros", dijo uno de ellos.

Rápidamente salió el hombre que había saqueado el botiquín y desapareció dentro de la camioneta mientras que el segundo hombre con la pistola en la mano forzó a la doctora Bisturri a seguir el ejemplo del primero. El hombre cerró la puerta de un golpe seco y el conductor de la camioneta pisó el acelerador que arrojó a la doctora BB contra otro hombre que estaba sentado en la silla trasera.

"¿Para dónde me llevan? ¿No saben que esto es un secuestro?"

"No me diga, ¿verdad?" dijo uno de ellos.

"No saben que el secuestro se castiga con la cárcel?" protestó la doctora BB.

"¡Cállese estúpida!" gritó uno de los hombres que estaba sentado junto al conductor.

La doctora BB entendió inmediatamente que todos estos hombres estaban terriblemente estresados y bajo una presión que no les iba a suministrar mucha paciencia para razonar con ella de esa manera. Optó mas bien por callarse y ver si los secuestradores daban alguna información para explicar su conducta. El viaje duró como dos horas por carreteras sin pavimento, haciendo derechas e izquierdas y en algún momento le cubrieron la cabeza con una capucha, obligándola a recostar su cabeza sobre las piernas de uno de los hombres para que no estuviera en condiciones de ver nada durante los últimos veinte minutos del viaje. El conductor detuvo la camioneta en un paraje al borde de la selva por donde el viaje continuaría a pie. Cuatro hombres se bajaron rápidamente de la camioneta sacando a la doctora BB de ella. Apenas había pisado tierra firme sintió como el conductor de la camioneta nuevamente aceleraba para alejarse del lugar dejando atrás al resto de ellos, parados frente a la muralla natural de árboles y frondosa vegetación. Por un momento, mientras descansaban, flexionaban sus piernas y se ajustaban los morrales que habían dejado escondidos en el sitio. La doctora BB creyó estar soñando. No podía concebir que se encontraba en estas condiciones con la selva frente a ella y en contra de su voluntad. Esta gente disponía de la propiedad y de la vida de los demás como divinidades despóticas y absolutas, a las que no se les podía contradecir en nada. La doctora BB podía percibir el sonido de la noche selvática que tenía un significado tenebrosamente inhóspito. Este secuestro no había sido planeado ya que, como pensaba Bárbara Bisturri, uno de los hombres había mencionado que era una emergencia. Sin embargo, se podía notar cómo manejaban las emergencias. Parecía como si estuvieran preparados para afrontarlas, lo que daba la impresión de que sí lo habrían planeado con anticipación.

"Doctora Bisturri", se adelantó diciendo uno de los guerrilleros, "hay varias emergencias en nuestro campamento. Caminaremos una hora. Después seguiremos el camino en mulas por cinco horas más. Roguemos para que podamos llegar a tiempo."

"Siga nuestras órdenes sin protestar" interrumpió otro de ellos."

La doctora BB preguntó con cierto aire de cinismo

"Ustedes se aparecen como fantasmas, se comportan como si no hubiera ley ni orden, y se mueven por Boalonga como si fuera su finca. ¿Ustedes, no tienen nombre? Saben quién soy yo, pero yo no sé ni siquiera cómo se llaman ustedes."

Los guerrilleros se miraron unos a los otros y empezaron a presentarse cada uno respondiendo con cierto sentido de diversión.

"Soy Carlos" dijo uno.

"Carlos, para servirle doctora" dijo el segundo.

"Mucho gusto doctora, mi nombre es Carlos" se presentó el tercero.

Y.... me imagino que usted también se llama Carlos, ¿verdad?" preguntó la doctora BB un poco irritada, dirigiéndose al cuarto guerrillero, que había esperado para como último. Este guerrillero la miró a los ojos con un porte de seriedad y sin más explicación le dijo

"Yo soy el sargento Carlos del Frente Revolucionario y encargado de este grupo. La división a la cual pertenecemos no se la revelo porque usted no tiene rango para exigirla. Sí, nos movemos como fantasmas, porque la lucha contra el hambre y la explotación es ilegal en Boalonga. Utilizamos los principios de la ley y del orden que hemos aprendido en el hogar, en la calle, en la escuela y en las instituciones oficiales. Hemos aprendido que en Boalonga no hay orden, sino un desorden fomentado para refinar la explotación y el abuso. La ley es para los de ruana, como dicen. Y en algo está usted muy en lo cierto, Boalonga es nuestra finca, y nos movemos por ella, donde sea necesario y nos dé la gana. Esta ¿claro?"

Sin esperar respuesta el sargento Carlos ordenó

"¡Vámonos!"

Nadie esperó a que se repitieran las órdenes del sargento. Los hombres que ya tenían sus morrales puestos empezaron a caminar. El sargento le señaló a la doctora BB el camino y él desapareció detrás de la cortina de vegetación siendo el último de la fila.

Mientras la doctora BB acompañaba a estos hombres al lugar donde encontrarían las mulas para continuar el largo viaje, el alcalde Mariano y el capitán Chuster ocupaban sus respectivas sillas en el avión que los llevaría a la reunión de emergencia convocada por el gobierno central de Boalonga. Antes de que el DC3 prendiera sus motores, llegó la nota de la estación de policía de Boalonga informándole a don Mariano sobre el secuestro de la doctora Bisturri.

"Maldita sea esta insurgencia", pensó don Mariano, quien estaba preocupado por la falta de médico nuevamente en Boalonga. "Otra que se va a largar de este paraíso creado por el diablo", pensó. "Que yo tenga que viajar con este hijueputa de Chuster en el mismo avión me va a producir mareos. A este maldito soldado le hubiera deseado más bien que la guerrilla lo bajara a plomo" pensaba Mariano con furia. "Un perro saca más información oliéndole la caca a otro", pensaba don Mariano, al recordar a un amigo, "que Chuster, con su costosa y mediocre inteligencia".

Una inspección detallada de los pasajeros en el avión revelaba que el capitán Chuster viajaba con tres oficiales del ejército que lo acompañaban, que don Mariano viajaba con el secretario de la alcaldía y que un grupo de ocho hombres y dos mujeres, quienes evidentemente eran del Frente Revolucionario de Boalonga, habían tomado lugar en la parte trasera del avión, controlando de esta forma los dos baños de la nave y cada movimiento de los pasajeros. Una verdadera contradictoria compañía, de personajes que recordaban las aventuras de Tom y Jerry persiguiéndose mutuamente en una constante resurrección para continuar en el mismo juego. La empresa aérea canceló los boletos de los demás pasajeros quienes protestaron y exigían que les abrieran puesto ya que el avión no iba completamente ocupado. La empresa optó por dejarlos, considerando la naturaleza de los pasajeros que viajaban, y prefirió reembolsar el dinero de los precios de los pasajes vendidos a esta gente que, en su mayoría eran campesinos que querían llevar sus productos a la ciudad. La protesta de los campesinos llegó a oídos de los guerrilleros que estaban en el avión. Uno de ellos, que parecía ser el cabecilla, se levantó de la silla para ordenarle al piloto que permitiera la entrada de los campesinos al avión.

"Los campesinos que tienen pasajes tienen el derecho de volar de acuerdo con sus planes. No hay ninguna razón para no dejarlos subir al avión. Aquí no hay primera clase y el pueblo tiene que trabajar. Así que déjenlos subir" dijo para finalizar.

El piloto miró al gerente local de la empresa aérea y con una señal le hizo entender que dejara subir a los pasajeros que tenían boleto comprado. Estos campesinos eran personas de piel curtida por el sol. Los hombres muy serios y las mujeres adornadas con sus joyas y vestidos típicos; al sonreírse dejaban ver sus dientes negros y ahuecados de tanto mascar el maíz, con el cual hacían una bebida fermentada con piña que en algunas regiones de Boalonga llamaban 'chicha'. Por los pasillos del avión habían dejado caer su mercancía. Bultos con artesanías de barro, cuero y cabuya. Algunos habían puesto racimos de plátanos, y sacos con yuca y papa. Hasta uno de los campesinos llevó consigo un marrano que se había acostado en el pasillo obstruyendo el paso por completo y que chillaba como si lo estuvieran torturando con un cortaúñas. A pesar del alboroto nadie protestó y las azafatas que se suponían tenían que atender a los pasajeros, debido a la situación optaron por sentarse en sus respectivas sillas, parándose sólo para evaluar la seguridad de la nave. Doce campesinos incluyendo sus mercancías, ya dejaban la nave completamente llena. Entre brincos y sacudidas el DC3 se levantaba lentamente llevando consigo los actores que se entregarían a un día completo de reuniones de sondeo con el objeto de negociar la paz de Boalonga. Mientras el avión se levantaba, los miembros de las diferentes comisiones observaban por las ventanas el impresionante paisaje que dejaban atrás volando sobre montañas macizas de vegetación tropical, contemplando los valles y los acaudalados ríos por donde estaban atravesando a lomo de mula, la doctora BB y los cuatro miembros de la guerrilla. El sargento Carlos, al escuchar el ruido de los motores del DC3 que llevaba la comisión de la guerrilla a participar en las negociaciones, dijo en voz baja pero audible para la doctora Bisturri

"Ojalá que el diálogo traiga sus frutos."

La doctora BB no entendió nada de lo que dijo el sargento Carlos. Ella ignoraba el significado de sus palabras, y en silencio participaba de esta frondosa naturaleza verde que llevaba las ondas de una apacible música, que no era percibida en aquella tensa cabina aérea y que aminoraba el ruido de los motores del DC3 que se movía en el fluido, como una pequeña bala de plata, que reflejaba la luz del sol y, que desaparecía en las alturas, de la vista de los cansados caminantes.

Una hora más tarde llegaron a un pequeño potrero separado de una casa en un claro de la selva. Había seis mulas ensilladas, amarradas de un travesaño de guadua, preparadas esperando a sus jinetes.

"Definitivamente mi secuestro estaba minuciosamente planeado. Esto no es coincidencia" se dijo la doctora BB, pensativamente.

Cabalgar sobre el lomo de una mula empezaba a dejar una huella en las nalgas de la doctora BB, quien no estaba acostumbrada a un masaje de esta clase. Las pausas para descansar no estaban en los planes de estos hombres, que tenían medido el tiempo para llegar a su destino. Las palabras del guerrillero Carlos de rogar para que llegaran a tiempo, llevaban el mensaje de una emergencia real.

"¿Qué estaba pasando? ¿Hacía adónde se dirigían? ¿Estaría preparada para una emergencia dotada solamente de este maletín, con unos cuantos instrumentos?" Eran los pensamientos de la doctora BB que le hacían compañía por la inhóspita zona de Boalonga. Ya solamente podía sostenerse sobre la mula por la inercia, que la mantenía encima de la silla de cabalgar, a un ritmo de canción de cuna que la arrullaba, mientras se daba unas escapaditas al inconsciente. El cansancio la obligaba al sueño. El sargento Carlos quien la vio desplomar su cabeza hacia delante al momento que su musculatura resolvió renunciar a sostenerla, se apresuró a cabalgar junto a la doctora BB, y agarrándola por la cintura, la sentó sobre su silla cabalgando de espalda recostando su cabeza sobre su hombro izquierdo, para que pudiera dormir, mientras el viaje continuaba. El sargento Carlos la llevaba como a una niña en sus brazos. La doctora BB parecía más una adolescente que cursaba su último año de bachillerato, que una doctora graduada en medicina completando su servicio rural. Una hora más tarde, los jinetes llegaban a su campamento coincidiendo con los primeros rayos del sol, que salían irradiando una nueva luz de esperanza y que había dado vida a cada generación de la biodiversidad sobre el planeta. La doctora Bisturri también despertó en ese momento, pero cuando se dio cuenta de que estaba en los brazos del sargento Carlos cabalgando en una posición embarazosa recostada sobre su hombro como una niña en los brazos de su padre, disimuló que estaba despierta y continuó en esa posición hasta que él mismo la bajó de la mula. Ella lo miró enfurecida sin decir una sola palabra.

"Menos mal que la pude agarrar a tiempo antes de que se diera en la jeta, contra el piso" se limitó a decirle rudamente el sargento Carlos, reaccionando a la enfurecida expresión facial de Bárbara Bisturri. El sargento Carlos espoleó su mula para dirigirse a un grupo de guerrilleros que estaban en reunión debajo de un árbol al otro extremo del paraje. La doctora BB concentró sus energías al ver a un grupo de civiles campesinos y algunos guerrilleros, acostados inmóviles sobre el pasto. Agarró su botiquín e instintivamente se iba a dirigir hacia el lugar, cuando una mujer guerrillera le frustró la intención diciéndole:

"Para esos hombres, mujeres y niños es demasiado tarde, señora. Todos están muertos. Estamos esperando las órdenes para enterrarlos, si no son identificados por alguno de sus familiares. Hay que enterrarlos rápidamente, antes de que empiecen a descomponerse. Pero venga conmigo, yo la guío al lugar donde tenemos a los que sí la van a necesitar" dijo la mujer.

La doctora BB no cuestionó y siguió a la guerrillera que se movía a paso largo en dirección a una casa de adobe, de un solo piso de color blanca, y que tenía un balcón con pasamanos que la rodeaba. Estaba adornada con muchas plantas y flores de múltiples colores, que colgaban del techo circunscribiendo la casa, que evidentemente era la de una familia campesina, como todas las demás en aquella región en medio de la selva. La mujer llevaba al hombro los dos sacos con las medicinas que sus compañeros habían sacado de la clínica de la doctora BB.

"La hemos traído para que vea esto. Usted es el último recurso para esta gente" dijo la mujer.

"¿Puede ayudarme?" le preguntó Bárbara Bisturri a la guerrillera.

"Sí, a mí me asignaron para esta tarea" contestó la guerrillera.

"Aquí parece que todo lo tienen bien pensado con anticipación, ¿verdad?" dijo la doctora BB.

"Estamos organizados" replicó la guerrillera.

"Eso veo...Quién causó este ataque contra esta gente?" preguntó la doctora.

"Después le cuento todo. Dígame en qué le puedo ayudar. A mí me puede llamar Adela" dijo la guerrillera.

La doctora BB empezó a examinar a esta gente. Casi todos tenían algún impacto de bala en alguna parte de su cuerpo y algunos presentaban síntomas de irritación en la piel y en los ojos. Otros se quejaban de sentir náuseas, dolores de estómago y dificultades para respirar.

"Adela, hay agua por aquí... en abundancia?" preguntó la doctora BB con carácter de urgencia.

"Sí" replicó Adela, "hay un río de poco caudal bajando la ladera detrás de la casa. Los campesinos crearon un charco, tranquilo, en sus aguas."

"Todos los que puedan caminar vayan hacia el río. Cuando lleguen, quítense la ropa completamente y métanse al agua. Frótense los brazos y las piernas con las manos, pero no usen la ropa para ello. Ayúdense mutuamente para frotarse la espalda. Eso todo lo hacen dentro del agua. Si hay arena en el río, úsenla en forma de jabón para frotarse el cuerpo. Háganlo sin rasgarse, porque no se trata de sacarse sangre por la piel. Eviten hacerse heridas. ¡Vayan ya!" exclamó la doctora BB.

"Es el glifosato" murmuró Adela sin que la doctora BB lo captara.

Un grupo de unas veinte personas, salieron en dirección al charco ayudados por otros jóvenes guerrilleros de ambos sexos que se aprestaron para cooperar con los campesinos y los compañeros afectados por las heridas y las sustancias químicas con las que fueron puestos en contacto. La doctora BB y Adela se quedaron para darle atención a los demás. Los heridos más graves fueron atendidos primero. Algunos habían perdido mucha sangre y fue imposible para la doctora salvarles la vida. En otros, los torniquetes que se habían aplicado a tiempo antes de la aparición de la doctora Bisturri, contuvieron la pérdida de sangre y sus heridas fueron tratadas a tiempo. Las heridas superficiales fueron lavadas y desinfectadas, y vendadas con gasa. Los pacientes recibieron de la doctora BB los antibióticos disponibles. Algunos tuvieron que ser sometidos a cirugías menores para extraer las balas que se alojaban en sus cuerpos. Algunos de los heridos, atribuían a la intervención de la divinidad el hecho de que solamente habían recibido un impacto tangencial de bala en la cabeza, que por suerte no penetró en el cráneo. En los sacos llenos de medicinas, la doctora BB encontró analgésicos para controlar el dolor de los pacientes. Las actividades médicas de la doctora Bisturri estaban reducidas por las insipientes condiciones técnicas. El lugar parecía más una carnicería, que una sala de emergencia, y los instrumentos que había llevado la doctora BB no pasaban del tradicional estetoscopio y del esfigmómetro. Sin embargo, por fortuna llevaba una cantidad, mas grande de lo acostumbrado, de catgut en su botiquín; así tuvo suficiente para suturar las heridas de estos pacientes, trabajo que tuvo que hacer sin aplicación de anestesia alguna. Para su sorpresa notó cómo esta gente de campo aguantaba el dolor con mucha valentía, mientras que algunos miembros de la guerrilla fruncían la frente ante la presencia de una aguja. Ante las circunstancias, no era nada divertido tratar de entender por qué estaban más dispuestos a recibir una bala en el cuerpo, que dejarse chuzar con una aguja. Adela le ayudaba en todo a la doctora BB, desde traer el agua caliente hasta sostener a algunos para amputarles un brazo o una pierna. Esta intervención era especialmente difícil sin anestesia, y sin los propios instrumentos de uso común para este tipo de operaciones ortopédicas, tan complicadas. En condiciones normales, se exigía de un estudio previo de la condición del paciente, para determinar la mejor de las técnicas de amputaciones de extremidades conocidas en la práctica de la medicina. Desafortunadamente las probabilidades de ajustar una prótesis para la rehabilitación de estos pacientes que eran víctimas de una guerra sin sentido, eran nulas. Así que, considerando las circunstancias, y las posibilidades presentes para ella como médico, y pesando la calidad de vida futura, para el paciente, las amputaciones se le practicaban a las extremidades que mostraban ya los efectos de la gangrena. Los pocos antibióticos disponibles se recetaban para aquellos que estaban más vulnerables de desarrollar una infección causada por bacterias comunes. Pasaron muchas horas de trabajo arduo sin descanso alguno. Aquel día pasaría a formar parte de una de las historias más trágicas de la vida de la doctora BB. Ya no había más qué hacer por estos pacientes. Algunos de ellos murieron como consecuencia de las desgarradoras heridas que sufrieron durante el brutal ataque. Era ridículo, pero lo único que había disponible en el saqueado botiquín para aliviar, a los pacientes que habían regresado del río, era un analgésico tropical que puede adquirirse en cualquier farmacia de Boalonga. La doctora BB pidió hablar con el sargento Carlos, para ponerlo al tanto de la situación relacionada con la salud de sus pacientes.

"El sargento Carlos no va a querer hablar con usted" dijo Adela.

"Pues necesito hablar con él para informarle sobre la salud y los pronósticos de recuperación de esta gente" insistió la doctora.

"Yo fui asignada para asistirla en su trabajo. Esto no es nuevo para mí. Soy enfermera graduada para su información" le informó Adela a la doctora BB.

"No me sorprende, Adela. Ya tenía la idea de que usted estaba acostumbrada a este trabajo. Además, trató a los pacientes con el profesionalismo de una enfermera. ¿Qué está haciendo usted por estos lados? ¿Está usted activa en la guerrilla?"

"Sí" le contestó Adela sin más explicación, mientras atendía con esmero a los heridos y empezaba a poner algunos traperos en orden para comenzar a limpiar la casa que estaba teñida por la sangre de esta gente.

"Pero Adela, esto no es vida. Con el talento y la preparación que usted tiene, ¿no le parece que está perdiendo el tiempo por aquí en la selva, escondiéndose y viviendo una vida de angustia?"

Adela miró a la doctora a los ojos con una expresión relajada entendiendo que ellas procedían de dos mundos completamente diferentes. Bárbara Bisturri venía de una familia económica y socialmente muy estable. El padre de la doctora BB había trabajado en todo lo que se le presentó y nunca dejó pasar una oportunidad para mejorar la calidad de su vida y la de su familia. A pesar de que venía de una familia que tenía que vivir con los recursos de un salario ganado, por el abuelo de la doctora BB, como celador en un edificio de profesionales, el padre de la doctora BB se había convertido en uno de los economistas más destacados de Boalonga. Después de haber tenido sus cinco hijos, se registró nuevamente en la universidad y se graduó de abogado, en el programa nocturno de la misma. Como economista y abogado tuvo la oportunidad de escalar los peldaños de una carrera muy lucrativa, y merecida por sus esfuerzos.

"Estoy tratando de entender la razón por la cual usted se internó en esta selva para forjar sus ideales y pensar que podrán derrotar al ejército y tomar las riendas políticas de Boalonga" dijo la doctora BB.

"No, yo no creo que usted realmente pueda entender" replicó Adela.

"Entonces, dame la oportunidad de entender, Adela" dijo la doctora BB con sincero interés por comprender el origen de la manera de pensar de Adela.

"Para apreciar la razón de la lucha que se libra en Boalonga, hay que salir del cascarón. Muchos de ustedes viven debajo de una campana de vidrio, como esas que se usan para que las moscas no se acerquen al queso; viven una vida cerca del queso, y los marginados que también quieren comer, no pueden más que verlo desde el otro lado del cristal. Permítame decirle doctora que en Boalonga, hay cientos de miles de niños que padecen de física hambre, se desnutren y engrosan las filas de los débiles mentales que se desperdician en el mundo. De esos miles de niños, un alto porcentaje es explotado sexualmente por los adultos y muchos otros son explotados en los campos de trabajo sin pago y en ocasiones, ni la comida se las dan."

"Adela", interrumpió la doctora BB, "todos esos problemas se pueden resolver por la vía pacífica, hablando, debatiendo, integrándose a la dinámica de la política. ¿No le parece?"

"No, no me parece, eso ya se ha intentado en muchas ocasiones. Cuando se habla de justicia social en Boalonga, se le acusa de comunista, terrorista, enemigo de la libertad y de los valores democráticos. Pero cuando se ataca y se asesina a las gentes que piden justicia y una mejora en los niveles de vida, se viola los principios fundamentales de la democracia, de la libertad de expresión y de los derechos fundamentales del hombre. Además, el vituperio es un arma muy poderosa en manos de aquéllos que quieren destruir el carácter y la imagen de las personas que luchan por una sociedad mejor", contestó Adela, al desafío de la doctora BB.

"Entiendo que la destrucción del carácter de los enemigos políticos, es un arma muy común entre ellos, pero usted me está presentando un panorama muy gris. Yo no he visto a nadie que lo hayan asesinado por sus ideas políticas. Yo he hecho toda mi carrera universitaria en medicina, y nunca he escuchado de alguien que haya sido internado porque lleve heridas producidas por el odio político" dijo Bárbara Bisturri.

"A usted le falta mucho por ver, doctora."

"Pues deme ejemplos concretos. No me diga que usted está aquí, porque ha sido perseguida políticamente."

Adela mantuvo un silencio reverente, pero comprendió que esta era la oportunidad para abrirse un poco más a la doctora.

"Yo me crie con una madre que fue una luchadora por los derechos humanos. Ella fue capturada por los militares, que tenían vínculos estrechos con partidos políticos en particular. Boalonga ha sufrido mucho, con los gobiernos que acusan de comunistas a todos los ciudadanos que profesan una opinión política diferente. Mi madre fue maltratada..."

Adela tuvo que hacer una pausa para respirar profundo. Era difícil hablar de sucesos que habían sido tan desastrosos para su vida. Si ella se atreviera a revelar episodios de su vida, ¿sería comprendida por la doctora Bisturri?

"¿Por qué no continúa Adela? Quizá así la pueda comprender mejor" adelantó la doctora BB.

"Usted sabe mucho de medicina, sin lugar a dudas doctora, pero le repito que no ha visto mucho de la vida. Por supuesto que no es necesario experimentar todo en este mundo para considerarse un humano graduado al final de la existencia. Pero, así como cada uno escoge una profesión diferente para servir a la humanidad o para hacer dinero, así cada uno de nosotros tiene una vivencia muy propia y toma un derrotero diferente."

"Usted me estaba contando sobre su madre. ¿Qué pasó?" insistió la doctora BB.

Adela resumió el relato que había interrumpido hablando relativamente rápido en voz baja y quebrada. No quería ser escuchada por nadie.

"Mi madre fue arrestada. Pero antes de llevársela fue golpeada brutalmente. Le gritaban 'puta comunista' como si esos imbéciles supieran algo de comunismo o de justicia social o de cualquier otra cosa. Son matones pagados con nuestros impuestos, o con subsidios extranjeros."

Adela dejó de contar su historia porque alguien se acercaba en ese momento y no quería despertar la sospecha de que ella estaba nuevamente despertando el trauma de su juventud. La doctora Bisturri nunca escuchó de los labios de Adela la verdad acerca de su madre. Su madre fue violada en presencia de Adela por dos suboficiales y tres soldados antes de que fuera oficialmente arrestada. Muchas mujeres, se supo más tarde, fueron violadas por los militares. También los mercenarios paramilitares creyeron que podían cometer estas atrocidades sin responder ante la justicia. Pero como esta gente que protestaba en las calles eran marcadas como comunistas y terroristas, cualquiera que tenía una pistola oficial en la mano pensaba que estas gentes no tenían valor alguno y podían hacer con ellas lo que se les antojaba sin esperar que fueran procesados por la justicia. "Estaban cumpliendo con su deber" se decía y esta actividad se presta para malos entendidos, para errores no intencionados y para un exceso de fuerza causado por las mismas personas que resistían a su arresto. No había a quién apelar. A la madre de Adela, no solamente la violaron, sino que en el mismo cuartel durante el interrogatorio fue sometida a tremendos abusos físicos. Fue torturada sin misericordia apagando sobre su cuerpo desnudo cigarrillos encendidos para que confesara crímenes que no había cometido. Ella murió después de que uno de sus verdugos le introdujera una rata viva por la vagina y la suturara para que la rata no pudiera escapar. Esa pobre mujer murió en angustia y dolor. Adela juró que moriría en el campo de batalla, que devolvería la rata en forma de balas. La indecencia en Boalonga había llegado hasta lo inconcebible y ella estaría dispuesta a luchar por un cambio cuyo resultado no estaba en condiciones de pronosticar. Era traumático para Adela ver una rata por el campamento, que impulsivamente conducía a desenfundar su pistola y matarla de un certero balazo. Los demás guerrilleros conocían su historia, pero la doctora BB se quedó sin escucharla. Sin embargo, la angustia que transpiraba Adela le hacía presentir a la doctora BB que había pasado por lo peor. El cura, Espíritu Santo, quien venía de prisa para asistir a los enfermos y a dar los últimos óleos a los moribundos, interrumpió a las dos mujeres. Bárbara Bisturri estaba vomitando lo que no se había comido después de ocho horas de viaje y ocho de trabajo continuo en este campamento que había sufrido bajas e intoxicaciones como producto de la fumigación. No era una fumigación para matar las plantas de coca solamente, era una fumigación para destruir también vidas humanas.

XIII

dela le extendió a la doctora BB una manta para que se recostara y descansara un poco. Extremadamente cansada y con lágrimas en los ojos, la doctora BB se acostó contra el tronco de un frondoso árbol y allí se perdió en un sueño profundo que le permitió recuperar sus fuerzas. Muy temprano al día siguiente, Bárbara Bisturri se levantó y se fue directamente hacia el río para tomar un baño que tanto necesitaba. Ya había varios guerrilleros y guerrilleras disfrutando del agua fría. Se bañaban desnudos manteniendo una distancia prudente uno del otro. Era una costumbre de bañarse sin ropa. Lo hacían relativamente rápido y nunca se veía un caso de malicia o abuso en esas circunstancias. La doctora BB no lo pensó dos veces y despojándose de sus ropas se metió en el agua restregándose el cuerpo con arena. También le dio una lavada muy somera a su ropa, la exprimió lo mejor que pudo y se la puso mojada al salir del agua. Esperaba que se secara sobre su cuerpo durante el día. Cuando regresó del baño, Adela que ya tenía una muda de ropa lista para la doctora BB, se la entregó indicando que era mejor que no dejara secar la ropa sobre su cuerpo y que se pusiera la que tenía preparada para ella.

Vestida de pantalones y camisa de camuflaje, la doctora BB se fue a evaluar a los pacientes y encontró que dos de ellos habían fallecido la noche anterior. La intervención de la doctora no fue suficiente para estas dos víctimas. Los demás estaban haciendo progreso y habían pasado por el momento más crítico. Los amputados necesitaron de más cuidado, sobre todo de asistencia sicológica, hasta donde se les podía ofrecer ya que, no había un sicólogo profesional presente. Normalmente la guerrilla está bien dotada de toda clase de personal profesional, pero en esta ocasión no había nadie para asistir a los pacientes por desórdenes como resultado del estrés profundo. Tampoco se había encontrado un médico cerca por lo que tuvieron que secuestrar a la doctora BB. Solamente el cura Espíritu Santo le daba asistencia espiritual a los campesinos y guerrilleros por esas veredas. La promesa de una vida hipotética en el más allá, era mejor ilusión que aquello que estaban viviendo en el presente.

"¿Qué fue lo que pasó aquí?" le preguntó la doctora BB al cura.

"Fue una operación conjunta del ejército de Boalonga y una agencia extranjera especializada en combatir las drogas ilegales, que opera aquí" contestó el cura.

"Yo entiendo que el ejército de Boalonga está en guerra contra la guerrilla, pero no contra los campesinos. Además, ¿qué hace una agencia extranjera combatiendo a los ciudadanos de Boalonga? ¿Es esto, una declaración de guerra contra Boalonga?" preguntó la doctora BB que había demostrado completa ignorancia en materia de política internacional.

"Las clases altas de la sociedad de Boalonga están en guerra contra el pueblo, pero como el pueblo que sufre las consecuencias de la explotación es una abrumadora mayoría, estas clases sociales combaten al pueblo con ayuda de extranjeros que tienen intereses económicos en Boalonga." contestó el cura.

"Aquí hay una democracia que tiene que ser respetada por todos. Los que quieren cambios sociales deben organizarse en partidos políticos y encontrar la manera de producir cambios por la vía de las elecciones libres" dijo Bárbara Bisturri.

"En eso estamos todos de acuerdo. Lo que pasa es que, si hubiera democracia, que es la condición que usted asume, las cosas funcionarían en forma diferente. Pero es evidente que, como la democracia es inexistente, las cosas no funcionan de acuerdo con esos principios desconocidos en Boalonga" repuntó el cura Espíritu Santo.

"¿Qué le hace pensar que en Boalonga no hay democracia?" preguntó fastidiada la doctora BB.

"El setenta por ciento de la población está marginada. Hay ignorancia y hambre. La principal condición para que haya democracia es que la gente esté educada. Usted misma se ofendería si su voto fuera neutralizado por una persona analfabeta, ¿verdad? Es por eso que se roban las elecciones. Es tan antidemocrático robarse las elecciones, como lo es, reclamar, que se robaron las elecciones, sin prueba alguna. La democracia, así llamada, no es un debate de inteligencias racionales, para determinar con criterios lógicos las políticas a seguir, pero es una apelación a la inteligencia emocional, que recurre al fanatismo y la tradición, por lo que exagerar, desvirtuar y mentir, apela mejor sobre la voluntad manipulada del ciudadano. En Boalonga se hacen fiestas electorales donde a la gente se le cambia el voto por cerveza y lechona."

"Eso pasa en todas las democracias, inclusive en los países que se creen educados" argumentó la doctora BB, a lo que el cura respondió:

"Usted lo dijo. Por eso creemos que la democracia es un concepto político donde la voluntad del pueblo es canalizada a capricho para favorecer a unos pocos. De todos modos, que eso pase en otras naciones no justifica la práctica corrupta que degenere a Boalonga. Al luchar por un cambio no estamos perdiendo nada y probablemente ganemos algo."

"Bueno, dejémonos de adoctrinamientos, porque parece que la democracia que esconde una dictadura de minorías manipulativas, como ustedes la presentan, quiera ser sustituida por otra dictadura, coartando muchos derechos que conducen a lo mismo. Personalmente, prefiero darle chance a la democracia y a la libre empresa", enfatizó la doctora BB. "Para eso tenemos que fortalecer la educación y la iniciativa privada", dando su opinión, claramente divergente. "¿Qué fue lo que pasó, específicamente en ese lugar? ¿Cómo fue el ataque?", preguntó BB

"El gobierno de Boalonga, asesorado por la agencia extranjera contra las drogas, vino a esta vereda a fumigar las plantaciones de marihuana y coca. Pero antes de que la avioneta fumigadora arrojara su veneno sobre la zona, vinieron los helicópteros del ejército y ametrallaron el área para desanimar un ataque de las guerrillas contra la avioneta que trae la orden de fumigar" aclaró el cura.

"Eso aclara la reacción epidérmica de los campesinos que mandé a lavarse al rio. Tenían los ojos hinchados y serios problemas para respirar. Algunos vomitaron" recordó la doctora Bisturri.

"Es el glifosato. Pero al glifosato que arrojan en Boalonga le mezclan otras sustancias. Los productores de estas sustancias no tienen resultados serios de investigaciones científicas sobre los efectos que producen en el cuerpo. Da más la impresión de que, al mismo tiempo que quieren erradicar el cultivo de la coca, se está llevando a cabo el experimento que les va a dar los datos sobre los efectos que buscan. Mientras experimentan con nuestros campesinos hacen campaña para convencer a la gente de lo innocuo del producto", explicaba Espíritu Santo.

"Oiga padre, ¿no estará exagerando usted?" le pregunta la doctora BB.

"El reporte acerca de los efectos causados sobre la salud y seguridad humanas de los herbicidas en el programa de aspersión aérea en Boalonga, menciona dos ingredientes agregados al glifosato. Dicen que son inertes."

"Si fueran inertes, se podrían sustituir con agua destilada o…." remarcó la doctora BB al momento de ser interrumpida por el cura, quien añadió

"Pero llevan nombres sofisticados como Cosmoflux 411F y Cosmo-In-D" indicó el cura.

"Algo tienen que usar para erradicar la coca, ¿no le parece padre?"

"Llevan tres décadas fumigando y los cultivos han aumentado. Empezaron con erradicar la marihuana, después la amapola y ahora la coca. Todos estos cultivos se trasladan de una zona a la otra. ¿Van a fumigar todo Boalonga? Durante los últimos diez años han fumigado más de doscientas sesenta mil hectáreas con más de tres millones de litros de glifosato. Eso es muy destructivo para la fauna, la flora y los seres humanos."

"Qué solución le daría usted al problema padre?" preguntó curiosa la doctora BB.

"Lo único que creo es que la fumigación es un fracaso" contestó el cura. "No se puede continuar con procedimientos que no dan resultados positivos solamente porque hay que hacer algo. Pero se podría empezar con hacer una campaña educativa para disminuir el consumo. Mientras haya demanda habrá oferta. Además, creemos que puede sustituirse el cultivo con productos naturales para la alimentación del pueblo, creando también productos para el mercado internacional".

Para la doctora Bisturri esto era un mundo de insurgencia criminal. No podía explicarse cómo las bombas que ponía la guerrilla, los cientos de secuestros, los asesinatos de políticos y campesinos y el negocio de la cocaína, podían contribuir a mejorar la imagen de una organización que quería cambiar los designios de Boalonga. "¿Hasta cuándo se continuaría con esta guerra que, llevaba ya cinco décadas y que ha cambiado radicalmente de forma y estrategia?" se preguntaba BB.

"Una guerra siempre es cruel e injusta por definición. La guerra es la expresión más salvaje e inmoral de la corrupción humana. No hay diferencia entre la gente, no importa de qué nación venga o por más decente y civilizada que esta se crea, la guerra sigue mostrando el verdadero carácter primitivo de la mente humana" dijo el cura Espíritu Santo.

"El poder militar", continuaba diciendo el cura, "se crea para ejercer dominio sobre otros, para expandirse, para imponer la voluntad, para garantizar la explotación y el saqueo, para el enriquecimiento dándole un carácter legal. Cuando una nación se encuentra frente a frente por los intereses de otra, las leyes y los valores culturales de la nación militarmente más poderosa, se convierten en medida para juzgar a la más débil".

"Por ejemplo" concretó el cura Espíritu Santo, "los ciudadanos de Boalonga tienen que solicitar una visa de turismo, o de otra clasificación, para traspasar paralelos de latitud norte, cuyos ciudadanos esperan entrar libremente a Boalonga, sin asomarse siquiera al consulado, para solicitar una visa. Un pasaporte válido es la única condición para entrar. Eso es una expresión de superioridad, que presume, que sus ciudadanos no necesitan control, mientras que los ciudadanos de Boalonga, no pueden considerarse dignos de la misma confianza."

Pero todo esto obedece al mismo esquema. Mientras que las riquezas naturales fluyen de sur a norte, la humanidad de Boalonga también fluye de sur a norte, en una forma controlada por supuesto, de acuerdo a las demandas de una mano de obra regulada por las necesidades de la economía. Si la demanda por mano de obra cesa, el exceso de presencia de inmigrantes se vitupera. Cuando se crea la política de manipulación social del sueño, que los ciudadanos de Boalonga deben perseguir en otras partes del mundo, sorpresivamente se les interrumpe el sueño, como saliendo de la pesadilla, para entender que su emigración terminó siendo un atentado contra los valores de su propia idiosincrasia, para vivir la pesadilla de la discriminación. La fantasía del sueño por lo ajeno, promueve el desprecio por lo propio. El consumo sin criticismo de culturas extrañas que están también en progreso, y en ocasiones en decadencia, para satisfacer aquel seudosueño de una libertad basada en la posesión de bienes materiales, no es más que una somnolencia que trae como consecuencia la negación de la identidad propia, para así sumirse en la incompetencia existencial. En el programa educativo de Boalonga se exalta la grandeza del conquistador, dejando huellas de noble cuna y distinción entre sus habitantes al tiempo que se hace de la pobreza una virtud teologal. Es una historia tejida alrededor de emociones, sin la fuerza del pragmatismo. Era para marearse escuchar turistas de Boalonga, que al regresar del extranjero se jactaban de la mercancía que habían traído, sin sospechar que era manufacturada en Boalonga, donde la mano de obra se explotaba, por un lado, y al turista y a los ciudadanos del país que visitaban se explotaban por otro lado. Muchos productos manufacturados en Boalonga, no se permitían vender en Boalonga.

Don Guillermo había creado en Boalonga una fábrica de perfumes que operaba en su propia oficina en el segundo piso de un edificio comercial. Eran dos perfumes que solamente se distinguían por el color. La etiqueta del perfume verde claro, rezaba, 'Every Day' y la etiqueta del perfume azul decía 'Every Night'. Los dos perfumes eran idénticos en la receta, pero se diferenciaban por el color, porque inclusive las botellas de vidrio eran idénticas. Los perfumes se vendían al detal en las boutiques de Boalonga, a precios cincuenta veces superiores a los precios que pagaban a la fábrica de don Guillermo, quien los proveía. Las dueñas de las boutiques insistían que el perfume era francés muy popular en París. Así impresionaban, con mentiras, que el cliente no podía verificar. El sueño se convertía en una pesadilla de consumo que se embriagaba con el perfume parisiense de Boalonga. Había que ganar mucho dinero para alimentar la apariencia y sostener los aires de grandeza. La gente pagaba lo que fuera, como último recurso para sentirse mejor persona que los demás, gracias a un sistema educativo que exaltaba la gloria de un pasado cuestionable, en vez de enfatizar en un pragmatismo de supervivencia más acorde con la realidad de sus propias posibilidades. "La ignorancia y la baja estima propia", observaba don Guillermo, "le hace creer a una persona que un perfume francés, se produce con una etiqueta en inglés"

La doctora BB procedía de una familia que formaba parte del estrato alto de la sociedad de Boalonga. Debido a la combinación, entre la educación recibida y el control de los mecanismos de productividad de la familia, había encontrado en su profesión una forma socialmente loable para servir, no siempre sin desprecio, a una población que no era de su alcurnia. En Boalonga ella iba a aprender, que estudiar por mantener una razón social, no era exactamente la motivación que debe llevar a un individuo a la universidad. Realmente Bárbara Bisturri no podía poner la catastrófica situación de Boalonga, dentro de un contexto histórico que había fluido en la zona, desde mucho antes de que ella viera la primera luz del día. Su educación obedecía al prestigio social y no estaba sólidamente cimentada sobre la única razón para estudiar, que es el servicio auténtico a la sociedad, como respuesta al privilegio de haber recibido una educación superior. La doctora BB estaba recibiendo una lección muy grande. Quizá, si la educación superior fuera financiada por el estado, los estudiantes comprenderían mejor, que sus servicios al pueblo, serían una devolución en agradecimiento a la comunidad. Estaban ahí para servir y no para cubrirse de dinero, explotando las necesidades del pueblo. Era una Boalonga que estaba muy lejana de estos conceptos, de las democracias sociales modernas. Las vocaciones no son necesariamente una motivación para las órdenes religiosas; la vocación se presenta cuando un individuo se vocaliza a favor de una forma de servicio, del cual está convencido que es necesario prestar.

"Todavía no encuentro una respuesta aceptable para la posible salida que se le puede dar a este flagelo de la droga en Boalonga, padre" le confesó la doctora BB al cura Espíritu Santo.

"La respuesta no es simple" contestó el cura.

"Pero tiene que haber una salida" dijo Bisturri.

"Es compleja. Cualquier salida que se planee debe considerar la dignidad humana. Una salida elegante, políticamente aceptable, debe asumir mutua responsabilidad y una colaboración dinámica que saque a las partes involucradas a terreno neutral, sin acusaciones que denigren del otro, que salven las apariencias de ambas partes. 'Saving face' como dicen los gringos, me explico doctora?"

"¿Qué cara va a salvar esta chusma de narcotraficantes?" preguntó indignada la doctora BB.

"La misma cara que la chusma de consumidores tiene que salvar y que están dispuestos a pagar millones de dólares para sostener sus vicios en sus indecentes fiestas sociales" contestó el cura.

Adela, que estaba escuchando la conversación, de pronto se aventuró a formar parte de ella diciendo

"No es tanto salvar las apariencias entre narcotraficantes y consumidores como salvar las apariencias entre los gobiernos de Boalonga y los gobiernos de los países receptores."

¿Qué quiere usted decir, Adela?" preguntó la doctora BB, esperando que Adela elaborara más en su aserción.

"Tanto los gobiernos de Boalonga como los gobiernos de los países receptores de la cocaína, han participado con tolerancia de este tráfico. Indirectamente se han lucrado a través de la inercia con la cual atacaron el problema del lavado de dinero. Millones de dólares entraron a formar parte legal de la economía, tanto en Boalonga como en los países receptores. Inclusive con dinero procedente del narcotráfico se financiaron los suministros de armas para los mercenarios que combatieron los alzados en armas en diferentes lugares del territorio de Boalonga", respondió Adela con cierto sarcasmo.

"No puedo creerlo" respondió la doctora BB.

"Es más" interrumpió Adela, "aquellos que lucharon en contra de las revoluciones de Boalonga financiaron su guerra con dineros procedentes del tráfico de cocaína. La agencia de seguridad e inteligencia ayudaron a encontrar el mercado para la cocaína en áreas de minorías raciales en su propio territorio."

"Leí algo relacionado con eso en la prensa" dijo la doctora BB, "pero creo que una investigación oficial desmintió esa versión de los hechos."

Adela que ya había escuchado suficientes mentiras y que había sido víctima de acusaciones de haber creado la historia acerca de la tortura y la muerte de su propia madre, creía sólidamente en las tácticas de conspiración y mecanismos de propaganda de los cuales se servían los gobiernos para desmentir las conspiraciones talladas por sus propios políticos.

"Cuando algo así sale a la luz y que puede producir la ira de la población, las agencias oficiales siempre ponen en marcha una investigación exigida por el gobierno para revelar la verdad completa. Esas 'investigaciones' se diseñan precisamente con el objeto de demostrar que el rumor no se puede sustentar y….punto final al asunto" dijo Adela sin inmutarse. La doctora BB reaccionó incrédula en relación a que un asunto tan delicado, si es que ocurrió, haya sido tratado en la forma como Adela lo explicaba.

-"Y si no fue así, ¿por qué en un asunto de violación a la soberanía de Boalonga, a un asunto de violación de los derechos humanos de las minorías raciales y a un asunto de alegación de abuso de poder, no se le permitió, a ninguna organización neutral, quizá formada por miembros de varios países, hacer una investigación independiente?" preguntó en forma asertiva Adela que en ese momento fue interrumpida por el sargento Carlos quien venía cabalgando sobre un híbrido listo para emprender una larga travesía.

"Doctora Bisturri, ¿cómo están sus pacientes?" preguntó el sargento amablemente.

"No puedo hacer nada más por ellos. Hay que darles tiempo para que se recuperen. Además, no tenemos una sola medicina y estos heridos van a necesitar, por lo menos, una docena y media de pastillas antibióticas cada uno, para evitar que agarren una infección" contestó la doctora BB.

"Es eso una prescripción oral doctora?" preguntó el sargento dejando entrever una leve sonrisa.

"Así es, ahí verá usted de donde saca los antibióticos, pero son urgentes" dijo Bisturri.

El sargento Carlos la miró con un aire de suficiencia. Esta mujer no sabía que los recursos para la guerrilla estaban al alcance de una llamada telefónica. El sargento se retiró unos diez metros del trio que conversaba y montado sobre su mula sacó un teléfono de su mochila, marcó un número y lo único que alcanzó a oír la doctora BB fue un grito del sargento Carlos quien ordenó en voz alta

"ahora mismo, las quiero aquí para mañana cuando vuelva."

El sargento Carlos se acercó a la doctora BB y le ordenó que dejara por escrita la prescripción para cada paciente, identificándolo por su nombre. Además, que se aprestara para hacer el viaje de regreso a Boalonga.

"Saldremos esta noche", dijo, "llegaremos a Boalonga a la madrugada temprano antes de que salga el sol. Tómese un descanso, no quiero llevarla cargada de nuevo" adelantó con una sonrisa calculada. El sargento sintió que la respuesta facial de la doctora BB no contenía esa furia que la había invadido la primera vez.

Para la doctora BB una salida tan de repente ordenada por el sargento Carlos frustraba los momentos de contacto que quería cultivar con Adela y con el cura Espíritu Santo. Aunque ella no pertenecía a la clase social de estas personas, Bárbara Bisturri empezaba a entender que había un mundo más allá de los horizontes, inculcados en ella. ¿Qué sabía ella acerca del hambre, de las privaciones materiales más elementales, de las condiciones de vida reinantes en el campo y las consecuencias de la guerra? Después de observar a los campesinos y a los miembros de la guerrilla en su lucha por sobrevivir, crecía en ella un sentimiento de vergüenza por su incapacidad de ofrecer más atención a estas gentes que la que le ofrecía a su gato Tiberio, que ronroneaba sin parar, expresando su contento.

La doctora BB no podía armonizar bien los nuevos sentimientos que se estaban alojando en su mente con respecto a la lucha por una sociedad más justa, que era tradicionalmente la raison d'être de la guerrilla, con actos obviamente criminales contra la misma población que pretendían liberar. Sin embargo, la guerrilla se defendía de estas acusaciones argumentando que los daños colaterales son inevitables en una guerra. Decían que el ejército era causante de actos similares y que los principales delincuentes estaban entre los paramilitares y las mafias organizadas del tráfico de drogas. En su evaluación los líderes de la guerrilla incluían las grandes corporaciones que mantenían ejércitos mercenarios para asegurarse que la explotación continuara sin tropiezos. Cuando ellos, las guerrillas, querían impedir la exportación del petróleo, las corporaciones los señalaban como terroristas. Así se defendían los líderes de estas organizaciones armadas de Boalonga. Estas acusaciones parecían un juego de ping pong, cuya pelota rebotaba de lado a lado en un juego de más de dos participantes que, ubicados en las aristas de una mesa poligonal., nadie sabría de qué lado vendría la bola, ni a quién se la mandaban de regreso.

En compañía de Adela, la doctora BB prestaba la última visita a sus pacientes, haciéndoles las recomendaciones más importantes para que ellos mismos se cuidaran de no hacer nada que detuviera su recuperación.

"El cuerpo se cura solo" le decía ella a sus pacientes. Les recordaba que a los enfermos en el hospital se les llamaba 'pacientes' porque tenían que tener mucha paciencia mientras duraba el proceso de sanar. El cuerpo se curaría así mismo, pero lo que había que evitar era que las energías, para su sanación, fueran desviadas de su objetivo final. Les recomendó mucho reposo, que tomaran mucha agua y sobretodo que no perdieran la fe y el buen humor, aunque ella misma no era el ejemplo a seguir, ya que poco tiempo le quedaba para reírse.

Antes de salir aquella noche, el sargento Carlos podía observar desde la distancia cómo la doctora BB estaba frente al cura, Espíritu Santo recibiendo su bendición sacerdotal.

"En el nombre del Padre, del Hijo y del Espíritu Santo, Amén" pronunció el cura.

"Gracias padre. Quizá un día nos veamos de nuevo. Adiós."

Bárbara Bisturri caminó hasta donde estaban los mismos cinco 'Carlos', con los cuales llegó hasta el lugar de los hechos, que le habían mostrado los horrores de la guerra. Montó la mula que le habían asignado y desde cuya altura pudo ver a una mujer que observaba desde una distancia prudente a los jinetes, que se aprestaban a cabalgar de regreso por donde habían llegado. La doctora Bisturri se quedó por un momento mirándola con cierta curiosidad. La mujer que tenía fija en su vista y que se escurría rápidamente para no ser reconocida, había dejado en la doctora BB la seguridad de que era una persona conocida por ella. Su porte y su manera de caminar fueron suficientes para evocar la presencia de una persona que, en su memoria aparecía solamente como una imagen borrosa de un negativo, que rehusaba revelarla por completo. "¿Quién era esta persona? Juro que la he visto en alguna parte" eran los pensamientos de la doctora BB. Los jinetes empezaron su viaje de regreso, desapareciendo entre la espesura de una selva que no dejaba pasar la tenue luz de una luna menguante. Habían ya desaparecido de la vista del cura revolucionario, que creía en el amor de Dios y en la misericordia de su juicio final. De lejos sólo se alcanzaba a ver su silueta levantando su brazo derecho para otorgar a los viajeros una última bendición colectiva que la doctora BB no percibió por tratar de forzar su memoria que, por las circunstancias ambientales y la traumática vivencia de esos días, entre los mismos protagonistas del conflicto armado, no podía arrojar luz sobre la identidad de esa mujer que había visto desaparecer detrás de una de las improvisadas casas del campamento. Durante el viaje de regreso, la doctora Bisturri demostró mucha destreza sobre la mula que montaba. Ella estaba acostumbrada a montar los caballos en la finca que su padre, y aunque las mulas son más tercas que los caballos, eran animales mejor adaptados a estoy viajes por la selva tupida. Un caballo, aunque más elegante, no tenía ese cuidado intuitivo de la mula, que rehusaba continuar en el recorrido, cuando percibía algún peligro, o situación extraña. Además, las mulas no daban el paso siguiente, hasta que no estuvieran firmemente ancladas en el terreno. Un largo viaje de regreso que la doctora BB disfrutó. Aunque no sabía mucho del sargento Carlos, empezaba a sentir la necesidad de saber algo más de él.

XIV

Mientras tanto, don Mariano y la comisión del gobierno central, el capitán Chuster acompañado de altos mandos militares y los delegados de la guerrilla se encontraban en negociaciones para darle una oportunidad a la paz en Boalonga. Entre la delegación también se encontraban miembros de la curia encabezados por el monseñor Caicedo. La reunión tuvo lugar en las instalaciones del club campestre y como fue planeada y mantenida en estricto secreto, la seguridad se redujo al mínimo para no llamar la atención de nadie. Todos los delegados llegarían de civil e informalmente vestidos, para dar más la impresión de ser miembros regulares del club que se reunían para las diversiones del fin de semana. La prensa no se encontraba entre los invitados, pero habría de ser informada más adelante. Esta era la primera reunión, donde las partes estarían discutiendo sus diferencias de la agenda política que pensaban, adelantaría un diálogo constructivo para establecer la paz en Boalonga. Don Mariano como representante del gobierno, dirigió la entrada de las diferentes delegaciones, y cadetes no uniformados, asignaban una silla a cada participante alrededor de la mesa. Cada delegación traía su ponente y una persona que tomaría nota por escrito, de lo discutido. Grabadoras electrónicas no eran permitidas, y para garantizar que el contacto con el exterior no se produjera, habían acordado desconectar los teléfonos celulares. Esta reunión era la primera de una serie que irían a intensificarse con el fin de promover un acercamiento entre el gobierno y la guerrilla, la cual ya había alcanzado dimensiones comparables con las del ejército nacional. Por la guerrilla hablaba Emeterio Orejuela 'el patriota' como lo llamaban sus hermanos, apodo que adoptó para el movimiento de oposición al gobierno de Boalonga, como sería identificado también por el ejército y la policía de Boalonga. Monseñor Caicedo quien estaba acostumbrado a bendecir cantinas, billares, hospitales, colegios y otros establecimientos públicos y privados con el objeto de pedir el favor de Dios para su prosperidad, se levantó, sin esperar a que un delegado del gobierno diera comienzo a la reunión, diciendo:

"Carísimos hermanos, somos afortunados al estar aquí reunidos con el fin de acercarnos para alcanzar la paz definitiva en Boalonga. Creo que antes de comenzar el diálogo por la paz, debemos empezar con una plegaria al Todopoderoso para que el espíritu de la bondad y la misericordia se haga presente en esta reunión. Roguemos pues al Todopoderoso..."

"Nosotros no hemos venido a perder el tiempo señor" se adelantó interrumpiendo Emeterio Orejuela 'el patriota'. "Aquí en Boalonga se ha perdido mucho tiempo rezando, y en plegarias que no han traído más que alienación mental y social" terminó diciendo.

"A Dios rogando y con el mazo dando" intervino don Mariano suavemente tratando de justificar las demandas de ambas partes.

"De esas dos alternativas, a nosotros solamente nos interesa el mazo; hacer y traer resultados que demuestren un cambio, lo demás es un insulto a la inteligencia" dijo 'el patriota', a lo que el monseñor Caicedo respondió con una pregunta un poco desafiante

"Es que ustedes, los llamados a mejorar las condiciones en Boalonga, ¿nos creen brutos a los clérigos?"

"Brutos no, por el contrario, muy capaces. Hay que ser muy sagaz para saber cómo manipular las mentes de la gente para mantener viva la agenda de conformismo que tiene la iglesia. Si fueran brutos no estarían representados en esta reunión" contestó uno de los guerrilleros que acompañaban su delegación y que estaba sentado junto a Emeterio.

Don Mariano, queriendo aclarar y justificar la presencia del monseñor en la reunión en forma calmada pero asertivamente dijo:

"La iglesia se ha ganado una legítima posición de confianza dentro de la comunidad del pueblo y del gobierno de Boalonga, desde la fundación de nuestra república. La iglesia representa a ambos, al pueblo y al gobierno legítimamente establecido."

"Acerca de la legitimidad del gobierno de Boalonga puede ser un punto válido de la agenda a discutir durante esta reunión, pero rechazamos contundentemente cualquier punto de la agenda que contenga rezos y prácticas religiosas, porque a eso no vinimos aquí" dijo Emeterio.

"Bueno" apeló don Mariano diciendo pausadamente, "sigamos adelante en forma tolerante con los puntos de la agenda, es decir... como esta reunión se planeó con carácter de sondeo y es la primera que tenemos, decidimos que el punto único de la agenda es el de escuchar las diferentes partes de este conflicto, o mejor dicho... de este proceso de paz, para ser más positivos."

"¿Qué expectativas tienen ustedes? ¿Qué esperan sacar de aquí?" preguntó monseñor Caicedo a los delegados de las guerrillas, sin dirigirse a ninguno en particular.

Se produjo una breve pausa que no se sabía si era porque la guerrilla tenía que pensar bien su respuesta, o si se produjo adrede para levantar el interés por la misma. Emeterio generó la respuesta que temían los del lado opuesto en la mesa de negociaciones. Con calma, pero seguro de lo que se exigía dijo:

"Como ustedes bien saben, nosotros nos movemos por todo el territorio de Boalonga a nuestras anchas. Controlamos regiones enteras que vigilamos y gobernamos de acuerdo a nuestras metas, y el gobierno no ha podido hacer nada para impedirlo. Para poder canalizar mejor nuestros recursos y maximizar nuestras operaciones queremos que el gobierno nos reconozca oficialmente una zona del territorio de Boalonga ya predeterminada por nosotros. Esta zona debe operar como un estado independiente y reconocido dentro de las fronteras oficiales de Boalonga. En ese territorio aplicaremos en forma práctica nuestras aspiraciones para todo el continente de Boalonga. Tendremos nuestra economía propia y nuestro sistema de organización social. La justicia aplicada en el territorio no podrá ser usurpada por el gobierno. El Gobierno oficial entrará en negociaciones con nosotros de la misma forma como establece relaciones diplomáticas con otras naciones del mundo, y nosotros como estado, tendremos la prerrogativa de establecer relaciones diplomáticas con cualquier nación que sea de nuestra conveniencia."

Los que escuchaban no daban crédito a este pedido tan descarado que hacían los miembros de la delegación de las guerrillas. Se miraban aterrados de tener que estar escuchando semejante petición tan desproporcionada, que de ponerse en práctica cambiaría por completo la historia y el mapa de

Boalonga. Don Mariano que escuchaba y con la boca abierta, no protestó, pero indagó con respecto a los límites que esperaban controlar.

"Los límites de esta zona de operaciones para nosotros las revelaremos más adelante, aunque ustedes ya pueden imaginarse el punto cardinal de importancia para nosotros, el cual representa aproximadamente una décima parte del territorio" adelantó Emeterio. "Ah, y para su información la zona tendrá salida al mar" puntualizó el vocero de la guerrilla como si hubiera olvidado algo importante para la identificación geográfica de la zona.

Monseñor Caicedo se sonreía nerviosamente pero divertidamente por las pretensiones de la guerrilla. El capitán Chuster reaccionó duramente, pero en forma controlada, diciendo

"¿Quiénes son ustedes para hacer semejante petición? Zánganos pretensiosos. Como vampiros le han estado chupando la sangre al pueblo y ahora sin esfuerzo alguno quieren país aparte, sin mérito alguno. No es, sino, que el presidente dé la orden y los mandamos a la mierda."

"Cállese ignorante imbécil" dijo casi enfurecido Emeterio. "Si estamos aquí es porque para mandarnos a la mierda no han tenido con qué, idiota. Nosotros controlamos este territorio porque hemos tenido con qué hacerlo, tenemos armas, inteligencia y el pueblo convencido de que una revolución es la única solución para salir de este callejón sin salida."

"Eso falta por verse si el pueblo realmente ve en una revolución de su inspiración la solución a sus problemas" interrumpió rápidamente don Marino.

"Se equivoca usted si cree que puede insultar y dudar de la suficiencia del ejército para combatirlos. Nosotros podemos llevarlos a todos ustedes de rodillas hasta la misma tumba" replicó el capitán Chuster perdiendo la cabeza y prendiendo la mecha de una explosiva carcajada de Emeterio y sus compañeros, provocando una catedrática respuesta por parte de Emeterio.

"La verdad capitán Chuster, es que muchos de nuestros muchachos conocen las tácticas del ejército, fueron entrenados por él y saben cómo usar las armas. Conocemos el monte como la palma de la mano y estamos acostumbrados a comer lo que la selva nos proporcione. Recibimos información de la guerrilla urbana y sabemos cómo financiar nuestras operaciones. Tenemos un ejército de más de doscientos mil hombres y mujeres, convencidos de que la lucha por la libertad es la única razón de su existencia en el paréntesis histórico que les tocó vivir. Ustedes tienen ciento cincuenta mil hombres, la mayoría reclutados en contra de su voluntad, a los cuales alimentan bien mientras que sus propias familias padecen de hambre. Nosotros tenemos un ejército motivado, en cambio ustedes tienen un ejército que no sabe ni para qué existe. ¿Le parece poco?"

El capitán Chuster hervía de la rabia por la insolente actitud del grupo guerrillero, pero antes de que pudiera reaccionar, Emeterio y sus compañeros expresaron el deseo de retirarse por una hora para darle delegación de oposición, la oportunidad de dialogar y elaborar, sobre una respuesta para las exigencias de la comandancia subversiva. Los grupos convinieron en reunirse una hora más tarde y los guerrilleros se retiraron del salón para discutir entre ellos. El capitán Chuster los observaba por la ventana, evaluando en ellos una actitud de tranquilidad, mientras daban profundas inhalaciones a sus recién encendidos cigarrillos.

El diálogo entre ellos lo empezó el capitán Chuster diciendo en forma desafiante:

"Ahí están esos cretinos tranquilamente fumando mientras chantajean al gobierno. Habrase visto semejante descaro y cinismo?"

"Eso demuestra que tienen mucha confianza y que están seguros de que su demanda será considerada seriamente" dijo don Mariano, a lo que el capitán Chuster contestó con desdén por la actitud del grupo guerrillero

"A esa exigencia no se le pone seriedad."

"Veamos" dijo monseñor Caicedo, "tenemos que manejar la cosa con mucha diplomacia. La guerrilla ya empezó con sus ataques a diferentes poblaciones y como dicen ellos, no hay quien los detenga. Quizá si concedemos la posibilidad de entregarles una zona de operaciones, podamos concentrarlos a todos en un mismo lugar y el gobierno, a través del ejército, pueda controlar mejor sus actividades."

"Sí, yo también lo creo conveniente" acentuó don Mariano.

"Par de huevones" murmuró el capitán Chuster, y continuando en forma ofensiva dijo:

"No entiendo cómo el ministerio pudo designar para estas conversaciones a un sacerdote corruptor de menores y a un político de pacotilla, tan flojo que hasta la misma mujer le pone los cuernos en su propia casa."

Don Mariano estaba ya de la coronilla con la actitud y los insultos de Chuster. Tenía que decir algo para dejar las cosas claras entre ellos, asegurándose el mutuo respeto. Era la única manera como podían continuar con las conversaciones formando un frente unido.

"Quiero recordarle capitán que usted es parte de la corrupción de la cual me acusa a mí. Además, no creo que su estúpido machismo y su fracasado orgullo de soldado incompetente, sea la mejor estructura que usted trae a esta discusión con gente que ha mostrado tener una mejor táctica militar, que la que usted ha demostrado. Quiero además recordarle que un día, usted mismo podría ser arrestado para comparecer ante el tribunal de derechos humanos, por la cantidad de crímenes que ha cometido, violando los derechos de muchos civiles. El que tiene el rabo de paja, mejor no se acerca al fuego, por si eso le da tres dedos más de inteligencia, señor 'estratega militar', ¿está claro?"

Monseñor Caicedo estaba acostumbrado a los insultos, y los del capitán Chuster no iban a sacarlo de quicio. Como si nada hubiese pasado y prosiguiendo con su argumento dijo:

"Yo creo que podemos asegurarle a la guerrilla que pasaremos una recomendación positiva a la presidencia para que ellos tengan su zona de operaciones. En primer lugar, al concentrarlos en un solo sitio podríamos vigilar su entrada y salida, garantizando un mejor seguimiento de sus intenciones. En segundo término, podríamos pensar que concentrarían la producción de coca en esa zona, lo que facilitaría mejor la posible fumigación de las plantas en el futuro, sin afectar los plantíos de los campesinos. También podríamos esperar que las familias de los guerrilleros vivan más unidas bajo estas circunstancias. Pueden formar escuelas y actividades normales para sus hijos que de otra forma estarían regados por el país sin localidad ni estabilidad."

"Qué romántico" dijo Chuster agregando "ahora los vamos a ayudar para que nos jodan más. Lo que tenemos que hacer es destruir a estos vividores que están haciendo de Boalonga un infierno. ¡Esto es ridículo!"

"Yo creo que, en principio, monseñor tiene razón. Los detalles técnicos deben ser aclarados con la guerrilla posteriormente" dijo don Mariano, quien le vio sentido a lo que estaba proponiendo el monseñor. Don Mariano pensaba que la guerrilla tenía que ser aislada como una enfermedad infectocontagiosa. Para él era como cortar un cáncer evitando de esa forma su propagación por el cuerpo entero. Si el problema se podía concentrar a una sola zona del país, el gobierno con ayuda del ejército podía controlarlos mejor. Era una buena propuesta que había que aprovechar, según monseñor Caicedo y don Mariano, ya que al confinarse voluntariamente los guerrilleros le otorgaban al gobierno más control sobre ellos mismos. Exaltados por la idea, votaron a favor dejando al capitán Chuster con un voto en contra. Según Chuster, la idea era políticamente desastrosa que comprometía la soberanía de Boalonga, dándole a la guerrilla una ventaja sin precedente. Era una victoria para la guerrilla de la cual el gobierno se iría a arrepentir. Pero tanto monseñor como don Mariano, consideraron que los argumentos del capitán Chuster tenían su fundamento en las emociones. Su orgullo de soldado se había herido y humillado. No había con qué detener esta derrota política y en eso todos estaban de acuerdo. Una hora más tarde la reunión continuó con la presencia de Emeterio y sus muchachos.

"Han llegado ustedes a alguna conclusión?" preguntó Emeterio.

"Hemos decidido llevar su sugerencia a la presidencia y por nuestra parte la hemos considerado plausible. Pero por supuesto esta designación de una zona cerrada para ustedes debe estar acompañada de ciertas condiciones" dijo don Mariano.

"¿Qué clase de condiciones?" preguntó uno de los compañeros de Emeterio. Monseñor Caicedo se adelantó a responder a esta pregunta diciendo:

"Desde este momento, hasta que el gobierno decida concederles la zona de operaciones, ustedes deben de abstenerse de sus avances bélicos contra las instituciones del gobierno. No más bombas contra la policía, las agencias del gobierno, los militares, y de ninguna manera un atentado contra la población civil. Los secuestrados en su poder deben ser entregados, todos, tanto los políticos como los civiles que tienen en su poder con el fin de canjearlos por guerrilleros, incluyendo a los que tienen secuestrados. Nadie más debe ser secuestrado. La vida, inclusive en estado de guerra, sigue siendo sagrada y ustedes conocen las exigencias ratificadas en la Convención de Ginebra."

"La Convención de Ginebra no la respeta nadie y por eso no nos preocupa" se limitó a decir uno de los guerrilleros. No hubo más reacción y la propuesta pasó sin más discusión, pero Emeterio agregó:

"Los secuestrados políticos no entran en esta negociación. Ellos seguirán siendo utilizados como material de canje por los compañeros que el gobierno tiene en las cárceles comunes. Nos negamos a aceptar que se les trate como delincuentes y no se les reconozca la condición de combatientes, aunque sean disidentes. Ellos como nosotros pertenecemos a un ejército de insurgencia y como esto es una guerra declarada, exigimos que se nos trate como soldados combatientes, si quieren honrar la declaración de Ginebra. No somos terroristas solamente porque nos oponemos al gobierno. Si el gobierno no nos reconoce la condición de combatientes, nos obligan a utilizar los mismos recursos. Consideramos que mientras nuestros compañeros no sean tratados como combatientes están en condiciones de secuestrados."

"Eso es una cuestión de interpretación" dijo el capitán Chuster.

"Esa es nuestra interpretación" contestó inmediatamente Emeterio.

"Entonces, ¿tenemos que aceptar que el gobierno es una agencia de secuestros, según ustedes?" preguntó desafiante el capitán Chuster.

"Mientras estén violando la Convención de Ginebra, señor" dijo Emeterio dirigiendo su mirada al monseñor Caicedo, "este gobierno es una agencia de secuestros, como usted lo dijo capitán. Al pueblo de Boalonga lo tienen secuestrado y amenazado constantemente con tácticas administrativas inhumanas. Para darle un ejemplo...cada año miles de personas tienen que pagar impuestos prediales por construcciones ficticias que sólo se ponen sobre el papel, pero que después no se adelantan. Las personas que protestan por esta explotación y no quieren pagar, o mejor, no pueden pagar, se les amenaza con embargarles las viviendas. Así pagan, con dificultad algunos, y a los que no pueden se les quitan sus viviendas para así quedarse en la calle. Esos son robos planeados por los burócratas que pasan a la impunidad. El pueblo de Boalonga no tiene recurso para defenderse de estos abusos oficiales. Por este ejemplo y muchos más, creemos que el gobierno maneja una agencia de secuestros."

"Eso también es una cuestión de interpretación" argumentó el capitán Chuster.

"Esa es nuestra interpretación. Por eso existimos como guerrilla. Porque cuando un pueblo se siente oprimido por la forma de estado que eligió, hay que cambiarlo por uno mejor" corroboró de nuevo Emeterio.

"Entonces usted está sugiriendo bajo ese principio, un ciclo constante de reemplazo constitucional, eso es violento" intervino don Mariano.

"No, si el pueblo tiene recursos de apelación. No, si hay un sistema que imparta justicia imparcialmente. No, si las leyes y los decretos se despiden con el objeto de proteger y beneficiar a la comunidad entera y no para beneficiar la explotación y el enriquecimiento personal de unos pocos, a costillas de la población en general. No será así, en un lugar donde todo el pueblo tenga acceso a la educación para que pueda funcionar como una democracia constitucional legítima. Pero cuando se llega a un estado constrictivo, la historia de la humanidad se repetirá. La respuesta del pueblo es una revolución, un cambio de estructuras para garantizar la paz y la democracia" respondió Emeterio.

"Y…. ¿qué papel juega la cocaína en todo este discurso de la revolución democrática?" preguntó el capitán Chuster quien no simpatizaba en lo absoluto con la retórica guerrillera. Emeterio le contestó al capitán con cierto aire de desprecio, lo que cualquier estudiante de bachillerato podía deducir por su propia cuenta.

"Todo mundo sabe que es el arma química más poderosa que tenemos. Nuestros enemigos la consumen en su carrera por autodestruirse. Nosotros se la suministramos y ellos nos pagan por ella. Es claro que nos proporcionan las finanzas para la adquisición de las armas que necesitamos al tiempo que se destruyen ellos mismos. Es una táctica de guerra muy conocida."

"Eso es patético" dijo monseñor Caicedo en voz baja sin que sus palabras pasaran por desapercibidas.

"No se haga el inocente señor" dijo Emeterio. "Permítame recordarle que los puritanos exterminaron millones de indios dándoles cobijas que ellos sabían estaban contaminadas con el virus de la viruela, al mismo tiempo que aparentaban hacer obras de caridad en su favor. En los tiempos modernos, las iglesias puritanas animaron a sus miembros jóvenes, para que se sometieran a experimentos con el fin de desarrollar armas bacteriológicas basadas en el virus de la viruela y el ántrax, para así eludir el servicio militar. Nosotros les estamos vendiendo algo que ellos buscan y desean y conocen bien, pero los indios, ni siquiera sabían lo que estaban recibiendo. En el fondo todas las armas son de origen químico o bacteriológico. Aquí nos fumigan con químicos y hasta están discutiendo la posibilidad de usar un hongo… ¿Cómo es que se llama el hongo aquel, Carlos?"

"Fusarium oxysporum" respondió Carlos.

"Eso, eso. Carlos es el experto en recordar esas palabras raras… Como pueden ver, básicamente casi todas las armas que se usan en la guerra moderna son químicas. La bomba atómica es un arma química de destrucción masiva, o ¿acaso se la van a tirar a una persona solamente?" terminó preguntando Emeterio.

"¿Qué responden pues con respecto al secuestro de niños y personas comunes?" preguntó monseñor Caicedo. "Eso tiene que acabarse definitivamente" enfatizó monseñor.

"Esa pregunta se la tiene que hacer a la delincuencia común. Ellos han descubierto una manera de hacer dinero rápido. Por supuesto es subjetivo y algo que no toleraríamos en una república redefinida después de la revolución. Por lo pronto nosotros no podemos hacer mucho para impedirlo. No somos la policía de Boalonga" contestó Carlos el compañero inmediato de Emeterio.

"Creo que es una respuesta hipócrita de su parte" acusó el capitán Chuster a Carlos. "Sabemos que ustedes le 'compran' esos secuestrados a los delincuentes cuando han apresado a una persona que es de interés para ustedes. Han hecho del secuestro un verdadero negocio, y eso tiene que acabarse de una vez por todas si quieren dialogar con el gobierno."

"La gente vale por lo que tiene y por lo que puede ofrecerle a otro. Es la ley del intercambio comercial" contestó Emeterio sin elaborar.

Don Mariano también puso como condición que abandonaran la práctica de ponerle cuotas a la gente en las haciendas y en las ciudades, a la gente que manejaba negocios o que devengaban salarios por la suerte de tener un trabajo. Los guerrilleros insistieron que todos en Boalonga tenían que contribuir con la revolución.

"Con eso la revolución se convierte en una inversión de todo el pueblo" decían.

"Definitivamente tenemos que llegar a un acuerdo para darle fin a las hostilidades. Hay mucha gente que se está desangrando en esta región. Su economía va de mal en peor, no hay inversión extranjera que podría darle mucho trabajo a los ciudadanos de Boalonga y el país luce por la ausencia del turismo" dijo don Mariano.

"La inversión extranjera y el turismo se pueden quedar en sus respectivos países. De nada nos sirve la presencia de los extranjeros con muchos dólares si los criollos de Boalonga no pueden comerse la yuca que produce su propia tierra. La reforma agraria que queremos hacer en Boalonga será radical. Al campesino se le devolverán sus tierras y crearemos un sistema de salud para todos y un aparato educativo que nos mantenga preparados en forma práctica, para poder ofrecer un servicio real al pueblo. Bueno, de todos modos, esto, tendremos la oportunidad de explicarlo más adelante cuando pongamos la agenda política al frente de ustedes en futuras reuniones."

Para los presentes en el intercambio, muchas de las propuestas de la guerrilla hacían sentido. Todos eran conscientes de la necesidad de mejorar las condiciones sociales y económicas del país, pero las clases gobernantes pensaban que después de esa proclamada revolución se les iría a despojar de sus propiedades y privilegios. Reformas sí, pero ¿cómo? Los políticos de Boalonga no encontraban la fórmula y las propuestas guerrilleras eran inaceptables. El proceso exigiría un cambio total de la estructura política y económica que hasta este momento había sido muy propicia para las clases dirigentes y para la comunidad internacional, que tenía intereses económicos ya creados en Boalonga. Para todas las partes una negociación pacífica parecía imposible. Para todas las partes una guerra era un riesgo muy grande porque todos los involucrados eran vulnerables y todos perderían. Tanto el gobierno de Boalonga, como la guerrilla que operaba en su amplio territorio, sabían que la guerra iría a ser un recurso al que se sentirían forzados, si las partes no cumplen con el proceso de paz, así delineado. Con una creciente clase pobre, mantenida como un dique de contención, cuyas compuertas podían manipularse para liberar sus fuerzas, los organismos internacionales de poder manipulaban las clases privilegiadas de Boalonga, como marionetas al servicio de los canales financieros mundiales. El juego era sencillo. Las bancas dominantes, que querían centralizar las riquezas tenían en Boalonga una casta élite bien remunerada, para que garantizaran el flujo de las riquezas hacia el exterior. Esta misma casta era chantajeada en el sentido de que se les negarían préstamos necesarios para mantenerse y operar a Boalonga como un negocio, si no cumplían con medidas represivas contra las clases trabajadoras, camufladas como ajustes estructurales necesarios para mejorar sus economías. Una superpoblación alienada sin educación, proporcionaba la mano de obra barata, que garantizaba el flujo de riquezas hacia el exterior y masificaba los intereses de la iglesia. La guerrilla entendía muy bien que, si lograba hacer girar a las multitudes ciento ochenta grados, éstas se movilizarían en favor de una revolución. Para eso la guerrilla tenía que realizar un trabajo educativo sin precedente, si quería influenciar el futuro de Boalonga. Era obvio que participar en las elecciones garantizaría un cambio, pero, ¿cómo se podían evitar los fraudes electorales muy frecuentes y conocidos en este hemisferio? ¿Qué quedaba por hacer, cuando a las puertas de Boalonga se encontraban contingentes de soldados extranjeros listos para combatir a las guerrillas, junto a los militares del capitán Chuster, para prevenir así un cambio socioeconómico en la región? Combatir el narcotráfico era el justificativo que esgrimían las fuerzas multinacionales para la intervención en Boalonga, pero el monto de las armas y la inversión económica apuntaba claramente, que su verdadero propósito era derrotar a las fuerza insurgentes de la región.

Los delegados de la guerrilla sabían que sus pretensiones de obtener parte del territorio, para convertirlo en una nación aparte, revolucionaria, nunca iba a suceder. Lo que sí pudieron demostrar era que, el poder civil y religioso, consideraron la idea como apropiada. La guerrilla se equivocó, creyendo que don Mariano y el monseñor Caicedo habían accedido a la demanda, por inocencia frente a la asertiva guerrilla. La reunión fue una burla que, disgustó mucho a los militares, y de donde salió Chuster echando chispas por la pérdida de tiempo. Pero la paz era considerada por todos, seriamente. La doctora BB y Carlos empezaban a ver su futuro en una Boalonga libre de violencia.

XV

L a confusión ideológica en Boalonga era casi total. El pueblo no quería comprometer su libertad ante la posible toma del poder por una dictadura popular que no les había demostrado claras y definidas rutas políticas y económicas a seguir. Todas las actividades de la guerrilla habían pasado, etiquetada por la prensa como insurgencia política, criminal y terrorista. Guerrilleros y estudiantes que fueran capturados eran torturados y maltratados por el ejército. Otros eran asesinados o mantenidos en reclusión por años sin que se les abriera un expediente judicial que los hiciera responsables de algún crimen específico. Eran detenidos por protestar.

La guerrilla empezó a responder con actos que los ponían al margen de la ley, cometiendo crímenes innecesarios que desvirtuarían su credibilidad. Los campesinos sufrían las consecuencias del mal trato por parte del ejército, si pasaban información a la guerrilla, y ésta ajusticiaba a los mismos, si pasaban información al ejército. Este conflicto era llevado sobre los hombros de la población en general y especialmente sobre los campesinos. Sumando las actividades del narcotráfico que también fue tolerado, y al cual se le permitió operar casi sin restricciones, las castas de apellidos colados por los delirios del dinero, empezaron a sentir cómo sus nombres eran sustituidos por los populares apellidos de la delincuencia, que había nacido como resultado del tráfico de la cocaína. Sin embargo, a veces se escuchaba de personas y de familias enteras, que antes respondían a la esquizofrenia de grandeza, involucradas ellas mismas en el tráfico de drogas. De esa manera pensaban corregir el adverso curso económico por el cual pasaba Boalonga, para que les permitiera seguir manteniendo el lujo de una vida zariana en la región.

Las clases altas de la sociedad de Boalonga pensaban que como la ley era para los de ruana, el brazo de la justicia que estaban acostumbrados a manipular nunca los iría a alcanzar. Un asesinato, producía una reacción en cadena de venganzas criminales que parecía imposible de detener. Boalonga se encontraba en el proscenio del espectáculo mundial. Había llegado el momento de demostrar, quién levantaría más alto el bíceps braquial para asestar el golpe más convincente, es decir, la aplicación de la ley del más fuerte. La gloria inmarcesible y el júbilo inmortal, eran las fantasías de una virgen nacida en los albores de Boalonga, que ahora se marchitaba, sin la majestad soñada por sus poetas, para encontrarse con la triste realidad de una patria convertida en un cementerio sobre, cuyas lápidas, las generaciones del futuro empezarían a soñar de nuevo. Esta tierra de Boalonga, por la que corrían caudalosos ríos que irrigaban todos los rincones de su geografía, llevando los nutrientes a cada una de sus células, no encontraría el descanso añorado, hasta que el irracional consumismo global no trazara su pendiente, por debajo del nivel de la rapiña, para así darle a sus gentes la herencia que les hiciera sentir el honor de haber nacido sobre su suelo. Boalonga no debía olvidar la máxima de sus aborígenes, quienes recordaban que la tierra había sido un préstamos de sus hijos. Es por eso, que Boalonga debía preparar la cuna de su descendencia, cada vez en mejores condiciones. Hasta cuando la cuna supere la de sus antepasados en dignidad y valor, Boalonga no parirá sus hijos con regocijo. De otra forma, los dolores del parto se convertirán en el abono olvidado, para hacer crecer las riquezas que extraños segarán, sin haber participado de la siembra.

Los miembros de la delegación guerrillera, habían salido del encuentro, engañosamente reforzados en su identidad como organización armada. Don Mariano y la delegación que representaba el poder civil de Boalonga, pensaban con ingenuidad, que los mismos guerrilleros habían encontrado la fórmula para apaciguar el conflicto, para así poder vivir respirando un poco de paz. Los miembros de la curia con monseñor Caicedo a la cabeza, pensaban que no tenían nada que perder ni ganar. Cualquier cosa que pasara aquí, y cualquier generación al frente de este sistema, estaría sometida a las enseñanzas y adoctrinamientos que empezaron hacia quinientos años atrás. Nadie iría a cambiar esa condición espiritual y religiosa en la gente, que la hacía cautiva de una esperanza virtual.

El capitán Chuster, terco y mecanizado por los genes de sus antepasados, creía en la guerra como la única fórmula de paz ofrecida por los representantes del estatus quo. Despreciaba a los políticos débiles por sus opiniones ingenuas que los convertían en demagogos ilusionistas del pueblo. Chuster era la típica semilla del dictador. A los políticos los consideraba, equivocadamente, un tropiezo para darle solución a los problemas, que podían eliminarse rápidamente por medio de la fuerza. Con la ayuda de las fuerzas y la inteligencia extranjera, el Blitzkrieg abriría los caminos para una nueva Boalonga limpia de opositores. Desde el momento en que salieron del encuentro con la guerrilla, el capitán Chuster empezó a maquinar la desaparición de don Mariano. Chuster pensaba que don Mariano era uno de tantos políticos tradicionales que se chuteaban los puestos públicos entre ellos, como si estuvieran inscritos en una lista de turno. Eso, no era lo que en realidad le molestaba. Chuster quería ver a Mariano completamente fuera de su vida para poder hacerla suya con Rosa María. Mientras Mariano estuviera atravesado, Rosa María no iba a dejarlo para irse con él. Además, Rosa María era una mujer suficientemente liberada como para caer en ese sofisma de que 'si de veras me amas lo dejarías' para irse a vivir con él. Eso no funcionaría con Rosa María. El sabía que Rosa María se iba a la cama con él no porque cayera en la estupidez de la pruebita de amor, sino porque ella así lo quería. Por otro lado, don Mariano sabía mucho acerca de la vida de Chuster como soldado, y éste sabía de los abusos de carácter insidioso cometidos por aquel que estaba dispuesto a hacer cualquier cosa por ejercer el poder y mantenerlo. Ninguno de los dos se sentía seguro del otro, ya que cada uno podía chantajear al otro con facilidad. Don Marino y el capitán Chuster fueron una vez cómplices en los más inicuos crímenes contra la humanidad. Cuando Chuster todavía era un cabo en su carrera militar, mantuvo guardia por órdenes de don Mariano alrededor de una iglesia protestante mientras sus miembros se encontraban adentro, practicando las actividades de su culto religioso. Mariano había dado las órdenes de matar a cualquier persona que saliera de aquella iglesia con la intención de salvar su vida de morir quemada. Había ordenado prenderle fuego a la iglesia con todos sus feligreses en ella. Los que trataron de escapar del fuego, no pudieron eludir las ráfagas de balas que les esperaba bajo las órdenes de Chuster. Este tipo de asesinatos fueron ordenados directamente por don Mariano y se cometieron en muchas zonas de Boalonga, no contra protestantes solamente, pero contra opositores políticos. Boalonga parecía un territorio de fantasía, totalmente al margen de una sociedad que se creía civilizada, en un mundo paralelo que ignoraba la existencia de los derechos de la humanidad. Boalonga, era como una región gobernada por un jardín de infantes, que se gritaban unos a otros apasionadamente para proteger sus juguetes. El retraso de Boalonga, solamente puede atribuirse a la inmadurez de este grupo de gigantes apasionados, con mentalidad de párvulos perdidos en un platanal.

La persecución iniciada con el fin de exterminar la acción religiosa de las iglesias cristianas protestantes se hacía con el beneplácito de monseñor Caicedo, quien recibía el apoyo de la curia y el populacho fanático, el cual nunca se tomaba el tiempo para reflexionar sobre la asunción de la responsabilidad personal, y que los valores y los principios de la decencia no se comprometían para satisfacer las ambiciones de una iglesia corporativa o de cualquier otra institución política, de la que se sea miembro. No era pecado matar protestantes ni afiliados al partido político tradicional de oposición, era la predicación descarada y sin escrúpulos que se promulgaba desde los púlpitos y que las masas acataban sin criticismo alguno. Don Mariano fue testigo de cómo años más tarde el ascendido de rango capitán Chuster, mató a cuatro estudiantes universitarios propinándoles certeros disparos de bala a la cabeza, privándolos de sus vidas después de haber sido atados por la espalda y golpeados brutalmente con garrotes. Estos dos hombres cometieron muchos crímenes juntos que, con el tiempo, los distanciaba cada vez más, uno del otro.

La evolución del cerebro humano dejó atrás muchas de las costumbres barbáricas de los cavernícolas. Sin embargo, el desarrollo de las capacidades creativas del cerebro, tiene su base en la necesidad de sobrevivir, convirtiéndolo así en una terrible máquina programada para la ejecución de los crímenes más abyectos e imaginables.

Hoy se cometen genocidios que se ocultan por la forma de su ejecución. Al exponerse el genocidio, solamente, con imágenes de multitudes asesinadas, se oculta que, negarle la educación a una sociedad marginada por la pobreza, o por su origen étnico, o religioso, se le están sustrayendo las herramientas básicas para su supervivencia. Con el correr del tiempo, esa población, discriminada sistemáticamente, desaparece, habiéndose cometido un genocidio. Los gobiernos de Boalonga asesinaron en las últimas cinco décadas millones de personas, y continúan con el exterminio masivo de multitudes que, no reciben educación y están fuera del perímetro protector de un sistema de salud pública y de vivienda. Un gobierno solamente puede justificar su existencia cuando vela por los servicios necesarios reclamados por toda la sociedad que los eligió en el poder. Los gobiernos de Boalonga han fallado grotescamente en ese cometido. No se ven en esta función. La incapacidad de sus gobernantes de interceder por el mejoramiento social de sus pueblos, los convierten en gobiernos genocidas y terminan creyendo que Dios los puso en el poder para dirigir Sus designios. Los pueblos de Boalonga no pueden seguir pasivamente viendo cómo son diezmados por gobiernos de derecha o de izquierda para convertirse en imberbes, pasando a sus muertos al olvido, o reviviéndolas en estadísticas impersonales, estériles para la población común, y solamente interesantes sin emotividad, para el historiador. Boalonga tiene forma de esfera, y su radio es la misma, no importa en qué lugar de la geografía se camina, para encontrarse con una especie, cuyo narcisismo está determinado por el mapa, pero que no es diferente en su definición.

"La muerte de una persona es una tragedia" dijo José Stalin, y "la muerte de un millón es una estadística." En el fondo cada régimen dice creer que está pagando un precio muy alto por su libertad, cuando lo que está haciendo es llevar la pesada carga de la culpabilidad. Las acciones de la revolución no pueden ser, las de la opresión. Las revoluciones deben nacer del anhelo vehemente de poner en práctica el conocimiento, que con sufrimiento ha adquirido la humanidad. Las revoluciones deben evolucionar en su estructura dentro del contexto cultural y geopolítico. Deben autoevaluarse en forma continua, para producir mejores resultados cada vez, mejorando los servicios a la comunidad. Las revoluciones nunca deben tener otra inspiración más, que la de la misma libertad, y por ningún motivo deben llevarse a cabo inspiradas en recetas filosóficas y creencias que tengan que ser forzadas sobre los pueblos. Las diferentes etapas de la evolución socio-económica de la humanidad deben, si es que existen, venir en forma natural sin aplicar el torque de la violencia. Si concebimos al capitalismo como una etapa en la organización económica y social de la humanidad, que tiene que pasar para dar a luz a otras formas de vida civilizada, habrá que dejar que eso suceda sin hacer revoluciones que se confunden con la criminalidad. Cada descubrimiento científico, es parte de un proceso revolucionario, que describe la forma de nuestra espiritualidad. La libertad que proclaman algunas naciones, y que han alcanzado por la imposición violenta de su voluntad, o por el ejercicio de la explotación y el saqueo, victimizando a su paso a otras naciones más débiles, no es libertad. El uso de la fuerza política o militar con objetivos de explotación, saqueo y exterminio bajo el amparo de la tan proclamada libertad, le quita el valor universal a la misma. Destruye su misma esencia y crea más conflicto, en un círculo vicioso de guerra y paz. Una frustrante ciclo, que busca satisfacer las necesidades de la economía. Por eso, Boalonga sabe que la guerra es un negocio. ¿Podrá salir de ese ciclo? ¿Podrá romper su cadena?

"La libertad para qué?" se preguntaban muchos en Boalonga. "Para aguantar hambre" es la anticipada respuesta que gesta el descontento y la violencia. Las bombas revolucionarias en Boalonga suenan más alto que las voces de sus pueblos hambrientos. De alguna forma tienen que ser escuchados, aunque la protesta legítima en contra de una explotación ilegítima, se acabe por sancionar como terrorismo. El cese de las hostilidades eventualmente llegará a dar a Boalonga una tregua cargada de resentimientos. La tregua no será más que un resorte histórico que almacena la energía de la frustración de los pueblos explotados en su dignidad y riquezas, y la humillación de los derrotados con sed de venganza. Esa energía vendría a ser liberada de nuevo en la guerra que sería asumida por las generaciones posteriores, para continuar con el ciclo de la destrucción y la violencia.

XVI

Mientras los jinetes cabalgaban a lomo de mula por la trocha, la doctora Bisturri recordaba al cura Espíritu Santo a quien le gustaba citar las palabras de Jesucristo en sus sermones a los campesinos y guerrilleros.

"Conoceréis la verdad y la verdad os hará libres" decía. Es la libertad de pensar la que nos conduce a la verdad y la verdad nos impulsa a expresarnos con libertad sin temor a la represalia. La libertad de expresión nos conduce a la libertad de la acción. El derecho de actuar de acuerdo al conocimiento que cada uno tiene.

"Para fortalecer una democracia y verla florecer, es necesario educarse" enseñaba Espíritu Santo. "Los gobernantes de Boalonga le tienen miedo a la educación. Saben el poder que tiene la posesión del conocimiento y la transformación que puede experimentar una persona al tenerlo. Una persona educada tiene la capacidad para hablar y debatir, si es necesario. Una persona con conocimiento no es un reflector de las ideas de otros, pero puede llegar a un consenso inteligente por el bien común sin dejar sus principios fundamentales a la deriva de la manipulación de otros."

"Ojalá" pensaba la doctora BB, "un día podamos vivir como gente respetuosa de las ideas de los demás. ¿Será posible? En un mundo donde los pensadores están en busca de la verdad, y cuando la encuentran, solamente es su verdad. Cada uno posee la verdad absoluta, según la fuente de su preferencia. La verdad se desploma, cuando se somete a la evidencia. La verdad absoluta se torna relativa. Deja de tener su valor temporal cuando se examina en el campo de batalla, para surgir entendiendo su relatividad, o para hacer más absoluta la verdad que se acariciaba como tal. Las ideas vienen y se van como llevadas por el viento. La lucha por la imposición de ideas ha acompañado a la humanidad desde el momento de su origen..." Los pensamientos de la doctora BB se iban esfumando para encontrarse con la imagen de aquella mujer que no pudo reconocer al salir del campamento. Aun cuando le intrigaba la identidad de esa mujer, la doctora BB hubiera querido mejor concentrar sus energías en el regreso a su clínica. Sin embargo, algo le decía que había hecho un descubrimiento importante. La mujer que había visto había dejado caer sobre una mesa de madera improvisada un bolso empacado como si fuera a emprender un viaje. "¿Sería otra mujer secuestrada como ella para prestar algún servicio importante?" pensaba la doctora Bisturri. "¿Hacia dónde la llevarían? No había mulas cercanas más que las que llevaban ellos, pero había visto un Jeep" pensaba como tratando de entender la situación. Seguramente habían pasado varias horas cabalgando antes de que la doctora BB escuchara al sargento Carlos dar la orden para detener el viaje.

"Nos vamos a quedar aquí un rato. Nos acaban de avisar que por la vereda que tenemos que pasar hay una patrulla del ejército que tenemos que evitar. Mientras tanto aprovechemos para descansar hasta que pase el peligro" dijo el guerrillero. Todos desmontaron sus mulas y tomaron posiciones estratégicas alrededor del paraje mientras descansaban sin pronunciar una sola palabra. Era difícil ser vistos en la oscuridad de la noche en la selva, pero con binoculares infrarrojos se podían detectar los cuerpos por el calor que emiten. Así que decidieron mantenerse a una distancia prudente de la vereda. Se separaron una distancia definida para no acumular calor concentrado en un punto de la selva. Cada uno cuidaba de su propia mula. No se anticipaba ningún encuentro con el ejército si se mantenían a la distancia indicada por el informante, que mantenía contacto por radio con el sargento Carlos. La doctora BB se acercó al sargento mostrando evidencias de nerviosismo.

"Qué pasa, nos van a atacar?" preguntó alteradamente.

"No creo" contestó Carlos, "pero si no baja la voz nos pueden oír hasta en la capital, y ahí si nos va mal."

La doctora BB estuvo en silencio por un breve instante. Con un sentimiento de frustración y curiosidad se dirigió a Carlos preguntándole:

"Cómo puede una persona como usted mantener la calma sabiendo que se encuentra en el oficio más peligroso que existe?"

"La verdad es que su pregunta es muy difícil de contestar" dijo Carlos.

"Pues empiece por algún lado" dijo la doctora BB con voz sueve para evitar un distanciamiento.

"Déjeme empezar preguntándole doctora, ¿cuál dijo usted es el oficio más peligroso que existe?"

"Pues este, de guerrillero, tratando de combatir al gobierno para destituirlo, ¿no le parece?"

"Sí, es una manera de verlo" dijo Carlos, y continuó diciendo, "pero todos tenemos una historia que nos motiva, como la que usted le escuchó a Adela."

"Y a usted qué le pasó?" preguntó la doctora BB

"Sólo le diré que mientras tenga esta AK-47, no me volverá a pasar nada. Esta me garantiza mi liberación" respondió Carlos.

"Si nadie tuviera armas, la vida sería más segura, ¿no le parece?"

"Estoy de acuerdo" contestó Carlos, "pero desafortunadamente ese no es el caso. Hay gente que, con ponerle un arma en la mano o un uniforme con insignia, ya cree que tiene poder ilimitado. Inclusive, un sencillo ejemplo lo ilustra: observe cómo abusan los porteros en un hospital. Se les ha dado el poder de cuidar la puerta y miren cómo lo usan. Dejan entrar solamente a los que ellos quieren, o se las arreglan para dejar pasar a aquel que les ofrece una propina. La puerta es poder. Ese portero no se ve como prestando un servicio al público. Ve la puerta como un instrumento de poder, que le da la oportunidad de sentirse alguien mejor y hacer acepción de personas."

"Y en sus manos ese fusil ¿no le da a usted poder del que puede abusar?" desafió la doctora BB.

"Con esta arma le quito el poder a otro para que abuse de mí. Por lo menos neutralizo a un torturador potencial, y si tengo que usarla salgo liberado y con mi dignidad intacta, sin importar el resultado del encuentro" dijo Carlos con una expresión de seguridad interna.

"Eso quiere decir que usted no tiene miedo de morirse, ¿verdad?"

"Más miedo tengo de vivir esclavo, explotado y torturado y si hay Dios, como dice el cura, me mandaría al infierno por no defender mi libertad. Usted puede someter a un animal, pero nunca a un hombre. La tortura nunca ha cambiado las convicciones y creencias del hombre, pero sí le da más fuerza para combatir la injusticia y el abuso. De eso, doctora, puede usted estar segura" enfatizó el sargento Carlos con el puño de su mano derecha cerrado indicando que su obligación personal no era negociable.

La doctora BB percibió una profunda convicción por parte de Carlos, y aunque ella no compartía la opinión del guerrillero, respetaba su cometido por la causa que era el objeto de su lucha.

"Sargento, ¿quién era esa mujer que estaba en el campamento detrás de aquella casa junto al Jeep? La vi antes de salir y tengo la impresión de que la he visto en alguna parte" preguntó la doctora BB aprovechando el emotivo intercambio con el sargento Carlos.

"Todo el mundo la conoce en Boalonga, doctora. Si la vio, ya tiene que saber de quién se trata, ¿no le parece?"

"Pues hay algo en la memoria que me falla, sargento, no la reconozco y estoy confundida" replicó con sinceridad la doctora.

El sargento Carlos hizo una pausa, y mientras pensaba, recibió el corto mensaje por radio indicándole que, la patrulla que estaba vigilando la vereda, se había ido sin novedad y que el terreno estaba despejado para continuar el viaje, inmediatamente. El guerrillero pasó el anuncio a sus cuatro compañeros que inmediatamente se alistaron para continuar el viaje montando sus cabalgaduras sin dilación. La doctora BB montó su mula con la ayuda del sargento Carlos, quien al mismo tiempo aprovechó para decirle al oído como para que sus compañeros no lo oyeran

"Esa mujer es Isabel Estrada"

La doctora BB tuvo que contenerse, liberando la energía del grito que iba a dar apretando con su mano izquierda a Carlos, de tal manera que dejó las marcas de sus uñas enterradas en el antebrazo derecho del sargento guerrillero, quien reaccionó sujetando firme, pero suavemente la muñeca de su mano, al tiempo que le indicaba con tranquilidad que aflojara el puño. Las huellas de las heridas dejadas sin intención, por la doctora Bisturri, le produjeron un dolor que le recordaba las torturas por parte de la policía estatal cuando era estudiante años atrás. Las heridas habían dejado una sensación de quemaduras, que le trajeron a la memoria sus verdugos cuando apagaban las colillas de sus cigarrillos sobre sus genitales. Fueron los momentos más dolorosos y humillantes de su vida como estudiante. Desde muy joven había aprendido que la libertad de la ideas y de expresión, podían terminar incomprensiblemente en actos de vilipendio, que atentarían contra la dignidad e integridad de la gente.

La doctora BB presintió que algo terrible había pasado por la mente del sargento Carlos, y le dijo:

"Le ruego que me excuse sargento, no fue mi intención herirlo ni excederme en mi reacción."

El sargento guerrillero sostuvo suavemente por unos instantes las delicadas manos de la doctora BB. Hacía por lo menos tres años, desde que su misma novia fuera alcanzada por una bala oficial durante una manifestación de protesta callejera, que no había sostenido en sus manos las manos de una mujer.

"No se preocupe" contestó Carlos, y en forma de chiste continuó diciendo "con esas uñas puede ganarse la revolución."

La doctora BB le devolvió el comentario con una sonrisa, con la esperanza de que estuviera hablando de la revolución que tenía que experimentar de nuevo en su corazón. Carlos montó su mula y encabezando el viaje por el espeso camino selvático de herradura, continuó al mismo paso acostumbrado. Lo seguían en la fila dos de sus compañeros, la doctora Bisturri y los otros dos hombres a la retaguardia. Carlos le había revelado el lugar donde tenían secuestrada a Isabel Estrada. Toda Boalonga estaba preocupada por el paradero de esta mujer comprometida con la política del país. No tenía afiliación alguna con la guerrilla, pero tenía ideas de transformación social y económica para Boalonga, que pusieron a las clases altas a pensar que, ella tenía una agenda de izquierda que rompería con el estatus quo de la región. Además, se había candidatizado para la presidencia de Boalonga, lo que parecía para las clases conservadoras y machistas, una insolencia insoportable. Isabel Estrada había denunciado públicamente y con nombre propio, los abusos de poder perpetrados por algunos políticos de Boalonga, que entre otras muchas cosas transferían dineros públicos a las cuentas de los colegios privados de sus hijos para pagar sus matrículas y mensualidades. Trabajaba a favor de una agenda educativa y de salud al alcance de cada ciudadano. Eso demandaba inversiones que canalizarían dineros oficiales para mejorar los servicios duraderos más importantes para la población. Con el tiempo y el agresivo avance de Isabel Estrada, ésta se convirtió en el candidato favorito de las masas para ejercer el poder ejecutivo de Boalonga. Isabel Estrada recibió varios mensajes con amenazas de muerte si no desistía de su agenda política. En una ocasión le hicieron varios disparos con arma de fuego que evidentemente tenían la intención de amedrentarla para que tomara en serio las advertencias de la clase política de Boalonga, y renunciara a las ideas populares del cambio social-democrático que promulgaba con tanta pasión. Debía renunciar a la candidatura presidencial y desaparecer definitivamente del panorama político si quería vivir en paz con su familia. El extremo del acoso llegó cuando se encontraba junto a su esposo y sus hijos en uno de los restaurantes más exclusivos de Boalonga. A medida que iba consumiendo el alimento, las palabras 'Lárguese o Muera' aparecían claramente escritas en el fondo del plato sobre el cual le habían servido. Casi instintivamente puso su servilleta sobre el plato para ocultar el mensaje y le pidió a su esposo que pagara la cuenta porque quería salir del lugar inmediatamente. Cumpliendo con las órdenes de la administración del restaurante, el mesero les indicó que la cuenta les llegaría más tarde y que salieran del lugar sin demora. Fue la cuenta de la sala de emergencia que les llegó más tarde, después de que la familia fuera atendida en el hospital por una severa intoxicación, como resultado de haber ingerido alimentos contaminados con la bacteria de la salmonela. Isabel Estrada asoció la intoxicación con su visita a ese restaurante; estaba convencida de que era una clara advertencia para que tomara en serio las amenazas proferidas contra ella. Para este personaje, tan incómodo para el establecimiento político, aunque nunca había transgredido la ley, y que tampoco estaba a favor de un cambio violento en Boalonga, habría sido muy difícil sobrevivir en medio de un ambiente político tan hostil, donde los cambios por la vía democrática no se entendían cuando venían de la oposición. En Boalonga hay democracia mientras funcione de acuerdo a los que la dirigen. ¿No es eso más bien, una dictadura? La vía estaba cerrada para esta mujer quien planeó su propio secuestro, esperando así sobrevivir el criminal estado de emergencia y angustia personal bajo el cual vivía diariamente. No fue fácil para esta mujer convencer a su esposo de sus planes, pero al final entendió que salir del país, para refugiarse en otra nación como exilada, hubiera sido su ruina política. Hubiera tenido que dar explicaciones que iban a enfurecer más a las clases nobles y que pondrían a Boalonga una vez más bajo la lupa de investigadores internacionales. Optó pues por una solución más criolla. Con la ayuda de un amigo personal, que había llegado hasta el senado de Boalonga como resultado de un movimiento político social democrático, Isabel Estrada trazó los planes de su propio secuestro. El senador Gustavo Antonio Pretel, podía conectarse con facilidad con la guerrilla, ya que antiguos compañeros de la facultad de economía, tenían líneas directas de conexión con ella. En Boalonga había muchas maneras de contactarse con cualquier organismo existente dentro de sus fronteras, ya que la red de influencias había producido un tejido continuo de comunicación efectiva. El senador Pretel le explicó a Isabel y a su esposo que este secuestro planeado en cooperación con las guerrillas, la pondría a salvo de los sicarios que ya estaban alineados para asesinarla, antes de que saliera del país si pensaba en exilarse. Los políticos más interesados en su desaparición, estarían muy satisfechos de que la guerrilla la secuestrara con la esperanza de que fuera asesinada por esta. En el caso de que el ejército planeara un rescate, la guerrilla con seguridad la asesinaría como hicieron con otros de sus políticos. Eso mantendría la buena imagen de ellos a expensas de una imagen negativa de la guerrilla. Nadie iría a sospechar de, que ella planearía este secuestro si se hacía de la manera correcta.

Sergio Estrada, el esposo de Isabel, no era un simpatizante de la guerrilla. ¿Por qué tenía él que confiarle su esposa, a gente que estaba aterrorizando a la población? ¿Qué credibilidad tenían? ¿Qué garantías le podían ofrecer para asegurar que su esposa estaría a salvo con ellos? El pensaba que la operación traía muchos riesgos innecesarios, que era complicada y no garantizaba nada.

"Qué beneficio va a sacar la guerrilla de semejante esfuerzo?" preguntó el señor Estrada impacientemente.

"En medio de todo este despelote todavía se hacen favores; además la guerrilla ya va a encontrar la manera de beneficiarse estratégicamente de este secuestro" contestó el senador Pretel, comprendiendo la desesperación del esposo de Isabel.

"Creo que lo que se va a hacer es ilegal. ¿No es ese tipo de actividades ilegales en las cuales participan servidores públicos, a las cuales tú te refieres como corruptas y que combates tanto en tus campañas, Isabel?" preguntó argumentando su esposo que estaba muy estresado y escéptico de la operación.

"Respeto mucho tus temores Sergio, pero la verdad es que ya no puedo salir ni a la calle, temo por mi vida" le contestó Isabel a su esposo, perturbada por la situación.

"Escúchame Isabel, ahora mismo llamo a la agencia de viajes y te consigo un pasaje aéreo para Europa; puedes salir hoy, o mañana mismo" le suplicó Sergio en un acto de desesperación.

"No llegaría al aeropuerto; tengo información de que hay asesinos apostados ya para matarla en cuanto se asome y se dé la oportunidad" le aseguró el senador Pretel. Hubo un momento de silencio al final del cual Sergio dijo

"Te vas a arruinar políticamente. Vas a desaparecer, quién sabe por cuánto tiempo y tus esfuerzos políticos se esfumarán de las mentes de Boalonga. Pero, así como siempre te apoyé en tus campañas e ideas, también te voy a apoyar en esta movida, aunque la considero muy atravesada" dijo Sergio obviamente resignado buscando cómo consolidar en su vida esta tragedia familiar que se le avecinaba.

"No te mortifiques por el futuro de mi vida política Sergio. En este momento pienso en ti y en los niños. Muerta no le sirvo a nadie y quizá con este auto secuestro puedo mantenerme en el panorama político por un tiempo, todavía. Es desesperante Sergio, pero confiemos en que todo vaya a salir bien. Gustavo Antonio nos ayudará" dijo Isabel.

"Antonio, si algo le pasa a Isabel te voy a hacer responsable personalmente. Esta idea es una gran pendejada que te inventaste para arruinarla políticamente. Me estás despertando la duda de tu amistad" dijo Sergio frustrado por la situación sin encontrar camino para disuadir a su esposa. El senador Antonio Pretel se dirigió hacia la ventana de la sala desde la cual podía ver la calle al otro lado del jardín de la casa de Sergio e Isabel Estrada.

"¿Ves aquel hombre que pretende vender flores en la esquina del frente, Sergio?"

"Si" replicó corto y curioso Sergio ante la pregunta de Antonio. "Quién es?" "Ese hombre trabaja para mí, es mi guardaespaldas y el de Isabel" contestó Antonio y continuó con la siguiente pregunta

"¿Ves allá a la derecha ese auto azul oscuro? Pues hay dos hombres en él, que son asesinos a sueldo esperando la oportunidad para acribillar a balazos a Isabel. Mi guardaespaldas los está vigilando y tiene órdenes de contestar a cualquier agresión" instruyó Antonio a Sergio, quien empezaba a creer en las buenas intenciones de Antonio. Isabel y el senador Gustavo Antonio Pretel, tenían suficiente información como para tomar una decisión inteligente. Sergio seguía con las dudas de la legalidad y la efectividad del plan, pero Isabel quería intentarlo ya que no veía otra posibilidad para mantener a distancia a los criminales que la querían remover para siempre del panorama político de Boalonga, y consecuentemente de su familia. Antonio Pretel, Isabel y Sergio Estrada, discutieron con detalle los planes para el secuestro. Había sido un gran sacrificio para ambos participar en la planeación de su propia separación. Antonio sabía que los planes para destruir a Isabel eran reales y aunque simpatizaba con la tristeza que embargaba a la pareja por lo que iba a suceder, sin poder hacer más que ejercer su fe en que todo, saldría como planeado, también consideraba que era mejor una separación temporal que una definitiva.

A lo largo de la historia de Boalonga se cuentan innumerables crímenes políticos y las amenazas contra Isabel no podían ignorarse. Bajo estricta vigilancia Isabel aceptó participar en una manifestación por la paz, la cual fue organizada por dos personajes de la gobernación de Boalonga. Los organizadores escogieron para esa manifestación una vereda que estaba bajo el control de la guerrilla y donde ya se había causado, por lo menos un encuentro entre los miembros del ejército y aquel grupo al margen del estado. La demostración patriótica por parte de la ciudadanía, que lo único que quería era vivir una Boalonga tranquila, aunque con recursos limitados si era necesario, fue muy concurrida. Miles de personas se desplazaban por esa vereda en una fila que parecía un río de gente que modificaba su cauce, así como se modificaban las dimensiones de la calle por donde circulaban. Comprometieron la presencia de miles de personas llevando banderas y cantando himnos patrióticos, intercalados con notas a la virgen. Los guardaespaldas de Isabel estaban dispuestos a contestar a bala cualquier atentado contra su vida durante la manifestación. Isabel caminaba nerviosa al borde de la calle llevando consigo la bandera de Boalonga desplegada sobre su pecho y sus hombros, mientras la seguían muchos de sus partidarios. Había recibido instrucciones de caminar al borde derecho en la manifestación, ya que así podía fácilmente ser extraída de la multitud y conducida a la espesura del bosque. Ya la peregrinación patriótica estaba llegando a su fase final y no había sucedido nada. La manifestación estaba planeada de tal forma que caminarían en una dirección hasta las cuatro de la tarde y regresarían inmediatamente caminando por una hora más, para evitar que el regreso fuera después de la puesta del sol. Cuando los que estaban a la cabeza de la multitud llegaron hasta la meta que se habían propuesto y antes de emprender el regreso, uno de los representantes de la gobernación tomó un altavoz operado por baterías, para indicarle a la gente que ya habían cumplido con haber llegado hasta la meta señalada. Exhortó a la gente para emprender el camino de regreso, sin hacer esfuerzos por llegar individualmente hasta el punto de retorno donde se encontraban ellos con Isabel. La gente les dio la espalda para empezar a caminar de regreso siguiendo las órdenes en forma literal que los organizadores del evento habían voceado. No habían dado los primeros pasos, y aquellos que estaban antes a la cabeza, y que se encontraban ahora en la cola, fueron interceptados por miembros de la guerrilla que habían activado sus fusiles para confundir a los organizadores del evento y hacer que las masas corrieran despavoridas en su camino de regreso, sin mirar hacia atrás. Seis hombres de la guerrilla que estaban apostados exactamente donde la multitud e Isabel Estrada se habían detenido, salieron de la densa selva y se precipitaron a agarrar a Isabel por ambos brazos, sin esperar la mínima resistencia de parte de sus guardaespaldas o de las gentes que la rodeaban. Los movimientos de la guerrilla fueron rápidos, no hubo más que balas para desbandar a la multitud que buscaba refugio detrás de cualquier árbol, casa, roca o sencillamente detrás de otra persona que se había arrojado al suelo, para no ser alcanzada por una posible ráfaga de plomo. El pánico fue tal, que muchas personas cayeron sobre otras en su carrera por salvarse, dejando heridos por los golpes y raspones que se dieron en su alocada carrera. A los únicos que la guerrilla se llevó fueron a los dos miembros de la gobernación, y a Isabel. La maniobra de secuestro fue perfectamente planeada. Los guerrilleros se llevaron dos tajadas en vez de una, como pensaban Isabel y Sergio. Como un fantasma de mil cabezas la guerrilla desapareció en la selva de la misma manera como habían aparecido. Cuando los pocos soldados y policías locales salieron en busca de ellos, no había ni señales de lo sucedido. Más tarde se supo que aquellos interesados en hacer desaparecer a Isabel Estrada promovieron una operación de rescate, así como lo había descrito el senador Antonio Pretel. Querían quedar bien con el pueblo, pero sus verdaderas intenciones estaban en crear las condiciones para el asesinato de Isabel.

Cuando los soldados llegaron de sorpresa al campamento de los guerrilleros, donde pensaban que estaban los secuestrados, encontraron para su sorpresa a los líderes de la gobernación muertos y ni rastro de los guerrilleros que salieron del lugar ante el avance de los soldados. Las órdenes eran claras: si trataban de rescatarlos, los matarían para no tener que cargar con ellos durante la fuga. De Isabel Estrada ni rastro. Ese rescate fracasado fue motivo para muchos reproches, discursos políticos, acusaciones y ataques ideológicos contra la guerrilla, quien fuera nuevamente, tildada de terrorista y criminal. Pasaron los meses y los miembros de la gobernación muertos en aquella ocasión, pasaron al olvido. Casi nadie hablaba de Isabel Estrada tampoco. Solamente su esposo la recordaba. En ocasiones hacía alguna manifestación privada en compañía de unos cuantos amigos, lo que llamaba la atención de los diarios vespertinos que dejaban caer una nota sobre el caso, acompañada de algunas fotos que se confundían entre aquellos retratos de muertos a bala en un atraco, o apachurrados bajo las llantas de un camión pesado y que eran comprados por los hombres, motivados por las fotos de las mujeres semidesnudas que retrataban en la portada. Más de dos años habían pasado desde que sucedieron estas cosas. Todo el mundo pensaba que Isabel Estrada estaba muerta, arrojada en el monte probablemente ya devorada por algunos animales salvajes. Era por eso que la doctora BB no podía encontrar en el registro de su memoria el nombre de esa figura política familiar, pero por la cual se daban muy pocas esperanzas de encontrarla de nuevo y con vida.

XVII

"Tengo que hacer pipí; ¿podemos detenernos?" le preguntó la doctora BB al 'Carlos' que cabalgaba al frente de ella. Sin mirar hacia atrás, el hombre espoleó su cabalgadura para acercarse al sargento Carlos al cual le dijo

"Hay que hacé una pausa pa miá sargento; ya se mea la dotora."

"Detengámonos aquí por unos diez minutos" ordenó el sargento Carlos divertido por la forma de expresarse del muchacho.

La doctora BB desapareció detrás de un árbol en la oscuridad de la noche, mientras el sargento Carlos dirigió a sus compañeros en la dirección opuesta.

"Si quiséramos pistiarla con la nalga pelá, no es sino gritá quiay una culebra bajandoel palo" dijo uno de los guerrilleros mientras se alejaba del sitio. El sargento Carlos no le gastó tiempo alguno a ese comentario y se dejó caer sobre el suave pasto del paraje para contemplar, por unos momentos, a las estrellas que daban un espectáculo de soberanía universal, sobre aquel oscuro lienzo del espacio infinito. Las astronómicas distancias que separaban al sargento de las estrellas que observaba, hacían de las violentas plantas de fusión nuclear lucecitas apacibles y silenciosas, que adornando el cielo de Boalonga, le ofrecían un instante de paz y tranquilidad. La doctora BB interrumpió sus pensamientos acercándose al sargento Carlos quien se levantó de un salto diciendo

"¿Ya nos podemos ir?"

La doctora BB le recordó que él había prometido diez minutos de descanso y que ella se había tomado solamente tres minutos. Así que podrían alargar la pausa por unos siete minutos antes de partir, a lo que el sargento accedió sin problemas. La doctora BB se sentó sobre la hierba y vacilando un poco se acostó sobre el suelo como ella había sorprendido al sargento Carlos.

"Usted, ¿estaba viendo las estrellas?" preguntó Bárbara Bisturri.

"Sí, me proporcionaron una sensación de tranquilidad" respondió el sargento.

"La paz que transmiten las estrellas anuncian la obra de las manos del creador, no le ¿parece, sargento?"

El sargento se quedó callado por un momento y dijo reflexionando

"La paz está tan lejos de Boalonga como las estrellas en el universo."

"Sargento, sargento Carlos, ¿quién es usted realmente?" le preguntó la doctora BB directamente. El sargento miró su reloj sin contestar una palabra. La miró a los ojos y le tendió la mano para ayudarla a levantarse, al tiempo que decía

"Ya es hora de seguir el camino."

Incorporándose, la doctora BB le llevó la contraria para ver si podía atravesar la mente y quizá el corazón de ese hombre que a su manera de ver estaba agonizando emocionalmente.

"No, no es necesario salir a las carreras de aquí. Para serle sincera, quiero conocerlo un poco mejor. No puedo llegar a la clínica sin haber conocido mejor al hombre que me secuestró" contestó la doctora BB.

"No la secuestramos", respondió el sargento a la acusación de la doctora.

"Aquí no estoy por mi propia voluntad, sargento. Eso se llama secuestro."

"Está bien, está bien, técnicamente hablando fue un secuestro, pero ¿no está usted satisfecha de haberle salvado la vida, a por lo menos cuarenta personas?"

"Sin lugar a dudas me da mucha satisfacción el haberle podido ayudar a esas gentes, pero definitivamente lo que ustedes han hecho sigue definiéndose en el diccionario, como un secuestro."

"Así como los casos iatrogénicos siguen llamándose asesinatos?"

"Qué le pasa Carlos? Los médicos podemos cometer errores, pero no son intencionados" contestó la doctora en tono de reproche, sin percatarse de que había omitido el rango del sargento al mencionar su nombre. Carlos dejó ver una sonrisa y agregó

"Ya ve, todo es cuestión de perspectiva." Hubo una pausa breve después de la cual Carlos le dijo a la doctora BB

"De todos modos quiero agradecerle por haber venido; y no lo digo con sarcasmo. Es verdad que no tenía opción, pero créame que nosotros tampoco tenemos muchas opciones. Ojalá las cosas fueran diferentes en Boalonga..."

"Que le gustaría que fuera diferente Carlos?" le preguntó acercándose un poco al guerrillero para darle más confianza. Bárbara Bisturri empezaba a sentir simpatía por este hombre que parecía tener sentimientos hacia ella pero que, por las circunstancias y lo prematuro del encuentro, no podía expresarlo, sin que ella pensara que estaba buscando compensar su soledad con una aventura.

"Para llegar a conocerla mejor, y usted a mí, las cosas en Boalonga tienen que cambiar" contestó aquel misterioso guerrillero que la doctora también quería conocer mejor.

"No permitas que las circunstancias adversas se pongan en el camino para alcanzar tu felicidad. Los seres humanos, cuando nos enfocamos demasiado en algo que queremos hacer bien, perdemos de vista las cosas que están en otros ángulos de la vida. Hay algo más allá."

Bárbara Bisturri había aprendido la medicina sin permitir que su cualidad natural por el cuidado y atención a la gente se desprendiera del ejercicio de su profesión. Ella seguía creyendo que el cuerpo es solamente una parte de la existencia total de la persona. La mente y sus reflexiones espirituales no podían considerarse separadamente del cuerpo. El ser es un todo que requería cuidado completo si quería desarrollarse en armonía con la naturaleza y experimentar la felicidad. De poco sirve un cuerpo completamente sano, que no puede albergar un pensamiento positivo. De nada sirve una mente brillante, que no puede sentir compasión por el prójimo.

Bárbara Bisturri y el sargento Carlos coincidían en que en Boalonga se necesitaba de una reconciliación que dejara atrás las pasiones del crimen y la violencia. Había en Boalonga una necesidad grande de un acto de contrición, donde cada persona independientemente de su educación y su clase social, de su profesión o rango, de sus creencias religiosas o políticas, dejara atrás sus intereses egoístas unidimensionales para abrazar y entregarse a las dimensiones sublimes y universales del servicio genuino a la humanidad.

"Cuando todos empecemos a dar, vamos a empezar a recibir" decía el sargento Carlos.

"Nadie puede recibir amor cuando no está en capacidad de dar amor" decía la doctora Bisturri.

Estos dos personajes aparentemente de mundos tan diferentes pudieron verse a los ojos tratando de leer en ellos lo que cada uno decía o trataba de decir. El sargento Carlos sacó desapercibidamente un sobre oscuro de su bolsillo que puso en manos de la doctora BB diciendo

"Guárdelo ahora" y girando su cabeza hacia atrás, alzó su voz un poco, ordenándole a sus hombres para que montaran sus mulas. Ya no faltaba mucho del recorrido y durante el resto del viaje nadie abrió la boca. Pasada la medianoche llegaron al mismo paraje donde los había dejado el jeep unos días antes y que ya se encontraba estacionado en el lugar esperándolos para continuar el viaje y dejar a la doctora BB en su clínica. El hombre que conducía la camioneta estaba esperándola para llevarla de regreso a su casa. El sargento Carlos y sus compañeros regresarían inmediatamente para así llegar al campamento a la mañana siguiente. La doctora BB tomó asiento al lado del conductor del Jeep y antes de que éste pisara el acelerador, la doctora BB y el sargento Carlos se cruzaron en una última mirada, que produjo dos lágrimas que rodaron por las mejillas de la doctora BB brillando, como dos luceros de esperanza. Esta joven médico que venía de una familia que sobresalía profesional y económicamente en Boalonga y que siempre había recibido el cuidado y la protección de sus padres, estaba pasando por la forma más extraña de encontrar el amor. En este ambiente de tensiones sociales, no se podía expresar el amor como en la literatura romántica. Aquí, las diferencias socioeconómicas, la educación, los ideales políticos, la orientación sexual y hasta el racismo, determinaban si a la alquimia del cuerpo se le iba a permitir dar curso a las reacciones naturales, que transformaran el encuentro en un amor genuino y permanente.

Bárbara Bisturri había amanecido nuevamente en su propia cama. Al abrir sus ojos tuvo la sensación de estar viendo al sargento Carlos, como en la noche anterior, cuando se despidieron. Para ella era como despertar a una nueva vida que florecía para nunca dejar la primavera. ¿Qué pasaba por su mente? ¿Cuáles eran realmente sus sentimientos? ¿Cómo podía armonizar esas nuevas emociones con sus propias concepciones de la vida y los inculcados prejuicios que tenía? Sus pensamientos fueron interrumpidos cuando se acordó del sobre que el sargento le había dado a escondidas de los otros hombres que los acompañaron durante la travesía. Se levantó de la cama sintiendo que su corazón volaba mientras buscaba los pantalones de mezclilla que llevaba puestos durante el viaje de regreso. Ahí estaba el sobre, arrugado dentro del bolsillo, como testimonio del puño que hizo ella con su mano cuando lo recibió de parte de Carlos. Antes de abrir el sobre que no estaba engomado, lo puso sobre la mesa y pasándole la mano suavemente trató de plancharlo lo mejor que pudo. Bárbara Bisturri quería dilatar aquel instante. Quería sentir las manos de Carlos en el sobre. Quería una respuesta llana para aquellas inexplicables emociones que pasaban por su mente y que quería resolver en la intimidad de su corazón. Dejó el sobre encima de la mesa mientras se preparaba una taza de café instantáneo, cuyo aroma se mezclaba en forma misteriosa con el recuerdo del bosque y la extraña sensación de que Carlos estaba cerca de ella.

Invadida por una paz interna que no había experimentado antes, la doctora BB se sentó y abrió el sobre del cual extrajo una carta escrita a mano. Aunque la letra mostraba los rastros de la urgencia con la cual tenía que escribir para no ser visto por sus compañeros, dejaba brillar la intención que se desenvolvía mágicamente de su pulso. Leyó la carta tres veces como tratando de penetrar su mente y entenderlo mejor, pero también buscando entre las líneas la respuesta a la alquimia de aquella pasión que estaba sintiendo y que ocupaba en forma constante su mente. Por primera vez Bárbara Bisturri estaba enamorada y de un hombre tan difícil de alcanzar. Sus lágrimas brotaron como manantiales de esperanza para irrigar una patria mejor a la que amaba, como al hombre que acababa de descubrir en su vida.

"Doctora Bisturri.

Estas son extrañas circunstancias para una presentación formal y una expresión de sentimientos. Creo que el calor humano que usted irradia al ayudar a la gente está muy por encima del simple ejercicio de su profesión. Usted es una revolucionaria a su manera y el pueblo de Boalonga se lo agradece. Mi verdadero nombre es Santiago LaGracia y soy arquitecto. No sólo diseño estructuras, también quiero ayudar a diseñar un futuro para Boalonga que tenga el fundamento en el perdón y el amor. No podemos seguir así, matándonos los unos a los otros como si la vida humana no tuviera sentido y valor y no fuera parte de un plan de creación divina. Boalonga sacrifica miles de personas al año sin respetar edades, como si hubiéramos nacido solamente para servir de abono o para ser el objeto del ensañamiento de mentes criminales. Hay demasiados que creen tener la razón. Hay demasiados que reciclan la venganza. Hay demasiadas víctimas inocentes como producto del narcotráfico y la violencia. Hay mucho intervencionismo extranjero que quiere destruir nuestra cultura y nuestro orgullo nacional para sustituirlo fácilmente con valores artificiales diseñados para facilitar la explotación de nuestros pueblos. Hay mucho miedo en el corazón de Boalonga. Todo esto requiere de soluciones políticas, pero también requiere la conversión del corazón. ¿Será que podemos esperar sin que nos tilden de ingenuos, una solución que nos otorgue la paz que nunca hemos tenido? Me gustaría mucho estar a su lado compartiendo ideas para construir una Boalonga pacífica en este paraíso aparentemente indómito, y al mismo tiempo respirar la paz que me produce su presencia. En calidad de médico espero que nunca la necesitemos por aquí de nuevo. Como mujer, usted secuestró mi corazón. Estoy haciendo planes para integrarme a la vida civil y luchar desde mi perspectiva para construir una Boalonga más justa. ¿Me pregunto, si quizá, lo podamos hacer juntos?

Mis más sinceros respetos,

Santiago La Gracia
PD/ Hasta que usted lo disponga
seguiré siendo el sargento Carlos.

XVIII

Para conseguir la paz era necesario mostrar buena voluntad, pero Boalonga, tan creyente como era, estaba lejos de aceptar y entender las enseñanzas del fundador de sus creencias religiosas. Los representantes del pueblo ante el gobierno de Boalonga, no entendían su misión como protectores de quienes los habían elegido, y como administradores de los mejores y más eficientes servicios públicos, de los que se podía disponer, sino como aquellos que la providencia puso como líderes para aprovechar la bonanza, que su temporal posición les ofreciera. ¿Qué podían hacer por la patria? No era exactamente la demostración de patriotismo que los llevó a representar al pueblo de Boalonga. Por el contrario, entendían muy bien lo que la patria podía hacer por ellos. Había muchas excusas para robar y seguir matando. Sobre el globo de Boalonga, las más altas virtudes humanas se entendían como parte del ciclo natural, del comer y ser comido. Los esporádicos gestos de bondad no nacían del corazón del hombre como una compunción natural, sino de una inversión que lo mantuviera dentro de la cadena alimenticia. Inclusive, un siempre bienvenido, esporádico acto de caridad, se convertía en un bálsamo suavizante para la conciencia, que estaba acondicionaba para sobrevivir las penas experimentadas en este mundo, y preparar el camino a la justicia eterna, que tenía por fuerza que declararse a favor del individuo. Justicia divina se reclamaba, por aquellos que no hacían justicia terrenal por otros. Ni siquiera por aquellos que los eligieron para eso. O a lo mejor, nadie los eligió, pero están en el poder por medio de algún otro proceso.

Aquella Boalonga seguía girando y en sus habitantes se notaba el vértigo que peligrosamente los ponía sobre el curso de una colisión inevitable.

Santiago La Gracia, el sargento guerrillero que había abrazado los ideales de una guerrilla que legítimamente luchaba por la liberación de una nación sumergida en la corrupción, había previsto la llegada de una masacre, que no obedecía a ninguna ley de la decencia, y que se precipitaba sobre Boalonga como el resultado de una política internacional que despreciaba el concepto de la igualdad, de la libertad y la justicia para todos los pueblos. Estos conceptos no eran más que una demagogia de provincia, con la que se endrogaba a la gente que creía honestamente que estos valores, eran de aplicación universal. Las armas más sofisticadas del arsenal moderno llegaban a Boalonga para dotar a un ejército que tenía que hacer el trabajo de exterminar a su propia gente, después de haber sido entrenado para esa labor por los logísticos financiados por un mercado de valores cuyas únicas acciones se contaban con el número de muertes fratricidas que se producían en los campos empobrecidos de Boalonga. Santiago La Gracia, el sargento Carlos, repudiaba esta política de corrupción de la misma manera como rechazaba la inaceptable práctica de detonar bombas a control remoto que, previamente fueran transportadas sobre el lomo de un caballo que pasaba por desapercibido, mientras se mezclaba entre la población campesina para encontrar sus víctimas inocentes, despedazadas por la detonación. De la misma forma rechazaba las bombas dirigidas por satélites y radares que hacían blanco sobre pueblos inocentes. La forma de conducir la guerra, ha cambiado a través de la historia y la sofisticada tecnología no la convierte en una virtud, digna de encomio. Santiago La Gracia, el arquitecto que quería edificar una Boalonga más robusta, no podía apoyar estas prácticas contra el pueblo que quería liberar. Tampoco quería comprometer tantas vidas por una política sin visión, de una guerrilla que, en una ocasión, habría tenido la capacidad para terminar con el conflicto. La insurgencia que había sido suficientemente poderosa para asumir su destino histórico revolucionario, perdió la oportunidad de asumir el poder por coquetear con un arma que le vino como anillo al dedo. La cocaína los enriquecería más, al tiempo que pretendían destruir a sus enemigos desde el monte con esta droga, que no requería de comerciales televisados, y que era de tan fácil aceptación por parte de una sociedad que pagaba enormes sumas por su propia destrucción. La guerrilla aprovechaba la corrupción tanto del oficialismo de Boalonga como la de los países receptores de la droga, para expandirse en este mercado donde lo único que importaba era hacer dinero. Santiago LaGracia no veía más su misión en una guerrilla que se había convertido en una mafia, que apoyaba a otra mafia en el lucrativo negocio de la cocaína. La guerrilla se había convertido en una empresa que había perdido el hito histórico de su medio siglo de existencia, para convertirse en una oficina comercial en medio de la selva detrás de cuyos escritorios se ganaba dinero, al mismo tiempo que se perdía la revolución. El arma que descubrieron se convirtió en su propia destrucción. Antes de abandonar la institución militar guerrillera, el sargento Carlos debía cumplir con la misión de llevar a Isabel Estrada a un aeropuerto clandestino en la zona selvática dentro de los límites de Boalonga. Isabel Estrada había sido el blanco de las inoperantes e insuficientes clases gobernantes, que se veían despojadas de toda autoridad moral y racional, ante los claros delineamientos que ésta proponía para conseguir un cambio social y democrático. La guerrilla no era que simpatizara mucho con ella, porque el cambio que Isabel quería ver, reclamaba para el estado el poder absoluto, en una dictadura de un comunismo inoperante y arcaico. El comunismo había tenido su momento histórico, seguramente justificado por las circunstancias, pero no pudo demostrar que podía proporcionar un nido seguro para el desarrollo individual. Las murallas de la ignominia que el comunismo levantó se desmoronaron como sucedió y sucederá con todos los imperios que no respetan las opiniones individuales, y que capitalizan sobre una colectividad despojada de toda capacidad de gobernarse por sí misma. Era muy difícil para Isabel Estrada sobrevivir políticamente en una sociedad dominada por un machismo de cacique, castrado de ideas y poder. Sus ideas brotaban como un manantial difícil de controlar, que erosionaba las arcaicas posiciones intelectuales tanto de la clase política tradicional, como la de una guerrilla petrificada que en el monte perdía la visión de los acontecimientos mundiales. Como en toda organización, el consumo de la información y el ejercicio de poder, estaba concentrado en unas pocas personas que planeaban la alienación de las masas para que vivieran placenteramente bajo las normas del aparato que las sujetaba. La guerrilla manejaba un catecismo estéril, dogmático, que no tenía la ventaja de amenazar al pueblo con quemarse en el infierno. El sargento Carlos salió con Isabel, acompañados de una pequeña tropa de guerrilleros, hacia uno de los aeropuertos limítrofes de la selva. El viaje se hizo en el Jeep que este grupo guerrillero tenía en el campamento. Fueron muchas horas de carretera por las vías de la selva hasta encontrar el puerto fluvial, desde el cual saldría la lancha que los llevaría hasta la frontera. Isabel, el sargento Carlos y dos hombres del grupo, se subieron a la lancha, la cual partió inmediatamente, capitaneada con mucha pericia por un indígena que conocía todos los recovecos del caudaloso río, que presentaba en ocasiones peligrosos remolinos y rápidos que había que eludir. Todos sabían que los aparentemente apacibles caimanes que se veían en las orillas a ambos lados del río, se precipitarían a las aguas si la lancha, que tenía la forma de una larga canoa impulsada por un motor fuera de borda, resultara volteándose por accidente. Sin pensar mucho en el potencial peligro que había en navegar por esas aguas, los cuatro pasajeros confiaron en el indígena y se concentraron en disfrutar del exótico paisaje. Para los guerrilleros que siempre estaban vigilantes, el enemigo no estaba tanto en el agua como en las orillas. Habían navegado ya por una hora, cuando observaron al otro lado del río, la bandera que caracterizaba a la frontera y que fuera la señal del avión comercial estacionado a un extremo de la pista listo para propulsar a Isabel hacia el extranjero. Cuando la lancha tocó el muelle, aparecieron soldados del país vecino que se encargaron de Isabel Estrada y quienes ordenaron a los tres guerrilleros que se retiraran inmediatamente de sus fronteras. Ellos no tenían permiso para pisar su territorio y debieron salir en la lancha, en la cual llegaron, casi sin poder decir una palabra.

"Gracias" fue lo único que Isabel pudo decirle al sargento Carlos.

"Que le vaya bien" contestó el sargento con una sonrisa en sus labios que había que imaginársela para leer en su tono de voz la satisfacción que sentía de ver a esta mujer fuera del alcance de aquellos que ya la tenían en la mira para asesinarla.

No habían pasado tres minutos cuando los hombres que habían empezado su travesía de regreso por aquel río tropical, escucharon el típico sonido de un jet ejecutivo pequeño, que se impulsaba para levantar el vuelo. El sargento Carlos levantó su vista y vio cómo la nave dio un leve giro hacia el sureste antes de perderse detrás de las nubes blancas del cielo azul, que prometía para Isabel una vida libre de amenazas. Antes de su partida, Isabel Estrada había dejado un video grabado en el cual le expresaba a su esposo y sus dos hijos, el deseo de volverlos a ver y el amor que ella sentía por cada uno de ellos. También le pedía al gobierno que abandonara su línea rígida de no negociar con la guerrilla, para que la pudieran dejar en libertad lo más pronto posible. Toda Boalonga tenía que creer que Isabel estaba en cautiverio en manos de la guerrilla. La guerrilla le hizo llegar este video a la prensa con el objeto de mostrarlo a la nación, por los canales de la televisión oficial. El propósito de presentar este video después de la salida de Isabel a su exilio, tuvo su efecto cuando se publicó en la prensa que el video era una prueba de que ella estaba viva y todavía en manos de la guerrilla, quienes la había secuestrado. Nadie sabía, con excepción de algunos pocos miembros de la guerrilla y ella misma, que pronto estaría reuniéndose con su familia en algún lado de Europa. A su debido tiempo Isabel Estrada reaparecería, para asumir de nuevo su campaña política, y combatir la corrupción del gobierno de Boalonga desde el extranjero. La verdad se tradujo en un exilio permanente, que la absorbió preparando y escribiendo sobre la corrupción en Boalonga, los desmanes políticos de sus gobernantes y de la necesidad de crear conciencia social entre los jóvenes para que asumieran políticas más responsables en el futuro. Para una sociedad como la de Boalonga, Isabel no era más que una mujer histérica y paranoica que quería asumir el papel tradicional de los hombres en la política. Aunque Boalonga había demostrado una alta contribución por parte de sus mujeres, en muchos aspectos diferentes de la vida política y social, éstas no tenían, ni el apoyo popular ni el de la clase política, para asumir responsabilidades que le estaban reservadas sólo a los hombres. La guerrilla había ayudado a Isabel Estrada a eludir los asesinos del establecimiento político. Para esta organización armada, la agresividad de Isabel se había enredado en acusaciones y en destapar las ollas de los caldos podridos, creados por los bochornosos excesos de sus gobernantes. La guerrilla no perdía tiempo en el papasal individual de la clase gobernante, para no distraerse con temas de novelas frívolas. La guerrilla tenía una agenda y no quería perder más tiempo en las bagatelas de la corrupción que ya eran bien conocidas, y que paradójicamente adormecían la voluntad política de la gente.

Cada sociedad tiene una casta que le da al pueblo la distracción que se necesita para no tener que hablar de relevantes y necesarios cambios a la política, con el fin de garantizar el progreso, la libertad y la libre expresión para todos. La casta dominante busca crear un nicho popular cómodo, seguro, del cual es difícil liberarse. Los chismes sociales eran temas de confort que distraían de los problemas relevantes. Los príncipes anuncian su relación amorosa con una plebeya que genera millones en ventas de medios informativos. La esposa del presidente anuncia su lucha en contra del analfabetismo y la convierte en su pasatiempo político, mientras que su esposo aprovecha, para justificar ficticiamente una campaña bélica contra un peligroso enemigo, dotado de las más modernas armas nucleares y bioquímicas. Por supuesto que el enemigo no tenía armas de destrucción masiva, pero tenía petróleo y otros recursos naturales que debían de asegurarse, y las gentes aceptaban la mentira, como una verdad que ayudaría a manejar la ambiciosa conciencia. En este siglo de avances en la ciencia, se nos han abierto los ojos para entender que, los que quieren ser conocidos como mansos corderos, deben rugir, y a los que queremos caracterizar como sanguinarios leones, que no tienen cómo defenderse, deben aprender cómo balar. La anestesia administrada por la política se recicla con unas cuantas manifestaciones de poder, con dejarse retratar junto a los representantes de la moral, y con los recursos de los medios de difusión para seguir brillando, con la ayuda del aparato de propaganda. Isabel Estrada se había arremolinado en un nivel de combate que la misma gente se había cansado ya de escuchar. Le producía no solamente incomodidad a la casta política, sino que estaba diseñada como entretención para el pueblo, que chismoseaba el resultado de la corrupción y se alimentaba intelectualmente de la vida frívola de la clase privilegiada, hecho que a su vez hacía sentir incómodo al pueblo mismo. Para la guerrilla la solución tenía que ser radical, aunque ella misma sentía los efectos de la misma condición social adversa para llevar a cabo sus planes. Isabel Estrada tenía que salir de Boalonga. Los paramilitares entregaban sus armas para volverlas a empuñar en las filas del ejército. Sus crímenes fueron olvidados ya que estaban luchando en contra de la guerrilla. También se consideraban enemigos incómodos para los políticos del establecimiento, considerando que este tenía que dar cuenta de la perniciosa tolerancia hacia el paramilitarismo, creado por ellos mismos, para perpetrar los crímenes de estado. Así las cosas, Boalonga tenía que desenredar una telaraña tejida con los hilos de una corrupción generalizada, que carcomía todo intento de obrar con decencia, una decencia inexistente, que requería, como única solución para la paz, la confesión y el perdón, que eran las virtudes fundamentales de la religión de Boalonga. "Si algunos argumentan que quieren la paz, pero no esa paz, deben entender que tampoco se quieren ese perdón, el que no se acompaña con la restitución", fueron las últimas palabras del padre Orejuela, parafraseando las enseñanzas de Jesucristo, según el evangelio de San Mateo. Terminó, al decir la última misa que ofrecería en su vida.

XIX

Santiago La Gracia tenía su mente puesta en la imagen de la doctora BB. El sargento Carlos soñaba con despojarse de sus vestimentas militares que lo habían identificado por algún tiempo con el movimiento guerrillero de Boalonga, para ejercer su profesión como arquitecto y compartir su vida con Bárbara Bisturri, para construir en paz, una Boalonga más justa. No era que quería traicionar a sus compañeros de lucha, pero consideraba que el futuro de Boalonga había que pelearlo en los recintos de la democracia. El seguiría siendo un guerrillero de convicción. Su amor por la doctora BB le habían hecho olvidar la fuga de Isabel Estrada, cuyo trágico exilio, debía de haber sido una alarma para despertarlo del ideal, para defender los derechos del pueblo. Enredándose con la clase política, para descifrar la verborrea de una demagogia infecciosa, que no tenía cura por las vías de la cordura, no era una alternativa para su vida. Los tres hombres que habían llevado a Isabel a la frontera, llegaron al campamento totalmente exhaustos. Muchos de estos guerrilleros estaban física y emocionalmente agotados por las exigencias extremas a las que estaban sometidos. Un incontable número de menores de edad que habían perdido a sus padres por diferentes razones, habían sido forzados a formar parte de las filas de la subversión guerrillera. En las mismas escuelas públicas ubicadas en las zonas más pobres y marginadas de las ciudades de Boalonga, los jóvenes eran educados para que participaran de las fuerzas revolucionarias. Muchas de estas escuelas solamente proveían el equipo mínimo para que estos jóvenes, de ambos sexos, apenas aprendieran a leer y a escribir y desempeñarse con las matemáticas prácticas necesarias para los cálculos elementales. Los maestros que, en su mayoría eran revolucionarios y que apoyaban un cambio social y económico en Boalonga, alineaban a estos estudiantes en los patios de recreo de los colegios con el fin de familiarizarlos con la disciplina militar y educarlos en consignas revolucionarias. Muchos de estos menores de edad que empuñaron las armas para combatir al régimen de Boalonga, cayeron en el campo de batalla sin haber llegado a disparar una sola bala. Menores, que en muchos países del mundo disfrutaban de una educación libre y obligatoria y de la protección oficial contra el abuso y el hambre, en Boalonga eran carne de cañón de las fuerzas militares. Centenares de ellos, motivados por el comando militar guerrillero, morían durante los enfrentamientos con el ejército o los paramilitares en batallas que no eran de la misma naturaleza de aquellas que jugaban cuando todavía eran chicos. Con el fin de reclutarlos les preguntaban si querían morir luchando por una patria mejor o de hambre en las calles de las grandes ciudades. Les aseguraban que no tenían nada que perder. Les decían que si morían luchando les estaban haciendo un favor. Si no caían en combate podrían disfrutar de una vida mejor. A estas mentes infantiles que habían pasado por experiencias traumáticas a muy temprana edad, se les podía influenciar con facilidad, de la necesidad de luchar por un cambio social violento. Pedro fue uno de aquellos niños que no quería pasar de nuevo por la experiencia de sentir la extracción de una muela sin anestesia. Pedro no fue la excepción de este suplicio. Juan, uno de sus compañeros de clase, contaba cómo el profesor de anatomía del colegio le extrajo una uña enterrada que tenía en el dedo gordo del pie derecho. Juan no pudo ir al médico por la falta de los recursos para ser atendido como un paciente regular. El profesor trató de anestesiarlo con formol, o con alguna otra sustancia del laboratorio para tratar plantas y animales, aplicándole por lo menos una docena de inyecciones alrededor del dedo y por debajo de la uña. Los gritos de dolor de Juan y el sudor que rodaba por su rostro no fue sino para darle más ánimo al profesor, que dejaba ver la naturaleza despiadada del hombre, cuando tenía el poder para demostrarlo. Vacuola, era una niña que había tenido el doble infortunio de haber tenido un padre, al cual le gustó el capítulo de citología cuando cursaba el bachillerato, por lo que registró a su hija con este nombre de organelo celular, y de haber desarrollado un tumor cerebral contra el cual no se ofrecía el mínimo tratamiento que un paciente con este diagnóstico imploraba. Vacuola fue utilizada por los médicos como un recurso experimental, para que los estudiantes de medicina practicaran en ella. Le ocasionaron serios daños neurológicos que la dejaron, entre otras cosas, ciega de un ojo. Se supo más tarde, que Vacuola había muerto no del tumor, sino de la septicemia sufrida por la antihigiénica intervención quirúrgica a la que fue sometida. En Boalonga la carnicería humana saturaba el ambiente en muchas formas diversas. En el campo, en los hospitales, y en los colegios, el abuso y las violaciones contra los derechos humanos, dejaban testimonio en muchas formas diferentes. La frustración rugía por todas partes, dejando una secuela de resentimientos que la población heredaba como el resultado de una repetición de las mismas prácticas abusivas y corruptas que, por una razón extraña, no podían abandonar. Así como no podían separarse del fantasma de su propia sombra, los abusos y el maltrato los seguían como un perpetuo mobile. Era como tratar de acabar con todas las enfermedades conocidas, mientras continuaban apareciendo en el cuadro de la patología, que destruía a la humanidad.

El amor había retornado al alma del sargento revolucionario, LaGracia. Era tiempo de empezar a vivir y buscar la felicidad personal junto la doctora BB. Después del viaje de encuentro con los oficiales de la guerrilla y del gobierno, don Mariano había regresado a Boalonga. Al capitán Chuster, quien en aquella ocasión había promulgado sus ataques verbales contra la delegación guerrillera, había recibido órdenes de dirigir una campaña en contra de un comando guerrillero, que se entretenía en veredas cercanas de Boalonga. A este comando pertenecía el sargento Carlos. Santiago La Gracia había comprendido que el tiempo de tomar una decisión por la doctora BB había llegado. La doctora BB acariciaba en su corazón la esperanza de que el sargento Carlos apareciera de incógnito súbitamente, en el centro de salud, que ella atendía en Boalonga. Ella había pasado casi ese día en el centro de salud atendiendo muchos casos de rutina, cuando entró una señora que llevaba a un niño saltando en un pie.

"Doctora" dijo la señora, "el niño parece que se enterró en el pie un pedazo de alambre y no puede caminar."

María, la enfermera, la hizo pasar al consultorio con el niño quien saltaba como un actor profesional en su pie izquierdo, mientras con destreza mantenía el derecho en el aire. Cuando la doctora BB se acercó al niño con el fin de examinarlo, la mujer que lo acompañaba le dijo

"Doctora, el niño está bien del pie, es que aquí le manda un señor esta carta".

La doctora tomó la carta en su mano, segura de que venía del sargento Carlos, aunque ésta no tenía ninguna palabra escrita sobre la cubierta.

"¿Cuál señor?" preguntó la doctora BB. "¿Dónde está? ¿Quién es?"

"Un hombre serio, de una mirada muy inteligente. Nos pagó para que le trajéramos la carta, doctora. Debe ser otra amenaza de la delincuencia para extorsionarla" dijo la mujer. La doctora BB agradeció la carta y le dio indicaciones a María para que diera de alta al niño sin novedad. Bárbara Bisturri se quedó por un momento en el cubículo de pacientes leyendo la nota que el sargento Carlos le había mandado. "Te amo BB y te veré esta noche. Santiago." Su mensaje fue lacónico, pero contenía todo el poder de la honestidad y la sinceridad. Tenía que mantener su compostura ante Santiago, al tiempo que controlaba los agitados latidos de su propio corazón. Ella sabía que Santiago se iba a aparecer esa misma noche en su casa para ofrecerle la realidad de lo que sentía por ella, y ella tenía que dar las respuestas, que con sinceridad salieran de su corazón. Apenas llegó la hora de cerrar el centro médico de acuerdo al horario establecido, las puertas se cerraron con la esperanza de que no llegaría una emergencia inoportuna. La doctora BB se retiró a su casa para darle una breve limpieza, poner unos claveles en un florero de cristal y colocar una bandeja de cerámica de colores brillantes con frutas tropicales sobre la única mesa que disponía. Como la doctora BB no cocinaba, salió a buscar en las tiendas del pueblo unas empanadas, unos buñuelos, una porción de arroz cocido, un pollo horneado, unos pedazos de yuca frita y dos plátanos asados con queso. Para beber le ofrecería un jugo de lulo que sabía hacer bien en la licuadora, que había traído de la ciudad, o un café fresco de las montañas de Boalonga. Esa sería la comida que le ofrecería a Santiago La Gracia cuando llegara esa noche a su casa. La doctora BB repartió la comida en diferentes platos lista para ser servida, cuando llegara Santiago. Pasó el tiempo y la comida se enfrió, así como se estaba enfriando el corazón de la doctora BB, quien no quería ser herida con falsas esperanzas, que un hombre tan comprometido con el cambio social de Boalonga podía crearle. La doctora BB puso una ropa lista sobre su cama, para cambiarse después de un baño que iba a tomar en la ducha instalada en el patio de su casa. Había perdido la noción del tiempo debajo de las frescas aguas, conducidas por la guadua desde la cascada de la roca hasta el improvisado baño de tablas, que la separaban del ambiente exterior del patio. Envuelta solamente en una toalla grande de colores amarillos y verdes, salió del baño caminando al tiempo que se frotaba la cabeza con una parte de la toalla, como secándose el cabello. De pronto vio en la oscuridad la silueta del sargento Carlos que la esperaba sobre el entablado de la cocina. La doctora BB se detuvo súbitamente. Su corazón corría con una rapidez, ocasionada por la inesperada sorpresa y su súbita aparición. Allí estaba el sargento Carlos, parado frente a ella, y con la esperanza de ser correspondido, le dijo en voz baja

"Te amo, BB"

La doctora BB se movió rápidamente a su encuentro, abrazándolo y besándolo sin percatarse de que estaba perdiendo la toalla con la cual estaba cubierta después de salir del baño. Con palabras en confusión le decía:

"Yo te amo sargento. Desde que te vi la primera vez sabía que la repulsa se convertiría en amor, sargento La Gracia. Mi arquitecto guerrillero. Mi secuestrador. Te adoro."

Los dos se confundieron en un apasionado beso que prometía una vida de felicidad completa. Juntos edificarían sus vidas y la vida de Boalonga. Ambos habían recibido el amor gratuitamente del otro y ambos querían devolver de ese amor a Boalonga para mejorar sus condiciones de vida y para que sus propios hijos pudieran disfrutar de una Boalonga sin la zozobra, del naufragio colectivo. La doctora BB y el arquitecto La Gracia se fusionaron por medio de sus labios y ya no había manera de retroceder en el amor que ambos anhelaban. Los labios de Santiago recorrieron el cuerpo desnudo de la doctora BB, quien deseaba liberarse en ese momento de toda inhibición, que no le permitiera disfrutar de cada beso, de cada contacto con las yemas de sus dedos, de cada suave mordisco que el sargento Carlos dejara sobre su piel. El arquitecto La Gracia levantó a la doctora BB, llevándola hacia el interior de la casa, cargada entre sus brazos, envolviéndose en la oscuridad de una noche de amor inolvidable. A la mañana siguiente el sargento Carlos tuvo solamente el tiempo para desayunar con un café y los buñuelos que la doctora BB había traído la noche anterior. Quedaron de reunirse tan pronto como pasara el año rural de Bárbara Bisturri, para salir juntos de Boalonga. El arquitecto LaGracia regresaría a la ciudad con el objeto de hacer los trámites para la fundación de su empresa. Tan pronto como el sargento Carlos salió de la casa de la doctora Bisturri, fue interceptado por un jeep conducido por unos hombres de la guerrilla, pertenecientes a la misma columna del sargento Carlos.

"Vamos, sargento, súbase."

Santiago LaGracia escuchó la voz familiar de uno de sus compañeros que le daba la orden de urgencia para que encontrara lugar en el jeep que, salió de Boalonga para detenerse dos horas mas tarde en una hacienda donde operaba el comando de la columna del sargento Carlos. Los hombres en el jeep no hablaron con Santiago LaGracia durante todo el camino. Ni un solo comentario, ni un chiste salió de las bocas de estos hombres que parecían más bien ofuscados por la escapada amorosa del sargento. Santiago no fue bien recibido por los compañeros del comando quienes desaprobaron su relación con la doctora. Santiago LaGracia no se defendió, ni defendió el honor de la doctora BB cuando sus compañeros la trataron como la moza de Carlos, a la cual encontró para satisfacer sus necesidades sexuales. Los comentarios de sus compañeros fueron muy hirientes para el sargento Carlos, quien por estrategia le siguió los chistes de mal gusto a sus compañeros de armas, para no levantar sospecha de que estaba enamorado de ella y de que podría desertar de las filas de la guerrilla.

"Bueno, ya, dejen la joda, que no hice nada que cualquiera de ustedes no hubiera hecho también" dijo el sargento para finalizar la ceremonia de recepción que le tenían. Los hombres se calmaron, pero algunos quedaron con recelos por esta movida tan poco usual de un miembro de la guerrilla del rango de Santiago LaGracia.

"Estamos discutiendo la posibilidad de saquear el almacén de municiones y armamentos del cuartel del ejército de Boalonga" dijo uno de los guerrilleros.

El sargento Carlos no pensaba que fuera difícil, pero sí pensaba que esa empresa le iba a retrazar los planes para establecer su vida con la doctora BB. Cuatro meses le faltaban para terminar el año rural y regresar a la ciudad, pero el proyecto podría tomarles hasta seis meses según las circunstancias. El plan trazado por el comando de la guerrilla, tenía que calcular un margen de tiempo para controlar contingencias, pero tenía que hacerse lo más rápido posible para disminuir eventos inesperados. Este era un plan ambicioso pero que podía traer frutos muy jugosos. La guerrilla se apoderaría de armas sofisticadas traídas del extranjero, lo que beneficiaría la estrategia de la misma, al tiempo que disminuiría la capacidad de combate del ejército de Boalonga. También surtiría efectos psicológicos adversos sobre el cuerpo militar, al ridiculizar su inteligencia y recibir los reproches de los políticos, para ser objeto de las investigaciones que el caso les traería encima. Sin duda alguna también, desmoralizaría a la comandancia de la guarnición que era el centro de operaciones del capitán Chuster, que una vez más sería objeto de la burla y de los chistes folklóricos del pueblo de Boalonga. ¡Si todo salía bien, por supuesto! El plan de la guerrilla fue trazado con mucho cuidado. El plan, primero, consistió en enviar dos miembros del comando, vestidos de civil, y presentarse como comerciantes y constructores, que deseaban tramitar la licencia necesaria para operar un depósito de materiales de construcción. El depósito funcionaría en una casa grande que tenía un galpón y un lote de diez mil metros cuadrados y que tenía límites con el campo de entrenamiento del cuartel general del ejército. El sargento Carlos había medido desde el interior del galpón hasta el interior del depósito del arsenal una distancia de ciento seis metros, incluyendo la excavación inicial de profundidad, y la del túnel emergente, al otro lado, dentro del depósito del arsenal. Un túnel de esta longitud con una luz de un metro y medio de diámetro, produciría aproximadamente ciento noventa metros cúbicos de tierra que pesarían alrededor de novecientas cincuenta toneladas. No se esperaban desviaciones grandes con respecto al tipo de terreno que se estimaba mantuviera su homogeneidad a lo largo del túnel y que se sabía era de tierra fértil. La tierra extraída del túnel, podía venderse como material para jardinería o para emparejar terrenos, necesario para la construcción. Toda la tierra se podía vender desde el depósito, sin levantar sospecha alguna, ya que las volquetas estarían entrando y saliendo del mismo lugar, transportando diferentes tipos de materiales. Toda la operación debía de hacerse durante la primera fase del establecimiento de la compañía ya que se observaría como natural, la alta frecuencia de la entrada y salida de camiones con materiales para surtir el negocio, al tiempo que salían con tierra sin ser percibidos en forma sospechosa, por una actividad anormal al negocio. Para emitir la licencia de funcionamiento, las autoridades habían exigido de los dos comerciantes el levantamiento de un muro de ladrillo que separaría la institución militar del depósito de materiales que querían crear. Esta condición impuesta por las autoridades militares le cayó como anillo al dedo a la guerrilla, para trabajar cómodamente sin ser espiados. El capitán Chuster se cercioró personalmente de que el muro tuviera las dimensiones adecuadas para que las actividades del depósito no fueran a destruir los predios del cuartel, con el polvo que se levantaría. La guerrilla invirtió mucho tiempo y dinero en el proyecto. El sargento Carlos había hecho cálculos muy conservadores para remover las novecientas cincuenta toneladas de tierra que la excavación produciría. Para mover esa tierra, en un lapso de tres a cuatro meses, era necesario sacar diez toneladas diarias que tenían que ser transportadas con la ayuda de volquetas en una operación casi continua. Las operaciones se movían como planeadas y los compañeros del sargento Carlos aprobaron un trabajo que se ciñera al tiempo estipulado de cuatro meses máximo. Los planes del arquitecto LaGracia con la doctora BB, que mantenían en estricto secreto, también estaban trazados dentro de los límites del tiempo establecido para esta operación. Los hombres que cavaban el túnel trabajaban continuamente en turnos bien establecidos, aprovechando cualquier movimiento de tropas motorizadas que producían tanto ruido que, interfería con el ruido de la maquinaria utilizada en el túnel. Se trabajaba cómodamente cuando había demostraciones ecuestres en los predios de la guarnición que, creaban el bullicio que las familias de los militares y sus invitados especiales hacían. A veces entraban o salían helicópteros de los predios del cuartel, proporcionando el camuflaje acústico con el cual se beneficiaban los trabajadores de las guerrillas. Con el fin de ocultar el hoyo que se había hecho y por el cual extraían la tierra, habían construido una paleta de dos metros de lado cargada de ladrillos que mantenían elevada en un montacargas. Los hombres descargarían la paleta sobre el hoyo del túnel tapándolo de inmediato, si se diera el caso de una visita inoportuna. A medida que la tierra se apilaba al lado del hoyo un grupo de trabajadores la movían, con ayuda de una pequeña cuchilla mecanizada, directamente sobre la volqueta que se estacionaba de tal forma que quedaba al mismo nivel del hoyo. Los trabajadores mantenían el lugar limpio para no levantar sospechas sobre la procedencia de la tierra. Cada trabajador sabía que tenía que cambiar de papel cuando se anunciara una visita inesperada. Así, uno estaría sentado en el montacargas, el otro con una planilla en a mano, estaría contando los ladrillos, otro movería la cuchilla mecánica y cada uno de los demás estaría fingiendo una tarea bien planeada para despistar a posibles curiosos inesperados. A los clientes no se les dejaba pasar de la oficina de recepción. Tenían inclusive una mujer sirviendo café y tomando pedidos por teléfono. Con una venta de materiales de construcción tan voluminosa, nadie sospecharía de la cantidad de tierra que salía del lugar diariamente. Para el sargento Carlos, abandonar la misión que se habían propuesto, para tomarse un día con el fin de visitar a la doctora BB, era imposible. No había tiempo, ni para una llamada telefónica. La misión era demasiado complicada y peligrosa. Se corría un riesgo muy grande. Un encuentro hostil con los militares en su propio terreno, ocasionaría bajas descomunales para la guerrilla. Evidentemente se estaban jugando la vida, pero si lo lograban el daño a las fuerzas militares de Boalonga sería muy grande. Todos los sentidos estaban comprometidos en esta faena, que se había convertido en la meta personal de cada uno de los miembros de la compañía. Cuatro meses y medio pasaron cuando llegaron al lugar donde tenían que empezar a excavar los últimos tres metros, hacia arriba, para encontrarse en el centro del almacén que contenía el arsenal. Dia y noche, el ejército vigilaba el arsenal, pero sorprendentemente no tanto como se hubiera esperado, considerando el tipo de armas que se encontraban en ella.

XX

ientras se adelantaba con las excavaciones, los planes para la rápida distribución de las armas se seguían trazando. En Boalonga cada uno tenía un precio. Según las influencias, la posición social y la profesión, el precio del polvo no era más que una variante del tipo de meretricio que se escogía. La prostituta se vendía por un polvo como el narcotraficante por el fino polvo blanco de la cocaína. El polvo que levantaban estratégicamente los políticos que se vendían por cualquier cantidad de dinero, cuya procedencia a veces ni se investigaba, no era diferente al polvo para las armas de fuego codiciado por los militares. De la polvareda en Boalonga ya no se podía hacer distinción entre la gente. El mundo de supervivencia respondía a un ecosistema ajeno a la moral y a la ética, en el cual la violencia era la ley natural para sobrevivir. Los secuestros perpetrados por la guerrilla no eran más que ajustes políticos y estrategias de inteligencia, ya que el dinero que la mantenía bien equipada, provenía principalmente del narcotráfico. Los carteles de la droga que se habían establecido en todo el territorio de Boalonga, habían logrado perfeccionar el sistema para la distribución de la cocaína por medio de las mafias organizadas, en los países más ricos del globo. La red de distribución empezaba con la compra de las autoridades portuarias y de aduana, en los principales puertos del mundo. Los bancos internacionales no cuestionaban las cuentas que se abrían con el objeto de mantener efectivo circulante, disponible para la compra de armas y otros productos, que eran las fichas que se movían sobre las mesas de los ejecutivos, para el lavado de dinero. Sin embargo, aunque la guerrilla aprovechaba la bonanza de la cocaína a cambio de alguna protección, sabía que no podía depender de ella a largo plazo, especialmente por la intensa arremetida internacional contra estos carteles, que estaban adquiriendo demasiado poder económico. Los carteles de la droga podían librar a Boalonga de la deuda contraída con la banca internacional. Los préstamos que se hacían no resolvían los problemas de Boalonga, pero acarreaban un compromiso que garantizaba la continua explotación de sus recursos naturales. Consecuentemente la lucha contra el narcotráfico, como poder económico, tenía que librarse sin cuartel, considerando que el pago de los intereses a los bancos acreedores mantendría esa relación de dependencia que tenía que perpetuarse a toda costa. Además, otros sectores enemigos como la guerrilla, que se estaba haciendo fuerte con el apoyo de los carteles de la droga, estaban desestabilizando completamente el status quo de la sociedad internacional. El sofisticado armamento que había entrado a Boalonga con el objeto de combatir a las guerrillas, pero racionalizado como una estrategia para equipar al ejército con el fin de exterminar el narcotráfico, fue el blanco del plan de la guerrilla de Boalonga de saquear el arsenal. El capitán Chuster propagaba su hipócrita ira patriótica en contra de la guerrilla para esconder sus contratos especiales con el Dengue y otros líderes de la misma. Los guerrilleros alcanzaron el precio que el capitán Chuster ponía, para recibir los beneficios de su influencia. El Dengue le había prometido una considerable suma de dinero, que le garantizaría a Chuster un retiro más holgado, rodeado de todas las comodidades de su aspiración, para satisfacer sus lujos y más deseados placeres, siempre que éste cooperara con el plan de saqueo del arsenal. A Chuster se le había pedido que organizara una ruidosa fiesta en los predios del cuartel la noche planeada para el asalto final. Debía, además, dilatar cualquier acción de persecución en contra de la guerrilla para darles el tiempo necesario de ponerse a la fuga y distribuir las armas en los lugares estratégicos convenidos. También don Mariano, quien había hecho arreglos con la guerrilla durante las conversaciones de paz, había recibido la promesa de una jugosa cantidad de dinero, si utilizaba sus canales de influencia para esconder temporalmente algunas armas y distribuirlas de acuerdo con las indicaciones de la guerrilla. El padre Santos que ya había trabajado en otras ocasiones a favor de los planes de la subversión, levantó el precio de su influencia para esconder y distribuir armas del arsenal bajo las órdenes del Dengue. A pesar de la ayuda que la guerrilla estaba recibiendo de parte de estos personajes, ella mantenía siempre un nivel de alerta debido a la desconfianza mutua que se ventilaba por razones obvias, considerando la heterogeneidad social y política del grupo involucrado en esta delictiva empresa. La vigilancia de los pasos a seguir, que fueron planeados minuciosamente, estaba en manos del sargento Carlos. No era exactamente la comisión ideal para una persona como el arquitecto LaGracia, quien tenía su mente enfocada en la doctora BB y que a veces lo distraía hasta tal punto que entre la guerrilla ya se sospechaba de una traición. Esta mujer había definitivamente cautivado su corazón y en ella encontraba a la persona ideal para cambiar de vida. Así se lo había expresado el sargento Carlos y la doctora respondió con pasión y entusiasmo, a la propuesta del arquitecto guerrillero. Ella estaba vehemente enamorada de él y estaba dispuesta a una desenfrenada aventura amorosa con La Gracia. También sus pensamientos estaban constantemente con él y esperaba verlo en el momento más oportuno, para salir de Boalonga juntos, y seguir los dictados de su corazón. Los cuatro meses y medio de intensa labor en la excavación del túnel, estaban dentro del tiempo razonable planeado y Bárbara Bisturri los tomó como el límite superior a partir del cual empezaba a contar los días para su encuentro con el arquitecto. Para los últimos tres metros de tierra que los separaba del botín, el sargento Carlos había ordenado una calma absoluta y un trabajo lento. La excavación del túnel debía continuarse solamente con palas pequeñas y en ocasiones hasta con las manos. La luz del túnel permitiría el paso de una sola persona cómodamente. Cuando los excavadores calcularon que estaban a un metro o menos de la superficie interior del depósito del arsenal, consideraron que abrir el concreto del piso, requería de un taladro neumático, para el cual necesitaban todo el ruido posible que interfiriera con el taladro y las posibles vibraciones sobre el suelo. El capitán Chuster había concertado, que durante las celebraciones patrióticas de Boalonga, fuera el momento indicado para el saqueo. Dos semanas todavía faltaban para la celebración de esta fiesta nacional. Se esperaba que salieran muchos soldados de la guarnición, quienes llevarían al hombro sus bayonetas caladas a los fusiles, luciendo los pulidos cascos prusianos, y que marcharían detrás de algunos tanques de guerra residuales de la Segunda Guerra Mundial. Este alarde militar era una clara demostración de su falta de identidad institucional, que se disfrazaba de un patriotismo inexistente y se remendaba con la vestimenta de los vestigios de un colonialismo inspirado en la superioridad de unos y la inferioridad de otros. Ninguna nación puede defenderse con los desechos estratégicos de otras.

Muchos Jeep, entre otros vehículos de transporte pesado, saldrían haciendo el ruido que se esperaba fuera necesario para finalizar el plan. El capitán Chuster estaba encargado de una tropa que marcharía por las calles de Boalonga siguiendo a una banda militar que tocaría una música de marcha extraña a la cultura, ajena a la idiosincrasia de sus habitantes y que recordaban, en algunas ocasiones, a las melodías que se cantaban en las iglesias puritanas del siglo diecinueve. Los soldados estarían en formación dentro de la guarnición, quienes empezarían a marchar detrás de la banda apenas ésta pasara delante de las tropas. Dos vueltas por los predios de la guarnición estaban planeadas antes de que la marcha continuara por las calles de Boalonga, cuyos habitantes ya se encontraban hacinados en los andenes, para ver pasar el espectáculo de despliegue militar.

En el preciso momento, al paso de la artillería pesada, de los hombres marchando, de los tanques ruidosos y de unos cuantos aviones sobrevolando el área del desfile, los hombres de la insurgencia empezaron a hacer sonar el martillo de aire comprimido para abrir el último tramo del túnel y alcanzar el piso interior del arsenal. Así como se abrieran paso por el cemento del piso del depósito empezaron a salir las armas. Una por una fueron desapareciendo por la boca del túnel, las cuales eran rápidamente pasadas de mano en mano, hasta llegar a los hombres encargados de disponerlas en los camiones, listos para emprender la fuga y proceder a la inmediata distribución de las mismas, de acuerdo con el plan trazado con anterioridad. Todo se hizo rápidamente y con una disciplina calculada hasta en los más mínimos detalles. Se extrajeron aproximadamente trescientas piezas de armamento bélico, entre ellas lanzallamas, morteros Brandt M30, lanzacohetes y misiles, ametralladoras Browning de 12.7 milímetros, ametralladoras M60 y sobretodo una cantidad copiosa de fusiles de asalto M16A1 y M16A2. Grande fue la sorpresa cuando descubrieron también la presencia de un par de docenas de fusiles AK-74 que habían sido decomisados a un grupo de miembros de la guerrilla, y que habían caído en el campo de batalla, en las constantes escaramuzas que sostenían con el ejército, en diferentes lugares del escenario bélico de Boalonga. Los camiones, cargados con el material de guerra saqueado por los miembros de esta guerrilla urbana, salieron rápidamente del depósito a medida que se iban cargando con las armas. Los camiones viajaron en todas las direcciones posibles, donde se habían creado puestos de descargue, en los cuales ya se habían apostado automóviles y otros vehículos pequeños con el objeto de hacer que la repartición fuera más eficiente. Los autos se dirigieron hacia algunos aeropuertos de la vecindad, donde algunas avionetas estaban listas para recibir la carga que debía de ser volada hacia otras ciudades pequeñas de Boalonga. Las llevaron en mulas a las veredas y en botes de motor por los ríos hacia el interior de la selva. La cadena de distribución se hacía cada vez más capilar, hasta que cada pieza llegó a las manos de individuos que tenían conexiones con la guerrilla. El capitán Chuster había colaborado con la guerrilla en un acto de corrupción sin precedentes. Armas fueron depositadas en la parroquia del padre Santos, quien recibió una suma de dinero que no se reveló, para permitir que el edificio de la iglesia se convirtiera en un centro discreto de distribución. Los que llegaban a la iglesia por un arma, traían de la comandancia de la guerrilla una consigna que le revelaría al padre Santos su legitimidad para reclamarla. Don Mariano había ocultado dentro de su casa otra cantidad considerable de las armas más sofisticadas recuperadas por la guerrilla en esta operación. Estas armas, que don Mariano tenía escondidas, serían reclamadas todas juntas, por unos hombres que llegaron hasta su casa en una camioneta. Nadie sospechó de ellos, quienes como siempre, aparecieron como un grupo de amigos de don Mariano. Tomaron unos tragos con él y comieron juntos. Después de pagar la suma acordada, don Mariano les indicó que podían subir las armas a la camioneta, que ya habían estacionado en reversa, a la puerta de su garaje. Cargarlas, sin peligro de ser vistos, fue una operación fácil. Los hombres desaparecieron sin levantar sospecha alguna y sin dejar rastro. Así todas las armas se distribuyeron relativamente rápido por todo el territorio de Boalonga. Este robo de armas, del sofisticado armamento que recibía el ejército gracias a las grandes sumas de dinero que provenían del extranjero, con el fin de conseguir la destrucción de la guerrilla, presagiaban una campaña bélica sin precedentes. Los cambios socioeconómicos que no podían alcanzarse por medio de las instituciones tradicionales, también se impedirían, gracias, y por desgracia, a la afluencia de recursos para la guerra provenientes del extranjero. No había dinero para programas sociales en Boalonga, así que la eliminación de cientos de miles de ciudadanos que sobraban era una solución barbárica pero racionalizada con la teoría del terrorismo. La operación de la distribución de armas no fue completamente exitosa, ya que la policía en su pesquisa encontró algunas de las armas que transportaba el sargento Carlos en su camioneta. Antes de que el arquitecto La Gracia llevara su correspondiente carga a la casa de Maritza la pitonisa, quien estaba en la lista de las personas que serían consideradas como parte del centro de distribución, había hecho una parada en la clínica de la doctora BB. Había dejado estacionada la camioneta que conducía en una esquina, alejada de la clínica para no despertar sospecha sobre él y la doctora BB. El arquitecto La Gracia había cometido un gravísimo error. El amor por la doctora Bisturri y su afán por salir de Boalonga y alejarse del servicio a la guerrilla, para hacer su vida con la doctora BB, lo condujo a cometer este serio error de logística. La presencia de la camioneta en la vecindad de Boalonga había despertado las sospechas de la policía local, ya que era evidente que no pertenecía a ninguna persona de los alrededores. A la gente se le conocía por los autos que conducían, y esta camioneta no encontraba asociación con ninguna persona residente en este pueblo. Los designados de la policía, pacientemente esperaron hasta la mañana siguiente, mientras el arquitecto La Gracia y la doctora BB pasaban la noche entregándose al amor y trazando planes para el futuro de sus hijos y la nación. Muy temprano, antes de que saliera el sol, que cumplía su cita fija con los gallos que cantaban su presencia, el sargento Carlos se despidió de su enamorada prometida tomando entre sus manos su cara, dejando caer un último beso sobre sus labios en un adiós cargado de promesas y esperanzas. El arquitecto La Gracia caminó las cuadras en penumbra hacia su camioneta, sin percatarse de que ésta estaba siendo vigilada por los hombres de la policía. Caminó tranquilamente, adelantándose a las contingencias, sin sacar sus manos de los bolsillos, en uno de los cuales formaba un puño que sujetaba las llaves de la camioneta. Sumido en sus pensamientos estaba al punto de llegar, cuando tres gallos, por razones coincidenciales, cantaron casi simultáneamente desde tres lugares diferentes, lo que causó un sobresalto del sargento Carlos quien, como consecuencia creyó haber visto la sombra de un cuerpo que se ocultaba detrás de la esquina a pocos pasos de donde se encontraba su camioneta estacionada. Otras personas ya se encontraban caminando por esa misma calle, pero en dirección opuesta para dirigirse a la iglesia, con el fin de participar de la misa de madrugada, que ofrecía el padre Santos. Instintivamente el sargento Carlos siguió de largo ignorando la camioneta, dirigiéndose hacia el café de Zoila, en donde ya podía apreciarse a su viudo disponiendo las mesas y las sillas para recibir a los madrugadores después de la misa.

"Buenos días" dijo el sargento Carlos.

"Buenos días" contestó aquel hombre que había perdido a su esposa, víctima de una violencia que ya había encontrado su puesto en las páginas de la historia patria, como un fenómeno que le daría de comer a los sociólogos e historiadores de Boalonga, y del resto del mundo.

"¿Ya terminó la misa, tan rápido?"

"No", contestó el sargento sin agregar nada en particular a su respuesta.

Entre la gente de Boalonga las conversaciones no eran muy largas y con los extraños eran especialmente muy lacónicas. Nadie quería pasarse con preguntar demasiado. Nadie quería ser interrogado ni dar opiniones abiertas sobre los acontecimientos de la vida en este pueblo, donde el único requisito para morirse era abrir la boca en forma inoportuna. Se estaban viviendo tiempos en los cuales las opiniones válidas eran solamente las oficiales. El sargento Carlos se dedicó a consumir su desayuno sin adelantar una palabra Vigilando la camioneta desde el restaurante, por una ventana que le permitía estudiar cada movimiento sobre la calle. Debía conducir su cargamento de armas hasta la casa de Maritza. Sabía que el error que había cometido podía costarle muy caro. Había puesto sobre la balanza su propia vida, la que comparó con la noche de amor en los brazos de su amada doctora BB. ¿Cómo llegaría hasta la camioneta sabiendo que estaba siendo vigilada por la policía? El desayuno no le iba a durar toda la mañana y tenía que pensar en algo muy pronto, para salir del lugar. Ni las fuerzas oficiales, ni la guerrilla le perdonarían su torpeza. Estaba entre la espada y la pared. Una opción era subirse al primer bus que saliera para la capital y desaparecer. ¿Desaparecer? ¿Quién desaparece así no más, en una región infestada de guerrilleros que lo reconocían, de soldados, de policías, de paramilitares y de mercenarios? Pero, salir del café de Zoila a buscar su camioneta era suicidarse. Era poner en riesgo a Maritza y toda la operación de distribución. Era jugar con la felicidad de la mujer amada. De pronto dejó entrever una leve sonrisa al pensar que realmente, por el amor y el sexo, el hombre ha escrito su historia con sangre. La estupidez tiene muchas formas de manifestarse, pero la que se escribe en la historia, sigue siendo en pareja. Sus pensamientos fueron interrumpidos por una multitud que salía gritando de la iglesia. El pánico produjo que muchos de los feligreses, que atestaban los pasillos de la iglesia, fueran atropellados por otros que querían salir desesperadamente al escuchar los disparos de bala, mientras la gente oía la misa. Dejando el dinero de la cuenta sobre la mesa, el sargento Carlos salió a la calle a evaluar la situación. La gente gritaba, que en la iglesia estaba la guerrilla, disparando a diestra y siniestra sobre la gente después de haber asesinado al padre Santos. La inteligencia de la guerrilla, ya había advertido la difícil situación del sargento Carlos, y crearon este desorden, aprovechando la intención que tenían de asesinar al padre Santos. Se adelantaron al planeado asesinato, para crear una situación propicia, para el escape del sargento Carlos, y así habilitarlo para llevar las armas a la casa de la pitonisa. Carlos lo sabía, pero nunca se discutió asesinar a miembros de la comunidad durante la misa. Fue un genocidio, que devastó la vida del sargento en salida. La policía, como se esperaba, recibió órdenes de dirigirse a atender la emergencia presentada en la iglesia. Nadie sabía lo que estaba sucediendo en realidad. La gente que salía gritaba histéricamente, queriendo ponerse a salvo de ese atentado salvaje e inesperado de parte de la guerrilla. Algunos heridos habían dejado los andenes manchados de sangre y la iglesia estaba cubierta de muertos que yacían sobre las bancas, los pasillos y hasta arrodillados frente a las figuras religiosas de su devoción. La policía se despreocupó de la camioneta, situación que el sargento Carlos aprovechó para dirigirse a la misma. Abrió la puerta tan rápido como pudo y salió del lugar, dejando la impresión de haber sido un feligrés tratando de ponerse a salvo. Era como algo mágico. Todos los ojos que estaban concentrados sobre el vehículo y listos para identificar y aprehender a su dueño, habían desaparecido. Este momento, tan preciso, como paradójicamente mandado por la providencia, había sacado al sargento Carlos del apuro en que se encontraba. Condujo tan deprisa como las circunstancias se lo permitieron, sin mirar hacia atrás y sin dudar un instante que tenía que aprovechar la oportunidad para entregar su carga. "No", pensaba Carlos, "no fue la providencia, fueron mis compañeros, los que me salvaron de ser arrestado". "Pero no es justo", pensaba mientras conducía la camioneta, "que hayan asesinado a gente inocente, por mi culpa", acelerando para desaparecer en la distancia. El sargento Carlos, se había equivocado. No sabía que, aunque se había discutido entre ellos el asesinado del padre Santos, que no se salvó por la inteligencia de la guerrilla, sino por el odio que tenía el esposo de Eugenia contra el padre Santos. Cuatro Jotas continuaba disparando sus armas contra la gente después de haber asesinado al padre Santos, mientras conducía los servicios de la misa. El pánico que cundía por toda la iglesia y el sonido de las diferentes armas que disparaba el celoso esposo de Eugenia, le había hecho creer a la gente de aquel pueblo, que la guerrilla nuevamente tenía sus manos untadas en este crimen. 'Cuatro Jotas' había perdido la cabeza y no tenía la intención de recuperarla. José Julián Jaramillo Jiménez, había sorprendido a Eugenia con el padre Santos, la noche anterior en su propia casa, desnudos bajo la ducha. 'Cuatro jotas' había entrado temprano a su casa esa noche, para confirmar una insinuación recibida de parte de uno de sus amigos mientras jugaban al billar en el café de Zoila. En aquel instante no había reaccionado y decidió mejor salir de la casa sin ser percibido por ellos, pero enfurecido había jurado por todos los dioses su venganza. ¿Qué mejor lugar, para que con su sangre pagara su adulterio, podía pensar 'cuatro jotas', que la misma iglesia que el cura profanaba diciendo misa? No iría a vengarse de él en su casa. Amaba a Eugenia y no era ella el blanco de su furia asesina. Había esperado aquella noche hasta que el cura se despidió de Eugenia saliendo deprisa con la convicción de que nadie lo había visto. 'Cuatro jotas' no podía soportar más las insinuaciones burlescas de sus amigos que en ese pueblo de chismosos se diseminaba como la cizaña. Eugenia era tan culpable como el padre Santos. Ella se había propuesto a demostrar que el padre Santos llevaba una vida doble. Sus convicciones políticas lo hacían obrar al margen de la ley, y sus aventuras amorosas no eran exactamente las virtudes que del celibato se esperaban. José Julián Jaramillo Jiménez no tuvo tiempo de arreglar sus cuentas con Eugenia. Una ráfaga de balas proporcionada por la policía que había entrado a la iglesia, acabó con su vida de la misma manera como él había acabado con la vida de tantas personas inocentes.

Una vez más, la doctora BB fue convocada para certificar el deceso de una docena de personas que fueron atrapadas entre las balas de la violencia en Boalonga, mientras participaban de la primera misa del día. El levantamiento de los cadáveres y su repartición a los familiares que los reclamaban, fue un proceso relativamente rápido. Las causas de los asesinatos eran obvias y el asesino ya había sido enjuiciado. Era también de esperarse que, Eugenia hiciera su deposición ante la justicia y las autoridades eclesiásticas, quien fue recibida por el monseñor Caicedo, para certificar la causa que le hizo perder la cabeza a 'Cuatro jotas' de esa forma tan violenta. Esto fue un crimen pasional sin consecuencias legales para Eugenia. Recordó las últimas palabras de la pitonisa, que pasaban por su perturbada mente casi al pie de la letra: *"No veo nada Eugenia, cualquier cosa que suceda sigue adelante con tu vida. Eres joven, apasionada e inteligente. Combina tus cualidades para vencer los obstáculos que se te presenten en la vida y sobretodo sé tú misma. No veo nada más Eugenia, pero estoy segura que tú saldrás con vida de toda la catástrofe que se avecina. No veo nada más."*

Eugenia sepultó a 'Cuatro jotas' y dejándolo bajo el suelo de un pueblo que lo odiaba, regresó deshecha a la casa de sus padres. Se dice que cuando los padres de José Julián Jaramillo Jiménez fueron a Boalonga para exhumar el cadáver de su hijo con el fin de darle sepultura en su ciudad natal, encontraron la tumba profanada y los restos mortales de su hijo dispersados alrededor del lugar. La gente aseguraba a los familiares de 'Cuatro jotas' que las víctimas de su incontrolada furia quisieron vengarse de este hombre que arrebató las vidas de tantas gentes inocentes. Hasta las huellas de los perros vagabundos con hambre se veían por los alrededores. Esta tragedia le enseñó a Eugenia, cómo un acontecimiento, puede traer consecuencias que se desenlazan en forma trágicamente impredecible.

XXI

El sargento Carlos volaba por las calles de Boalonga para llegar a la casa de la pitonisa Maritza, quien seguramente estaría airada por su retraso. Sabía que para estos momentos el ejército y la policía estaban desplegando sus fuerzas por todo el territorio de Boalonga con el objeto de encontrar las armas que habían desaparecido del arsenal. El capitán Chuster, quien hacía su dinero por cualquier vía, también estaba en capacidad de proferir insultos y consignas de muerte contra la guerrilla que había recibido su propio apoyo para llegar al botín. La guerrilla sabía que en el capitán Chuster no tenían un aliado. Eran conscientes de que después del saqueo tenían que preocuparse por sus maniobras diseñadas para bajar tantas cabezas guerrilleras como le fuera posible. El capitán Chuster sabía muy bien cómo utilizar su poder para multiplicar sus ganancias, al tiempo que aparecía como héroe nacional. Era por eso que el arquitecto LaGracia tenía que llegar lo más pronto posible a la casa de Maritza para hacer entrega de las armas que tenía en su camioneta. Eran dos cajas, cada una traía una docena de ametralladoras que, Maritza tenía que distribuir individualmente, a algunos miembros de la guerrilla, quienes habían recibido órdenes del comando para visitar a la pitonisa, con el pretexto de recibir orientación espiritual y salir de la consulta con su respectiva arma de dotación. La guerrilla quería mejorar su capacidad de beligerancia. Era el último trabajo que el sargento Carlos haría por la guerrilla. De ahí regresaría a la clínica para finalizar los planes con la doctora BB y preparar su salida de Boalonga para formar el hogar con el que habían estado soñado.

Mientras esto sucedía, en Boalonga ya se escuchaba de los feroces encuentros entre las diferentes guerrillas y el ejército. Las batallas dejaban atrás los campos devastados, a lo largo y ancho de su territorio. También los paramilitares, combatiendo en contra de la guerrilla de Boalonga y asesinando campesinos, con el fin de anexar tierras a sus latifundios. Se diezmaban unos a otros, dejando un testimonio de odio e indiferencia por la vida humana. La cocaína, era el gran plato de donde se servían todos. Como aves de rapiña se acercaban todos al mismo cadáver, pero para comer de él, se cometían crímenes obedeciendo las órdenes de los políticos de influencia, que disponían de la vida de aquellos que estaban atravesados en sus caminos. Boalonga era una tragedia surrealista, donde la paz era un estorbo, y la guerra era un negocio.

En su carrera militar, Leonidas fue ascendido a sargento y había sido muy activo en las filas del ejército. El patológico sentido de autoridad que lo caracterizaba, había recibido su confirmación por su refuerzo dentro de la disciplina militar. Su tarea en esta ocasión, era la de comprometer su escuadra para desmantelar un campo de cultivo y una planta de procesamiento de cocaína, establecida en un paraje rodeado por la abundancia de la selva de Boalonga.

Esta guerra no reconocía amigos ni lealtad a su misma sangre y cultura. Los protagonistas del conflicto empezaron a moverse en dirección a los campamentos de cultivo de las plantas de coca y a los laboratorios de la cocaína. El ejército pretendía erradicar los plantíos y matar a los habitantes en los campamentos. Por lo menos esta estrategia de distracción, mantenía buenas relaciones con los proveedores de armas y cultivaba las relaciones internacionales. Pero, ¿por qué eliminar del todo, una fuente de divisas tan lucrativa? Los países consumidores tampoco estaban convencidos de su total erradicación. Al fin y al cabo, el mercado interno de distribución, que generaba trabajo y muchos impuestos por el consumo indirecto de otros productos, tenía que protegerse. La droga era necesaria también para mantener la maquinaria política nacional e internacional funcionando. Generaba tanto dinero que, erradicarla por completo, algo considerado posible, hubiera sido una falta de sentido común. Los consumidores siempre estarían exigiendo el suministro. Pero como en el caso de drogas, como el alcohol y el tabaco, que producían billonarias sumas de dinero gravable, con la cocaína no se había llegado hasta este punto. Era más fácil confiscar el dinero, arrestando y en algunos casos, extraditando a los jefes de las mafias, que ya habían acumulado grandes sumas, y que podían así lavar y certificar el dinero para su circulación. Lo que no se puede gravar, se confisca y se utiliza de todos modos. Los graves problemas que ocasionaba la droga en el área de la salud pública, se enterraban, ya que su consumo se consideraba un asunto de decisión personal por lo cual el individuo tenía que asumir las consecuencias. Pero si los países pobres podían enriquecerse fundamentalmente con base en este producto, se trasladaba mucho poder hacia ellos, que podría traer como consecuencia, un balance negativo en el sistema económico mundial. Así lo expresaba Pablo, quien estaba en el campamento esperando enfrentar, sin saberlo, a su propio hermano Leonidas quien dirigía la tropa del ejército que se acercaba. "Si el café", aseveraba Pablo, "nos hubiera llenado las arcas como lo ha hecho la cocaína, nos estarían fumigando los cafetales". La gente de Boalonga era consciente de este fenómeno. En algunos países europeos, se decomisa la cocaína que puede atajarse antes de que pase por sus fronteras, pero la que se desliza, se vende libremente en la calle ante la presencia de la misma autoridad policial; hasta tragaperras se ponen a disposición de los drogadictos para que se surtan de agujas hipodérmicas, condones y de otros materiales que ayuden a minimizar las infecciones y controlar posibles epidemias. Si el consumo de la cocaína y otras drogas se acabara completamente, muchos sectores diferentes de la industria, se verían afectados.

La guerrilla empezaba a enviar sus tropas a la zona para proteger a los productores de coca y neutralizar la acción del ejército. El entusiasmo de Emeterio por los valores de la guerrilla de crear una sociedad más equitativa, lo había llevado a participar en el combate para tomarse el poder en Boalonga. La revolución, cuyo objeto era producir resultados que respondieran a las necesidades específicas de la región, se había convertido en una aventura romántica para el revolucionario. Los estudiantes participaban en protestas callejeras que se hacían cada vez más frecuentes y notorias. En ocasiones, bajaban por la fuerza al conductor de un auto para luego prenderle fuego, creando el caos en las vías públicas para llamar la atención a los problemas, de una población privada de sus necesidades mínimas. La guerra en Boalonga ya no se podía detener. Los paramilitares combatían contra un enemigo cualquiera, con tal de que recibieran la remuneración apropiada. Trabajaban especialmente por los intereses de los terratenientes y para cualquier familia de influencia política y económica que los financiara, con el propósito de vengarse de otro grupo antagónico, o simplemente para proteger su mal adquirida riqueza. Pagar por los servicios de un ejército propio se había convertido en un lujo, que en el silencio gozaba de prestigio social. Generalmente a este grupo se unían personas que deambulaban sin trabajo y que habían recibido entrenamiento militar en el pasado. Ya no estaban sometidos a la disciplina militar de Boalonga y podían hacer cantidades exorbitantes de dinero al trabajar como mercenarios, bajo las órdenes de otros que también permanecían en la oscuridad del anonimato. Las empresas y agencias del extranjero que, tenían intereses en Boalonga, eran generalmente empresas privadas, protegidas por sus respectivos gobiernos, y que contribuían con inmensas sumas de dinero para pagar mercenarios bien entrenados, para proteger, como decían, las libertades que el gobierno de Boalonga les había concedido, para la explotación de los recursos naturales. Predicaban que sus ejércitos defendían su libertad, libertades que se interpretaban en sus intereses económicos. Los paramilitares fueron concebidos, entre otras cosas, como una solución estratégica para proteger los intereses mezquinos de las élites, para lo que intervenían, si era necesario, dentro de Boalonga o fuera de ella. Se especula que fueron fundados por familias afluentes que querían vengarse de la guerrilla, la cual había sido culpada de los asesinatos de líderes de la clase dominante, pero participaban en las masacres de campesinos para sustraerle sus tierras que, habían cultivado por generaciones. La guerrilla producía muchas bajas entre el ejército, que ya no podía defender los intereses económicos de los grupos sociales dominantes de Boalonga. En la lucha de clases que presentaba el entablado de Boalonga, también se producían muertes entre los miembros de la clase social alta. Estos asesinatos y otras estrategias de lucha, como el secuestro y la extorsión que la guerrilla practicaba, eran el resultado de una incapacidad completa de parte del gobierno de Boalonga para resolver las insipiencias de la vida cotidiana de sus ciudadanos. Esta situación de la desestabilización social producía las condiciones para la creación de los paramilitares. Se organizan bajo el moto de la defensa nacional y la justicia. Detrás de esta máscara, son contratados para proporcionarle al establecimiento local y a las multinacionales la defensa que el ejército no les puede dar. Las potencias extranjeras aparecen en escena como los protectores de Boalonga en contra de los terroristas. Su apoyo logístico, con armas, hombres y entrenamiento, es visto como un intervensionismo camuflado para continuar explotando los recursos energéticos de los cuales el pueblo de Boalonga no recibe beneficio sustancial. Esta intromisión extranjera a su vez, profundiza el odio y las rivalidades entre las gentes del mismo pueblo. La destrucción de su cultura y sus costumbres, se logra con la la transformación de la educación, convirtiéndola en un medio de entrega de un currículo permeado por los intereses foráneos. Es un currículo que nubla el presente, para que el futuro olvide su pasado.

XXII

El universo entero contemplaba lo que se había convertido en una demonstración de demencia. La guerra, que se había desatado dentro de los límites de una Boalonga que reclamaba su lugar en las páginas asquerosas de la historia, y una silla en la mesa para disfrutar del banquete merecido por toda la familia humana, se encargaba de esfumar las legítimas aspiraciones por una vida mejor. Las bombas de la destrucción masiva caían sobre un pueblo excluido de todo privilegio. Morir es el destino de cada persona y de cada ser vivo, pero en Boalonga este destino estaba determinado por una fatalidad hedionda, que interrumpía el flujo natural de la felicidad y la decencia.

La última batalla que definió a Boalonga como la perdedora del conflicto, se luchaba en sus montañas, donde el verdor de su follaje se bañaba con el rojo de la sangre de los caídos. Ninguna de las partes involucradas quería ya negociar la paz. El ejército, armado gracias a la ayuda que provenía del extranjero, no tenía, por la misma razón, una identidad nacional que la legitimara para la defensa de Boalonga y su pueblo. La guerrilla, había perdido la razón de su existencia. La mafia de la droga, tenía que apoyar a la guerrilla para seguir operando y combatir las amenazantes extradiciones. Los paramilitares en su confusa existencia, buscaban entregar las armas e integrarse a la vida civil. Estos tenían que desaparecer elegantemente, y una de las formas de hacerlo era gerenciando una de tantas loterías existentes en Boalonga, a través de la cual podrían lavar los dineros mal adquiridos. En medio de la locura de la batalla, el padre Espíritu Santo, fue el blanco de una balacera mientras corría desesperado con el fin de evitar una conflagración fratricida. Su hermano

Leonidas disparó esa bala que cegó la vida de Espíritu Santo, y Emeterio y Pablo acribillaron a Leonidas, mientras que estos últimos fueron dados de baja por la policía. Así, la vida se contaba, no pasaba a la historia, pero al olvido.

El brutal Armagedón creado por el ejército, la guerrilla y la mafia, acabaron con las esperanzas de paz en Boalonga. De la masacre, no quedaba sino el olor de la sangre que se derramaba sobre el suelo de Boalonga, y se mezclaba con la tierra que perdía su capacidad para absorberla. La larga constrictor estaba ahogando a Boalonga, que buscaba con desesperación la paz que necesitaba para poder respirar el aire que la boa le impedía.

Lo último que se supo de la doctora BB, fue que había recibido una docena de muertos, todos decapitados, entre ellos mujeres y algunos niños, cuyas cabezas fueron arrojadas a la entrada de la clínica, dentro de un costal de fique. El desespero que sintió se manifestó en vómito y después en llanto que casi no pudo contener. Por su vientre sentía los dolores de la repugnancia, no sólo física del espectáculo al que fue sometida, sino emocional, que la llevó a cuestionar seriamente la naturaleza humana. La doctora BB alineó sobre el piso los cuerpos decapitados y empezó a asociar las cabezas con sus respectivos dueños. Pronto empezó a jugar con las cabezas, como queriendo recitar en una macabra metáfora, la demencia de la guerra, poniéndoselas a los decapitados, en forma creativa, a los cuerpos que no correspondían. Risa demencial, le causaba ver a un hombre con la cabeza de una niña y el cuerpo de una niña, con la cabeza de una mujer anciana. En un esfuerzo de los inconscientes mecanismos de defensa, la doctora BB había convertido el profundo dolor que le causaba esta barbarie, en un rito de risas que le otorgaba un alivio temporal. Su práctica médica se había convertido en un acto teatral, presentado a la humanidad entre tristeza, risas y llanto. Los protagonistas del drama, eran los decapitados del mundo, por el odio y la intolerancia. El universo tenía que ver en acción, la condición abominable del mal, que penetraba como una infusión en el hombre quien aspiraba a ser como Dios. El origen de esta abominación, no encontraba explicación más que, en los libros de las mitologías antiguas, y que proféticamente se seguirán perpetuando hasta que nuestro sol deje de irradiar su luz. Una mujer sentada con su niña sobre sus piernas, como dos decapitados contándose una historia. Un hombre y una mujer desnudos, uno encima del otro, habiendo perdido sus cabezas se dedicaron al amor. Un campesino, al que le había rellenado su cuello decapitado con bananas, formando un creativo racimo como ilustración, su incapacidad para sembrar. Una mujer joven, a la que le rellenó el cuello con limones, a los que les pintó ojitos y boquitas, Le recordaban la escuela en sus tiempos de niña, en las clases de manualidades, cuando pintaba pelotas de ping pong que le servirían de cabeza a las muñecas que diseñaban bajo la dirección de las monjas. El mundo de la doctora BB había girado de una posición de felicidad, a una latitud surrealista macabra, que arrebataba la esperanza, que la sumergió en una depresión casi paralizante. Lo que se estaba viviendo en Boalonga era el desborde del cáliz de la ira preparado como un coctel de genes, de la violencia humana.

Para su constitución física, la dosis de tabletas para dormir que se auto recetó la doctora BB, tuvo que haber sido excesiva. Despertó envuelta en una nube de olores mortecinos de aquellas desafortunadas víctimas de la guillotina boalonguense. Los olores de la descomposición, habían penetrado en cada casa de la región como un espíritu de inmundicia destinado a quedarse

Epílogo

'Por traición' había sido condenado a muerte el arquitecto La Gracia. Así como la pitonisa había despedido a Maria Eugenia, con el corazón en pedazos, por sus predicciones, que no fueron interpretadas sino cuando 'cuatro jotas' cayó bajo las balas de la policía, no sabía el arquitecto revolucionario, que se apresuraba para encontrar la suya propia, propiciada por la misma mano de Maritza. Después de la entrega de las dos cajas de armas, Maritza le sirvió una taza de café que el arquitecto Carlos recibió en silencio, y que empezó a beber ansiosamente, pensando en la cita con su amada BB.

Con una voz, escuchada por cada fibra del cuerpo del sargento Carlos, Maritza le confirmó:

"Santiago La Gracia, no te preocupes por Barbara Bisturri, ella estará bien"

La Gracia se estremeció. No le gustó ni lo que dijo, ni el tono de su voz.

"Cómo sabes que me llamo Santiago La Gracia? ¿Cómo conoces a la doctora Bisturri?"

"Las armas bajo tu responsabilidad llegaron contigo gracias a la muerte de 'cuatro jotas', cuando lo llenaron de plomo en la iglesia de Boalonga" le contestó la pitonisa. "De lo contrario no hubiera habido manera de que salieras del pueblo sin ser perseguido por la policía", afirmó. En el momento que el arquitecto se levantó de su silla, como impulsado por un resorte, recibió una bala certera que le atravesó el lóbulo frontal. La vida y los sueños de Santiago La Gracia se habían apagado en ese mismo instante, como se apagan las velas, cuando sus llamas alcanzan el fondo de la cera derretida. Una vez más, la guerra había hecho su negocio y se había reído de la paz.

Todo parecido con la realidad, es casi una realidad.

Printed in the United States
by Baker & Taylor Publisher Services